青桐の秘密

……歴史なき街にて……

小島 亮
Kojima Rio

小嶋太門
Kojima Tamon

小嶋十三子
Kojima Tomiko

風媒社

（扉写真）鶴舞団地の給水塔

小嶋十三子「秋篠寺の庭」（習作、制作年代不詳）大安寺所蔵

青桐の秘密　―歴史なき街にて―

目次

学園前と白浜　―前書きにかえて―

二〇一一年、母を失った直後、私は両親が一八年間住み続けた秋篠のマンションの一室を売り払い引っ越しすることを決めた。あやめ池南や新大宮の老人施設に入居するまで、ずっと住み続け、おそらく二人にとって最愛の住処であった「コーポ秋篠」という名称の瀟洒なマンションは、投機目的でひとまず買ったらしき祖父所有の不動産物件であった。証券取引から手形割引までリスキーな投資を船場久宝寺のバッグ仲卸と両立させて一代の富を築いた祖父は、半ば趣味と実益を兼ねて不動産投資をも行っていた。不動産は値の下がらない安定資産だった時代でもあったし、名古屋大須に生を受け、投機の失敗から関西に転居した祖父は、土地に対して覚めた視点を持ち、気に入ったら自分で住むつもりで次々に不動産を売買していたのかもしれない。私の記憶では、祖父は一九七四年に新築された「コーポ秋篠」とほぼ同時に阪急線摂津本山駅前の「アーバンライフ」も購入していて、こちらの方は程なくあっさりと転売していた。ちなみに私が帰国後、摂津本山駅に降り立った時、このマンションは神戸淡路大震災で崩壊し瓦礫の山と化して横たわっていた。祖父は「マンション生活の心得」なるものを語っていたと記憶するも、生涯を通じて一戸建ての邸宅しか住まなかったと思う。そもそも「マンション」なるものは高度成長期の成功者に向けて「アパート」と差異化して作られ始めた物件で、当初は原義の「お家敷」に近いニュアンスであった。祖父はマンション投資の端緒の時期、つまり六〇年代後半あたりにエントリーしたわけであり、不動産バブルに国民が狂奔する一世代前の話であった。

二〇〇六年に大規模な改築を行って私が移り住んだ「コーポ秋篠」を改築業者当人に売却してから、

私は祖父母のかつて住んでいた懐かしい学園前に賃貸生活を送ることに決めた。というよりも改築されたた学園前北のＵＲ鶴舞住宅を眺めながら、母亡き後はこの地に引っ越して住みたいと考え続けていた。私の記憶の中で祖父母の住んだ学園前は格別な意味を持ち、もの心ついて以降、この地に来るたびに心を新たにした「約束の地」でもあったからだ。おそらく母も同じ気持ちを抱いていたと推察する。母は秋篠時代から祖父母の旧宅すぐ近くの登美ヶ丘一丁目の「Ｍｏｖｉｎｇ」というヘアサロンにわざわざ通い詰めていたからである。このサロンの入っている建物の前には、かつて奈良交通の登美ヶ丘一丁目のバス停があり、交差点を少し入ったらかつての祖父母の邸宅を眺めることができた。退職して秋篠で余生を楽しんでいた母は、人生の蹉跌を味わった今里や生駒でなく、この学園前に思いを募らせていたに相違ない。大渕池を見下ろす「梨風庵」という洒落た喫茶店も母のお気に入りの場所であったし、駅周辺のレストランや料亭などにも美術の仲間と連れ立ってしばしば通っていた。小学校教師を退職して秋篠での人生を送り始めた年齢は、ちょうど今の私とほぼ等しく、学園前の街並みを見つめていた母の眼差しを推察するに吝かではない。

祖父は祖母が亡くなる直前に学園前登美ヶ丘一丁目の邸宅を引き払って、あやめ池南の蛙股池を見下ろす離れ付きの豪邸に転居した。さらに一九七六年に祖母が他界した後、阪急宝塚の老人施設に入居し、最終的には仁川の叔母の家で息を引き取ったから奈良には戻ってこなかった。長い人生を成功者として送った祖父は、考えれば、人生の失敗者であった父（八八歳で他界）のみか、必ずしも幸福だったとは限らない母（八六歳で他界）よりも生命は短く、長年の外国旅行歴を締めくくるためにアメリカに一人旅をしてから八五歳で亡くなった。

祖父が登美ヶ丘の邸宅を売却したとき、母も私も本当に落胆したものであった。この落ち着いた広い庭を持った邸宅を心底から愛していたからである。あやめ池南に転居後にすぐに亡くなった祖母も同じ気持ちであったかも知れないと思ったりもする。しかし子どもの私にとって永遠の時間に感じられた学園前時代も、実際には一〇年程度しか続かなかったわけで、祖父母からすれば人生のホンのささやかなエピソードであったのだろうか。

祖父が逝去したときに残された不動産物件は、住民票に記されたあやめ池南の豪邸と「コーポ秋篠」の二件のみで、祖父は宝塚の老人施設に入居した時点であやめ池南の新居を母に相続させるつもりであったらしい。ところが祖母の思い出を伴う家屋を受け継ぐことを潔癖症の母は嫌がり、結局は死後に相続財産として「コーポ秋篠」をもらったようであった。いずれ私の外国滞在中の出来事なので、祖父の遺産相続は現金評価で叔母と均分になされた以外は詳しい事情をまったく知らない。帰国した時期には、生駒軽井沢の小さな住宅を引き払い、両親は「コーポ秋篠」に転居して、おそらく一生涯を通じて最も平安な引退生活に入っていたからである。もしも私が相続の現場に立ち会っていたなら、あやめ池南の豪邸を母が遠慮なく受け継ぐべきであると主張したかもしれないけれど、バブルの絶頂期であったから相続税の負担に耐え切れず、結局は手放す運命にあっただろうか。

いずれにしても祖父母の学園前時代は、私の成長期とぴったりと重なり、とても大きな意味を持つことになった。思えば、祖父は関西に移住して事業で成功した後、ややあって富雄に邸宅を構えた時期があり、母によれば私はその家で誕生したらしい。商社の海外駐在員であった叔父と叔母が外国から帰国後、従姉妹と一緒に行った菜園付きの屋敷がそこであったと私は推測している。場所は現在の育英西学園の近くであったのではないだろうか。叔母の帰国は私が小学校三年生のころ、つまり一九六五年か六年であり、その少し前に祖父母は富雄から南海線沿いの初芝に転居していたはずである。私が最初に祖父母の存在を自覚した頃に「初芝のおばあちゃんのところ」と母は呼んでいて、南海線に乗って初芝まで行った日や応接間の様子もわずかに記憶に留めている。母によると初芝に転じるや祖母に喘息の発作が現れ、祖父はすぐさまその家を引き払い、幸い六〇年代から分譲が始まった学園前登美ヶ丘一丁目住宅に新築の邸宅を持つと決めたらしいのである。ちなみに南海線沿いに祖父母が住んだのは短い初芝時代だけであったが、おそらくこの際にできた南海不動産とのご縁で後述の白浜の別荘を購入したと推測する。

最近、この祖父母の遍歴をめぐって私はちょっとばかり新解釈を抱くようになった。祖父は一九六五年に開園した奈良三笠霊園の永代貸借契約を翌年の六六年に行っている。これは登美ヶ丘の邸宅に入居した時期と一致するから、学園前に引っ越したか不動産を購入した時点で、祖父はこの地を終の住処に決めたのではないだろうか。登美ヶ丘住宅の開発は一九六〇年に始まるも、祖父の購入した土地への生活インフラの整備や邸宅の建築のために、実際に新築入居できたのは、この一九六六、七年を待たざるをえなかったと推測する。登美ヶ丘一丁目住宅は近鉄不動産によって宅地造成された後、住民によって個性的な住宅が個々に普請されたのであって、レディメイドの家屋販売がされたわけではなかったからである。私の記憶に残る登美ヶ丘の街並みはすべて新しく手入れされた庭園に囲まれていた。そうすると初芝の邸宅は、富雄から学園前の新居に移るまでの仮の宿であったということになる。最後のあやめ池南への引っ越しも慢性的に体調が悪く—家事をヘルパーにずっと依頼していた—腎臓病を悪化させた祖母への転地療法のつもりで部屋からの景観だけを基準に祖父は選んだのではないか。斜面を利用した構造や菜園などは老齢の祖父にとってさほど便利でもなかったし、交通アクセスも学園前の方がよかったからである。言い換えれば、祖母が家屋から一歩も出ないという条件を前提してのみ、車を運転しなかった祖父にとって意味を持った仮寓にしか思えないのである。

一方、一九七三年に新築された「コーポ秋篠」は最大面積の一番高価な部屋を所望したらしい（実際には二番目に高い四〇七号室を入札した）けれども、サイズ的に祖父の持ち物は入りきれないから、こちらはやはり投資目的の買い物であったとしか思えない。とは言え、電化製品も家具も入っていて祖父母は時々は気晴らしに使ってはいたらしく、両親から私に至る三代の人生の場になるとは当初には予定されていなかっただろう。

祖父母の学園前の豪邸は子ども時代の私にとって真の異文化であった。この時期は両親の事業が頓挫して生活も夫婦関係も最悪であったから、学園前に行くたびに私は解放感を味わい、しばしの安堵を覚えたものであった。一ドル三六〇円の時代に頻繁に外遊をした祖父は、帰国するたびに写真をスライドにして二階の書斎で上映会を開催し、見たこともない外国の絵本、菓子やペナントなどをいつも買ってきた。祖父の帰国に際して、母は私を連れてしばしば伊丹空港まで迎えに行ったもので、税関から出てくる祖父の姿は今でも目に焼き付いている。邸宅の一階の居心地のいいソファの置かれた洋風リビングには仏像などが並べられ、カラーテレビや電子レンジなど「噂に聞いた」電化製品も並んでいて家中は上品な木の香りで満ちていた。いずれも今里界隈の生活からすると想像さえもできない夢のまた夢であり、そのギャップの大きさは逆に子ども心にもリアリティを喪失していて羨望すら起きなかった。

「登美ヶ丘住宅地」開設記念像（昭和35年10月15日）

登美ヶ丘一丁目界隈の風情は今なお基本的に変わりなく、近鉄線沿いでは最高級の屋敷町としての地位を譲る気配さえうかがえない。阪急線の芦屋から仁川周辺は言わずもがな、大阪の帝塚山と並ぶ高級住宅地として今も知られ、そう言えば大阪の帝塚山に発祥する学園の姉妹校から「学園前」なる地名は生まれたわけである。ちなみに「学園前」の元祖は東京の成城学園前で、この地が高級住宅地として有名であった事実もイメージに大きく寄与したと思う。わけても大渕池の周囲は特権的な意味を持ち、登美ヶ丘住宅を開いた近鉄社長・佐伯勇氏の邸宅（現在は松柏美術館）も池を見下ろす一等地にあった。祖父母の邸宅はその「佐伯御殿」を大渕橋を渡った南の道路沿いに立地し、この周囲は大渕池の四周と並ぶコア地域として勇名を馳せていて、おそらく祖父は近鉄の大口株主であったからこそ一等地の購入に成功したのであろう。

なお近鉄の新規開発した学園前住宅＝「登美ヶ丘」の地名について寸言しておく。この「登美」は「富雄」と通じる読みで、そもそも「鳥見」、つまりは鷹狩りと関係していた地名で、これも近隣の「高山」＝「鷹山」という地名からもその由来は自明である。戦前の紀元二六〇〇年式典（一九四〇年）の際に創作された「金鵄発祥池」もこの区域に存在し、「トリミ」→「トミ」の地名に歴史的に宛てられた漢字の中で「登美」はもっとも叙情的である。私の母は大正一三年生まれにちなみ「十三子」と名付けられたが、読みは「登美」と同じく「トミコ」であり、その母から私は「富雄」で生まれ落ちた。こうした奇遇を勘案し、私は母の亡骸を登美ヶ丘を寝台車の運転手に依頼して通過してもらい、富雄の葬儀施設で見送ることにしたのであった。

一九六〇年代末期、母に連れられて通った学園前への旅路を今でもはっきりと記憶している。どぶ川と茶色く濁った色彩の今里から近鉄奈良線に乗り、猥雑な布施を過ぎるとややマシな中流住宅地（戦前の新興住宅地）を眺め、八戸の里を過ぎるあたりから田園風景に変わる。祖父母や両親の戦前の住所であった若江岩田からはほぼ完璧な農村風景であったし、部分的には今でもその面影は残ってはいる。近鉄奈良線の主要駅の一つになった東花園駅も、その当時はラグビーの開催日に「ラグビー場前」として使用されるだけで、田園風景の中にポツンとホームが佇んでいたに過ぎなかった。瓢箪山から急勾配になりトンネルを抜けるとまったくの別世界、大阪の小学生にとって遠足など「ハレ」の日に訪問する観光地の生駒に着く。生駒駅前も今とは違って吉野造りの建築や石の大鳥居も残っていて、近鉄が新しい住宅地を開発し、東生駒駅を開業する一九六八年までは雑木林が続いていた。やがて矢田トンネルを越えると富雄に着く。この地は私の生地であったことは上記に書いた通りで、この駅を過ぎると向かって左手に百楽園から学園前にかけての高級住宅地が線路沿いに見えてくる。まさに「国境の長いトンネルを抜けると異郷であった」。この近鉄奈良線の今里から学園前までの旅は、後に高校時代、川端康成の『雪国』は言わずもがな、泉鏡花の『夜叉ヶ池』や坂口安吾の『黒谷村』を読んだ時に、「遥か彼方に存在するらしき異邦譚」を想起する私のプロトタイプを提供した。

六〇年代には百楽園と学園前の間はつながってはいなかったと思うが、この辺の記憶は曖昧模糊として自信はない。比較的はっきり覚えているのは学園前駅の風情である。当時は地下通路はなく、地上駅のみで大阪行きと奈良行きのプラットホームの間は線路越しに通路を歩くようになっていて、踏切番がマニュアルで遮断する仕組みになっていた。駅の南には帝塚山学園の円形校舎、駅の北には近商ショッピングセンターの円形建築があって一階には大きなパーラーが入っていた。二階部分には周囲をぐるっと取り巻く形で各種レストランも入っていたはずで、母はここの「うどん亭」をご贔屓にしていた。ネットを検索すると、ややあって北口に近商ストアの入った第二ショッピングセンターも完成したと写真入りで記載されるも、こちらの記憶はまったく残っていない。そして駅の北口、つまりショッピングセンター前から出る奈良交通のバスは完成して間もない公団鶴舞団地を突き抜けて坂を下ってゆき、当初は登美ヶ丘一丁目で折り返していたと思う。大渕町から北の高台にかけてはしばらくのちに開発され、やがてバスは登美ヶ丘三丁目行きに変わった。私は今よりも南にあった（前述のように現在の「Ｍｏｖｉｎｇ」の入っている建物前）登美ヶ丘一丁目バス停に母と佇み、北側の坂に停車しているバスが動き出し、学園前駅行きがやってくる様子をいつも眺めていた。今里に帰る時間はいつも悲しかったのである。

　学園前は何から何まで今里のうらぶれた貧民街とは違っていたし、その時代は淀んで臭かった大阪と違って空気も清らかで爽快であった。愛らしい鶺鴒や目白も飛んでいたし、クワガタムシさえ容易に捉えられたのだ！　街路は緑深く区画は綺麗に整理され、瀟洒な豪邸が立ち並んでいて何から何まで新鮮であった。大渕池の南には清楚な近商ストア（かつての南登美ヶ丘店、現在の奈良市水道局事務所）も開店し、カゴを持って自分で棚から商品を取るシステムはアメリカのホームドラマさながらであった。今里駅の南の猪飼野には「万代百貨店」というスーパーもどきはあったけれども、まだ店員による販売を維持していて旧態依然の公設市場とさして変わりばえはしなかった。私は大渕池の近商ストアで生まれて初めて「コーンフレーク」なるものを買ってもらい、マドレーヌならぬその最初の一口の味を今なお記憶に留めているのである。今里にいた時代にも母は紅茶とパンの朝食しか作らなかったが、なるほど紅茶はこうした場所にふさわしい飲料かもしれないと薄々は私も気がついた。母は今里の近隣の人々を上から見るタイプではなかったけれど、明らかにこの街には異文化ではあり、モダニストの祖父の血を受け継いだ学園前にふさわしい人物だったと今では納得する。

　学園前駅の北には有名なヴォーリス建築事務所設計のキリコの作品に出てきそうな教会（日本基督教団大和キリスト教会）も建っていて、宗教といえば近所の創価学会員の題目ばかり聞かされていた私ははじめてキリスト教教会を目の当たりにした。猪飼野から鶴橋にかけてのコリアン街にはキリスト教会も存在したが、東成側片江町のややマシな貧民街《ベルベット・スラム》は新興宗教の殷盛する地域であったからである。阪田寛夫氏の『わが町』には、一九五八年、登美ヶ丘住宅地開発の直前に創建された大和キリスト教会に阪田氏の親族が深い関わりを持たれた経緯が特記されている。驚くべきは、阪田氏は「丘の上の教会」（賛美歌第二篇一八九番）の日本語歌詞をこの教会をイメージして創作された事実であった。思うに、原野に街が切り開かれた雰囲気は、「学園前」という歴史的文脈から解き放たれた地名のニュアンスも相まって、阪田氏にもピューリタンの「約束された新開地」に映ったのではないだろうか。

鶴舞を走り抜ける奈良交通のバスは大阪にはまだなかったワンマン運行で、停車ボタンを押すと「白鳥の湖」のメロディが車内に流れたのであった！

学園前について書いたならば祖父の所有していた南紀白浜の千畳敷近くの別荘についても一言せねばならない。こちらは南海不動産の開発した「南海白浜ヴィラ」のＦ館一〇四号で、太平洋を臨む崖の上に聳える文字通り白亜の殿堂であった。近隣に旧天山閣を改築した「ハイプレーランド」（現在のホテルシーモア）の開館を見るまでは、「白浜ヴィラ」から三段壁にいたる一帯は揃いも揃って真っ白な会社の保養施設や大金持ちの別荘が立ち並び、現在でもその風景は残存している。三益愛子主演の『風流温泉日記』（松林宗恵監督、一九五八年）は白浜の「南海荘」なる温泉旅館を舞台にしたコメディとして知られ、高度成長前の白浜を舞台としている。この映像作品に表現された白浜は、私の知る一九六〇年代後半から七〇年代半ばまでの状況と大きく異なり、どこにでもある日本の温泉街であるように見て取れる。おそらく「白浜ヴィラ」も含めてコンドミニアムや会社の保養施設が六〇年代の高度成長期に次々と建ち、やがて千畳敷から三段壁に至る「別荘文化」も形成され、温泉地からリゾートへと白浜は相貌を変えていった。ネット情報を総合すると、一九五六年に関西で五番目の本格的ゴルフ場として開場した白浜ゴルフ倶楽部（現在も存続）にアクセスを確立するために五八年に湯崎から町営ロープウェイが設置されている（私もこれに何度も乗った記憶を有する）。平草原一帯のゴルフ場にリンクしたリゾート開発は関東圏からの金持ち客の確保にもつながり、こうして六八年に白浜空港も開港し、その代わりロープウェイは六九年に廃止される。この時期、飛行機の旅は高価なセレブ文化に過ぎなかったたから、空の玄関から湯崎など大衆的温泉地をスルーして白浜の奥地に「別荘文化」が花開いたことになる。私の白浜の記憶には白亜の別荘地とそれと不思議に調和した白良浜の白い砂があるのみで、文字通りの避暑地に他ならず、サラリーマン文化とかローブロウな温泉宿のイメージは皆無であった。もっとも湯崎周辺は、すっかり寂れ果てた現在と違って昔ながらの温泉街も健在で、三段壁近くに開園した「熱帯植物園」も七〇年代には「ハマブランカ」という総合型アトラクション施設に改組され、温泉客もやがてセレブな「別荘文化」を侵食し始めた。思うに、「カサブランカ」を連想させる「ハマ（浜）ブランカ（白）」は、地中海風別荘地の立地からヒントを得て命名されたと推測され、このスペイン語の原義が「白亜の家」であるのも偶然ではないだろう。もっともこの時期にモロッコの街を本当に知っている人など滅多にいなかったから、周知の映画からヒントを与えられたのだろう。

白浜ヴィラ周辺から眺めた夕日

「白浜ヴィラ」での思い出はたくさんある。この建物群の聳える崖を降りてゆくと、岩によって形成された磯に出るが、鉄分を多く含んでいるのか、その砂は赤く、私は白良浜から着想して「赤良浜」と勝手に名付けていた。この磯にはきっと危険な生物が潜んでいたと思うものの、子ども時代には平気でここで泳いでいたし、干潮時には歩き回っていた。現在はフィッシャーマンズ・ワーフとなっている場所には小さな港があり、その横には釣り堀と貸し釣竿の店があって、私は釣竿をいつも長期貸出してもらい、磯辺でたった一人で長い時間糸を垂れていた。ほとんど人のいない白良浜で母と二人で海水浴をして小さなタコを見つけた日もあった。まぶ湯の近くのトンネル横の小さなパチンコ屋で、私が勝ちに勝った玉を父が全部スってしまったことも記憶に新しく、子ども心に父はつくづく金儲けのできない人だと呆れ返った記憶も残っている。

子ども時代は家族に連れられて宿泊したこの別荘も、中学の卒業旅行と称して同級生三名と一緒に宿泊を認めてくれたのを機に私一人でも使用を許可され、私にとって真のアジールと化した。高校時代はいつも一人ぼっちで「白浜ヴィラ」に泊まり、柳橋通りの浦書店（現在閉店）や田辺の葵書房（現在もある）で本を買ってきては部屋にこもって読んでいた。この二つの書店は社会科学書なども置いていて、『現代の眼』のような雑誌を買ってきて読み耽っていたのである。私にとって白浜は幼少期から青春に至る自由のシンボルであり、精神的に解放感を味わった学園前と同じく、陰鬱な大阪下町の息苦しい生活を辛うじて中和してくれる「避風塘」空間であったのである。

祖父が学園前登美ヶ丘の邸宅を引き払い「白浜ヴィラ」を手放した七〇年代半ば、私は両親の住んでいる生駒から京都下鴨の下宿先に移り、愛情を注ぎながら不幸な生涯を送らせてしまった愛犬とも別れて幸福とは言えなかった学生時代の後半を送ることになった。この時から九〇年代後半に帰国するまで私はこの二つの土地を再訪しなかったし、あえて忘れていたというのが正直なところだ。

ほとんど読者を有しないと思われる本書を編集している私は、先述の如く、ただいま現在、鶴舞一丁目のURの住宅の住民である。子ども時代には眩く映った旧公団住宅はすべて取り壊され、URによる新しい賃貸住宅に再編後、一部は近鉄不動産などに売却された。とはいえ、学園北から登美ヶ丘一丁目にかけての風景にはあまり変化はなく、祖父母の旧宅もそのまま残っていて今は別な方の所有となっている。大きく違うのは「佐伯御殿」より北側に位置する丘陵地帯の造成が大規模になされた点であり、西登美ヶ丘から中登美ヶ丘に至る広大な土地が住宅地に変貌した事実である。現在の御嶽神社から大渕公園一帯も雑木林であったと記憶しているから、今や学園前は広大な人口を抱え、さらに奈良先端科学大学大学院も誘致されて学研都市の入り口になった。近鉄の学研都市線の開通によって北に伸びた広義の「登美ヶ丘」も北生駒や登美ヶ丘駅というバスターミナル駅を有するようになった。さらに「ならやま大通り」によって生駒と繋がってからは、大阪や京都ともクルマで容易に往来できるようになった。こうした事実もあるのか、学園前駅の利用者数は一九九〇年代に比べて半減し、鶴舞団地も老齢化に伴って往年の活力もすっかり衰退し、この地にも落日の影は忍び寄ってきた。有名な鶴舞団地の給水塔は往年の団地族憧れのランドマークだったらしいが、今や廃墟やレトロ画像や動画の世界では有名なスポットになっていると聞く。

祖父母の登美ヶ丘の旧宅近辺の現在
（家屋は新築されている）

私は母に手を引かれて歩いていた自分の姿を思い浮かべ、あるいはかつての自分の視線を重ねながら祖父母の邸宅の前を毎週ジョギングしている。やがて私の記憶する学園前の風景も、私の存在もろとも消え失せて忘れ去られるに違いない。

二〇二一年　秋
学園前登美ヶ丘にて

小島亮

第Ⅰ部

片一橋から寿橋を臨む。
どぶ川も今では道頓堀よりもきれいになっている。
鶴橋斎場や相生中学校横の化脂工場もなくなり、この地から悪臭は消滅した。

歴史なき街にて
―一九六八～九年、大阪東成の片隅で過ごした時代―

やや長い前書き

原武史の『滝山コミューン　一九七四』（新潮社、二〇〇七年）が文庫になったのを機に読了した。この著作が単行本として書店に並んだ瞬間から「すぐに読まねば」と考えていながら、つい時間だけが経ってしまった。出版から三年、本書は講談社ノンフィクション賞を受賞し、名著としての評価も定まったのではないだろうか。

本書は原が三〇年前に東京郊外の団地内の小学校高学年時に受けた「集団主義教育」を「滝山コミューン」として理念化し、ノンフィクションの手法で書き下ろした作品である。

本書の記述を成立させている作為性について作者は巻末あたりで四方田犬彦のドキュメンタリーの文法を引用しているところからも明白であり、言うまでもなく「創作」は「ノンフィクション」としての卓越性を一切傷つけるものではない。ティム・バートン監督の『ビッグ・フィッシュ』に倣えば「事実には脚色を加えたヴァージョンもある」ということだろうし、私もその方を好むタイプの人間である。原はおまけに創作の仕組みについてもきちんと明らかにしている。すなわち、集団主義教育をソ連型社会主義に喩え、それに抗して「理念と現実」の複合体として覚めた目で見る「異論派」たる自己を再認する線分の引き方である。「滝山コミューン」なる架空世界は、「滝山ソヴィエト」とでも称した方が相応しくもあると言え、「コミューン」＝地域共同体＝新興団地の社会的均質性と学校教育を絡めた点に卓抜な着想がある。[1] 滝山団地がソ連の集合住宅とよく似ていると作者は書き記していることからも、この論の立て方は本質的であり、成功の秘訣であったと評していいだろう。こうして「民主的」の名のもとで行われた集団主義教育を、「トラウマ」を刻印された被害者の一人の立場から、周到に内科的分析を行ってゆくのである。

私は本書を読み終えて、いくつかの点で真に驚きを感じた。第一には、作者の真面目さである。一九五六年生まれの私が作中の作者と同学年の時期は一九六〇年代の末期、すなわち学園紛争絶頂期に他ならない。この年頃になると、私にとって、「学校で教えてもらうこと」など欺瞞に満ちた大ウソであるなどは自明であった。『ライ麦畑でつかまえて』の主人公と同じく、学校にｐｈｏｎｙ（まやかし）を嗅ぎ取ったのである。これが「一九六八」年のラディカリズムと一定の切り結びをしていたか否かは別にして、私固有の捻くれと大阪下町の人間性に深く根ざしていたことは間違いなかった。「さすが受験秀才だな、こんなに真面目に学校の教育を真に受けていたなんて！　しかも三〇年間もそれを反芻していたなんて！」というのが私の正直な感想である。第二には、作者が「コミューン」の体験をした一九七四年と言えば、私は高校三年生。この時点にわが身を滑らせて思うことである。[2] いきなり脱線をするようながら、少し書いておこう。私の卒業したキリスト教系高校には「民主的教師」はいるにはいたが、同級生は鼻からこれらの教師を相手にせず、受験勉強に熱を入れていた。私などあまりにも無視され馬鹿にされていた「民主的教師」に内心同情していたくらいである。この時期の私は驚くべき無秩序を体現していて、『国家と革命』に出会って以降、マルクス・レーニン主義者を自称するも、前衛文学から受けた否定精神と歴史学を介して次第に講座派マルクス主義に傾斜する理知的部分に引き裂かれていた。やがていわゆる二段階革命論を定式化した「三二年テーゼ」的な社会変革路線を正当なものと支持するに至るも、[3] 私の場合はここまでであって、日本共産党系の政治文化やサブカルチャーにはアレルギーを禁じ得なかった。

私は「地域に根ざす」とか「いのちとくらしを守る」やら「仲間を支える」などといったスローガンは大嫌いであった。ついでに書けば共産党の「憲法九条を守る」や「平和と人権」などの宣伝文句に内在する矛盾をすでに見抜いていた。安部公房の『箱男』のマニュアルに従って「箱」を実際に作った心性は、嘘臭いレトリックに鳥肌を立てさせたし、だいたいマルクス主義は民主主義を超克する筈のものであった。高校時代、学園祭で「民主的教師」が上映した映画『どぶ川学級』(橘祐典監督)を鑑賞し、須長茂夫の原作三部作まで付き合って、こうした世界は絶対にあり得ないと体質的に拒否したものだった。私は本物の「どぶ川」の近辺に住んでいた少年時代を有していたから、タイトルからしてご免蒙りたかった。「どぶ川には可能性がある」だって……そんなセリフは寝言に決まっているではないか。「どぶ川」には絶望と屈辱しないのだ。本作のなかに主人公の青年労働者が、「民主的教師」と会食する場面がある。生徒のアンケートなるものを紹介し、生徒が信頼し評価する教師は「民主的教師」ばかりだと述べるシーンである。私はこのインチキの極まった場面に至って我慢の限度を超えてしまった。

幸い小学校時代に「民主的教師」にはほとんど接しなかったけれど(馬鹿げた集団ダンスを除く。なおこれは後述)、中学校で一番信望し帰依したのは異端的な数学教師(この先生は雑誌『自由』を愛読されていた)であった。学者肌の一匹狼的な先生が私は好きで、日教組の活動家タイプも「民主的教師」もともに論外の存在でしかなかった。これは私のような捻くれ者だけの例外ではなかったと思う。高校時代、穏健な第一組合と大私教系の第二組合に教師は分裂していた。生徒の信頼していたのは圧倒的に前者に属する先生で、後者は迷惑以外の何ものでもなかった。授業もいい加減で人格破綻者か未熟者しかいない、という見方が高校生の大半の評価であって、活動家の先生方は自己陶酔していただけの話である。『どぶ川学級』の上映は後者によるものだったと記憶するも、講堂の中でポッネンとこの映画を見ながら、私は「こいつは虚構だ」と独言を連発したものだった。むろんとんでもない学校運営の前に「民主的教師」が良心を過剰代表し、極めて有能な人材もそこの混じっているケースまでは否定しない。戦後のある時期まで教師は低賃金労働者であったから、日教組の組織拡大も納得するし、揺籃期の戦後民主主義の可能性に賭けた理想主義は私も心から共感する。ただし七〇年代以降になると、明らかに「民主的教師」は「主義者」に堕し、初期の状況から一変していたと思う。私は「偏向教育」として糾弾された歴史教育の過半を弁護する立場を貫くも、日教組の現実離れした階級闘争主義こそ塾教育を熾烈化させた戦犯であるとする考えを譲る気はない。公教育の崩壊は「お受験」に象徴される状況を生み、教育費の負担をめぐる格差を生んだのであった。日本の教育は小室直樹の指摘するように「階層移動の原理」であったから、「原理」の実績（パフォーマンス）から属性（アスクリプション）への変化こそ日本社会からダイナミズムを消失させて行った原因である。(4)

私は受験勉強を一切拒否し、好きな本だけを読んで過ごして高校時代は終了し、日本史を専攻すべく京都の立命館大学に進学した。高校の担任は超人的にできる教科を有している私に浪人して上位校を狙うように何度も教唆したが一切耳を傾ける気もなかった。受験勉強などいかなる興味もなく、高校時代に勝手にやっていた歴史学を即座に追求したかったからである。ところで、私は原の「コミューン」に近い体験をこの大学時代に有している。何しろ教職員も学生も日本共産党と民青に全学は支配され、完璧に近い統制が行われていたからである。私は当初この理想的人民民主主義独裁に心酔していたことを正直に告白しておかないといけない。しかし約半年（いや一ヶ月かな）後にはすっかり白けきってしまった。のちに述べるが、一種の「現実的思考」を大阪の下町で身に着けていた私であっても、共産党員たちの腐敗と堕落は許容の限度を遥かに超えていた。とりわけ知的退廃の度合いは大したもので、こいつらは絶対に人間のクズだと確信した。最近読んだ兵本達吉の『日本共産党の戦後秘史』にも「クズ」という悪罵を共産党の残存幹部に使用されているが、これは極論でも何でもなく妥当な表現である。ただし私は講座派マルクス主義を自分の頭で選択した人間であったから、一方的に被害者ぶるのは止めておく。あらゆる機会で弁舌たくましく私は講座派マルクス主義の弁明を行なった。高校時代の蓄積を背景にした私の論法に対抗できた学生は稀で、きっと多くの仲間は内心忸怩たる思いだったろう。私も立派なB級戦犯なのだ。「これはまいったな」、頭の中がスッカラカンの民青のゴロツキ連中（ミンゴロと言う）には呆れ果て、やがて軽蔑から憎悪に変貌した。しかし日本の帝国主義的自立性を前提にする新左翼理論の諸形態は感覚に合致しなかったし、実存主義を想起させる珍妙な真面目さも肌に合わなかったので、こちらとのお付き合いもまったくあり得なかった。後に廣松渉の物象化論を手懸りにマルクス主義の基底還元主義的実体論を私は超克し、パーソンジアン「構造―機能分析」とフランス構造主義の双方に目覚める。しかし革命論としての廣松は誇大妄想か時代錯誤かのどちらか、またはその両方にしか読めなかった。だいたい連合赤軍や「よど号事件」以降の世代にとって、内ゲバやテロを繰り返す新左翼など「トロッキスト」であるか否かは別にしても近づく気すら喪失していた。共産党にさえも興味深い人物や「いい人」もいるにはいたが、その肯定的な部分は抑圧され非人格的な小役人に変貌する（これを彼らのジャーゴンで「成長する」と称する）姿は痛ましかった。ただ今の私はこれらの連中にはやや寛容ではあるし学生限定で許してもよいと考える。この時代のミンゴロは島田雅彦の「サヨク」であり、社会変革を求めると言うよりも、小市民的家庭の「学内版」、あるいはゲームの一種として（インベーダーゲームの殷盛期だった）「活動」なるものに関与していただけあっただろう。この点において、私の依拠していた「学問」なるものもミンゴロの「活動」と等しく一種の遊戯であったかもしれないし、私は自己の立脚点を特権化するいかなる弁明も考えつかないのである。ミンゴロのほぼ全員は社会科学の基礎すら理解する知性に欠き、知的シニシズムを漂わせていた。別段、この連中は思想的に誠実に自己の立場を選択したわけでもなく、遊び仲間を求めていただけの話であったし、美型女子などは知的レヴェルに反比例してチヤホヤされる度合いも高かった。市民社会的道徳律＝共通感覚も欠如し、おまけにヒューマニズムの断片すらミンゴロから感じたことさえない。日本共産党の指導部のように責任を追及するのは余りに大人げないし、これらの無邪気な学生は多少出来が悪かっただけの話で絶対に免責されるべきである。それにしても、私は地区委員以上の共産党幹部こそ「人間のクズ」として指弾したい。勉学に多少は打ちこみ、人生の試練を経験すべき年齢の若者を新聞拡張隊や宣伝車のお手振りペットなどに無償で酷使したのだ。並みの学生ほどの努力をしないですむ弁明を「党」の名の下でやってくれるわけだから、「共産党のかわいい女」は大喜びで奴隷となった。

　いずれにせよ私は目前の「日本の現実」を超克するために講座派マルクス主義に共鳴をしたのであったが、現実の日本共産党は、「半封建制」もしくは素面の「共同体的規範」に特有の人間的暴力を再生産する実態を知るに及んで袂を分ったのだった。そして自己の内面にあるらしき「現実主義的思考」を科学的に錬磨する方向に転換し、私は大学卒業後、歴史学とも距離を置くようになる。この辺の事情については別個に回想をする機会もあると考えるので[5]、ここではパスしたい。

　さて私の小学校上級時代について恥を忍んでここに「ハイパー・ノンフィクション」を執筆することにしよう。キーワードはいくつかある。まず原と違い、私の小学校高学年（五・六年）時代は「一九六八〜九」年、すなわちラディカリズムの全盛期であったこと。そして大阪下町のどぶ川の近辺で私は「現実主義的思考」の基礎を体現した少年時代を過ごしたことである**【後註1】**。

大阪市東成区片江町

　私のもの心ついて以来育った土地は大阪市東成区片江町なる現在では消滅した地名で表記される場所である。一九七〇年の大阪万博の際、「外国人には旧式の地名表記は煩雑である」として大阪市は地名を整理したからである。このため「大今里南」なるさらに煩雑かつ外国人に発音しにくい奇怪な地名に変貌するも、表記の変更直後に私の家族は夜逃げ同様に奈良生駒に転居したため、今でも私にとって「片江町」以外の何ものでもあってはならない。私の学んだ片江小学校[6]は当時の名称のまま現在も存在し、私の母も一九七〇〜八〇年代にこの学校に産休講師として何年か教えたこともある。

片江校区のあらまし

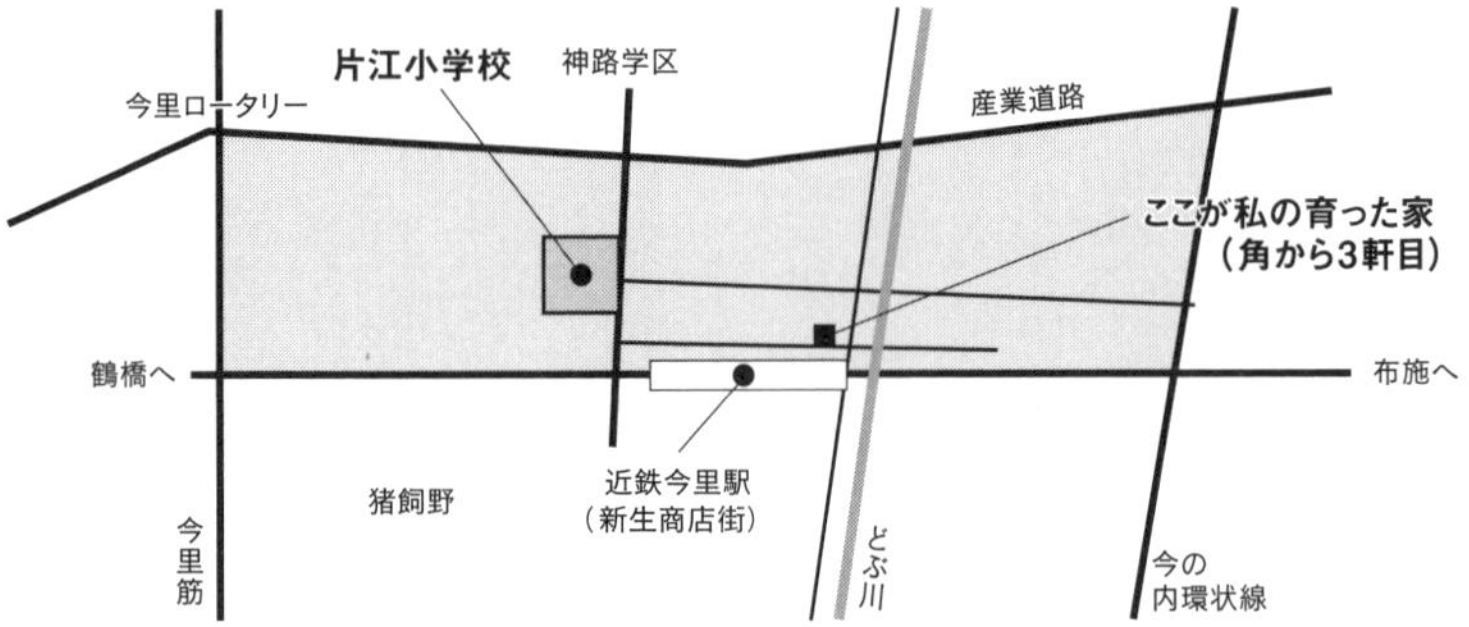

片江音頭

片江よいとこ
住みよい町よ
小学校から
片江一、二、三
本五、本六と
励ましあって
手をつなご
ホンにそうだね
片江サイサイ
片江サイサイ

＊本五、本六とは本町五丁目、六丁目のこと

この小学校は原の作品の舞台と異なり、絶対に「コミューン」的同質性を成立させない地域的特性を有し、結構これは面白い場所であったかも知れないと考えたりもする。片江町は一丁目から三丁目までは東成区に属していて、近鉄線を挟んで南の四丁目から六丁目までは生野区であった。片江町は東成区最南端に位置する立地に他ならず、近鉄線のガードをくぐって生野区側に入ると片江より西は元遊郭の今里新地、続いて猪飼野に連なっていた。この地こそ在日コリアンの日本最大の居住地であり、さらに東に行くと焼肉屋とコリアン市場の並ぶ鶴橋に出るのであった。この近隣にコリアンの多い理由は戦時中の強制労働の現場であり、戦後帰郷した人も朝鮮戦争前後の動乱期に再びこの地に難を逃れてやがて定住に至ったからである。[7] 現在は更地になってしまった近鉄今里駅下には新生商店会という薄暗いガード下商店街が列なり、これ

を越えて今里駅前に出ると、そこはもう別世界の風景（＝「異界野」！）であった。駅前には地域最大の公設市場もあり、車と人の絶えない通りは商業地区を形成していて猥雑な雰囲気を醸し出していた。映画館もあったし、小規模ながらスーパー「万代百貨店」も存在していた。ひっそりとした東成側の片江とはまるで異なっていて、喩えるなら生野は「表」であるのに対して東成は「裏」のように映ったものだった。片江町は生野側の四～六丁目も東成側の一～三丁目も押し並べて「中の下」にランクする住宅地区であり、住宅の中にぽつんと小さな商店があるだけの意外に閑静な地域だったのである。家屋も三階以上の大きなビルは文房具で大手になったコクヨの本社だけであって、ほとんどすべての家屋は二階建てか平屋、しかも戦後復員者向けに急造されたバラック小屋も立派に現役であった。

近鉄今里駅にしてからが、まったくみじめな駅ではあった。この駅は奈良線と大阪線の二つの幹線の駅を兼ねていても、各駅停車しか停まらないのであった。このため今里駅は近鉄全線において通過列車の最も多い駅であったに相違ない。駅のホームに上っても、汚く密集する小さな屋根を見はるかすのみで、スモッグに包まれた空の東に、生駒山地の連なりを遠望できるのが唯一の救いであった。聞くところによると「今里」なる駅名は遊郭の名称そのものだったのを憚って、一時期は「今里片江」と命名されていたらしい。

「明けゆく空よ東（ひんがし）の、生駒の峰の朝日影……」、これが片江小学校の校歌の出だしであった。この極だった特徴もなさそうな片江町が平和な外貌に反して「コミューン」＝「コミュニティ」を決して成立させなかったのは、すでにこの記述からも自明かもしれない。猪飼野と近接していた事実からも分かるように、かなり多くの住民は在日コリアンであり、このマイノリティならぬ地域的マジョリティは「悪場所」としての今里新地の歓楽街の労働力を供給していたと思われる。さらにバラック住宅に住んでいた人々は出自民族を問わず最貧層であったのではなかろうか。とりわけ近鉄線のガード下周辺には一杯飲み屋、スタンド、ホルモン焼き店[8]が犇めいていたし、バラックのさらに下を行く掘っ立て小屋然とした住居もどきも密集していた。今でも感心するのは、五年生時代のガリガリに痩せていた同級生の一人が、そうした掘っ立て小屋から通学していたことである。ガード下の新生商店会は、比較的マシな店舗だったとは言え、ウサギ小屋どころかメジロの鳥籠大の小空間に時には三世代も居住していたわけであるから、こうなれば正真正銘のスラムと命名して大過はない。ドヤ街と根本的に相違するのは、東成スラムの場合は世帯単位の生活実態が存在し、単身者にはまずお目にかからなかったことであろうか。現在、「今里グリーンハイツ」という巨大マンションの建つ場所は、一九六八年まで空襲によって焼けたコンクリート建築が残骸のまま放置されていて、驚くべきことにその中に何世帯かの極貧家庭も生活していたのであった。何しろ大阪城には砲兵工廠の焼け跡も残存して市内を見下ろしていた時代である。この年代を明晰に記憶しているのは、小学校五年生だったその年に廃墟が「アサヒ・スポーツセンター」なるものに変身し、二階は当時の最新流行であったボーリング場、三階は夏にはプール、冬にはスケートリンクと化したからである。時代のファッションと切り結ぶランドマークができたこと自体、子供の目にもまったく冴えない下町にあって一大事態に他ならない。この施設は片江小学校の窓からもよく見えたし、私はセンターの会員となってアイススケートに凝ったのでこの年代はよく記憶しているわけである。インターネットで調べると、センターを作ったのは在日コリアンの事業家で、一種のベンチャー・ビジネスとしてスポーツ・コンプレックス施設に投資し、この会社は名前を変えて現在も健在であるようだ。ついでながら「アサヒ・スポーツセンター」ができた当時、時々鋳掛け屋やこうもり傘の修繕屋が独特の掛け声でじまを破った町内に、ドラムやエレキの怪音が響き渡った時期があった。ちょうどこの時代にグループサウンズの絶頂を迎え、近所の誰彼がそれに「かぶれはった」などという話も聞こえていた。大学紛争は近くにあった近畿大学にも波及し、近鉄布施駅前で私もビラを渡されて「とうとう近大も紛争に入ったか」とも感慨無量であったし、演説口調や訳の分からないその中身までがニュースで見たのとそっくりだったのにも感動したものだった。

話を戻すと、マイノリティと極貧層スラムの存在が片江町を分裂させていて、マジョリティも下層中産階級より主として構成されていたものの、中にはお屋敷を構える「社長はん」もいないわけではなかったし、わが家も人目には際立っていたようで、私は「小島のぼんぼん」として扱われていた。中でもとびきり大きな豪邸を構えていたHさんは近隣では成功した実業家として知られていて、同級生だったHさんの二人娘の妹は片江小学校では断トツの「べっぴん」でかつ成績もよかった。彼女はあまりにも場違いに美しかったため（のちに「掃き溜めに鶴」なる語句を覚えたとき、まずHさんを思い出した）、片江では浮き上がっていて孤独ではなかったか。両親はHさんと仲もよかったため私は彼女と例外的に遊ぶことを許されていて、結構親しい関係にあったので皆からは垂涎の的であった。私はと言えば、Hさんでなく片江小学校で最も成績優秀だったUさんという才女に恋心を抱いていた。後日談ながら、その後まったく会ったことのないUさんは大阪大学医学部に進学したらしく、現在は医師として成功されているのだろうか。一方、高校時代に近鉄難波駅のホームで、お嬢さん学校として知られる神戸女学院の制服を着たHさんに出くわしたことがある。小学校時代の新鮮な美貌はやや疲れた表情の内に衰滅し、私はあまりにも切なくて声をかけることもなかった。この時話しかければよかったと後悔するも、その後、Hさんがどうしているかまったく知らない。片江にあったHさんの豪邸もすでになくなったようだ。難波駅で遭遇した時も、子ども時代と同じように後肩は寂しげに何かに耐えていた。

片江小学校の校区は、南は生野区との境界線をなす近鉄線、東は現在の内環状道路（これも大阪万博の時に建設された）、西は今里筋、そして北は当時「産業道路」と通称されていた現在の府道三〇八号線であり、真ん中をどぶ川が流れる長方形をなしていたのであった。府道にはまだトロリーバスが走っていて、今里筋は市電も現役だった。なお上本町（上六）をターミナルにしていた近鉄は、まさしく一九六八年に地下を掘って難波につながり、この時代に開通した大阪市営地下鉄千日前線の整備とともに交通の主役は路上から急速に消え失せる。同時に大阪万博に伴う内外環状線の道路網再編によって、交通の決して少なくなかった片江町界隈は文字通り死に絶えたような町に変貌して現在に至ることになる。

それにしてもこのどぶ川の名称はいったい何だったのか当時から不思議ではあった。どうやら「平野川放水路」こそ正式の名前であったらしいが、近隣住民は誰一人その名前で呼ばず、私の一家も含めて「城東運河」と通称していたのであった。

今から考えれば片江小学校の校区の立地はまことによく理解できる。この校区の外部はいずれも在日コリアンの過半数を占める地域であって、この四辺形だけが例外的に日本人は比較的多かったのである。実際に東に抜けると布施駅周辺の歓楽街に行きつき、産業道路を北に上がると神路校区は歓楽街と江戸時代以来の伝統的雰囲気の混在した異界と化し、西に今里筋を越えるともはやそこは猪飼野に連続するコリアン・タウン本体に他ならなかった。私の育った家は近鉄線から一筋北に行った小さな道路と「城東運河」の交叉する場所から三軒目。文字通り「どぶ川」のすぐ横であった。現在は、たまに通る自動車が死に絶えた静けさを強調する運河沿いの道路は、私の住んでいたころは交通量のきわめて多い危険地帯であった。運河のコンクリート堤防も現在のように高く作られていなかったから、時には子供が川に落ち、ドブまみれになって救助されたものであった。

後年、母が産休講師として片江小学校に赴任した七〇年代後半から八〇年代初頭には、この小学校の生徒二〜三割くらいを占める在日コリアン子弟は本名を名乗っていたと言う。私の時代には日本人名以外は見たことも聞いたこともない。これは当時でも例外的事態であった事実は、進学した相生中学校で即座に判明した。相生は北隣校区の神路小学校と片江小学校から構成される中学で、神路出身の在日コリアンはたいていの場合は本名を名乗っていた。私は「姜」君などという名前に生まれて初めて遭遇し驚いたものであった。神路小学校は小企業区、商店街、歓楽街を抱えているだけあって、片江とおよそ違った雰囲気の生徒から成り立っていた。片江にはチンピラ然とした「不良」は皆無であったし、一部の極貧子弟を除けばまあまあ身嗜みも良かったけれど、神路はおよそ別世界であった。片江小学校を「東成の学習院」と呼ぶ言い方を訝しく感じていたのではあったが、神路出身者と身近に接して納得した。ついでに私が理解したのは「越境入学」の意味であった。猪飼野周辺の生野区や神路校区、さらに布施の足代から片江に「越境入学」してきた生徒がかなりいて、その存在は子ども心に不思議でならなかった。神路の生徒と接して、確かに親はあえて片江に子供を行かせるだろうな、とだけ書いておき細部は想像に委ねる。

とはいえ片江も神路もあえて言えば同じ穴の貉に他ならない。この薄汚い土地に住んでいる人々は「歴史なき民」に他ならず、とりわけ大書される出来事と一切の関係を持たなかった。後年、神路校区の妙法寺は契沖が住職を務めていた寺であった事実を知って驚いたものだったが、片江校区の話ではない。私は小学校時代、この街で白人をただの一回も見た経験はないし、ゴキブリと丸虫やハサミムシ、ハエ、蚊を除く昆虫も、スズメとヒヨドリ以外のいかなる鳥も飛んでいた記憶はない。小学校上級生のひと夏、イチモンジセセリが大発生した異変があったくらいだろうか。ドブ鼠は常連で蛇はたまに出たものの、モンシロチョウ一匹飛んでいただけでも大事件なのであった。片江は何もない無様な下町だったのだ。

片江校区の政治的傾向について記憶の限りを書いておく。この校区は保守の牙城ではなかったであろうか。共産党の選挙ポスターも『赤旗』購読の勧誘チラシも見たこともなかったし、社会党すら存在の影は薄かった。これに対して、創価学会は極めて強く、わが家の周りの貧困家庭のバラックからは「南無妙法蓮華経」の題目が絶えず聞こえてきていた。向かいのOさんは、ご主人が結核患者で極貧の家計を奥さんと娘さんで切り盛りされていて、Oさんは最後の希望を創価学会に託されていた。ずっと後になって、真継伸彦の『光る声』の中で、共産党も見捨てた地域に創価学会は入りこんで組織を伸ばしているという下りを発見してOさんを思い出したものであった。

なお西成スラムのようにキリスト教が東成に浸透しなかった理由は、この地の貧困文化の担い手は単身者でなく家族であった事実に由来する。貧困家庭にとっての火急の課題は預言者の告げる福音でなく、倹しい明日の夕食を確保することだったからである。

　私が「一九六八〜九」年の激動期、日本が世界第二の経済大国になった時期に過ごした大阪の下町の様相はだいたいこうしたものだった。経済大国など他所の国の話のようにしか受け止められなかったけれど、小さく汚い校庭から見上げた空に確かに国際線の航空機が増えていた。西北の方向に、大阪マーチャンダイズマートビルのような高層建築も建ち始めた。ただしいつ見てもヘドロに汚染されメタンガスの漂う「城東運河」だけは、この忘れられた下町の宿命を象徴していたのかもしれない。

わが両親と地域の支配者

　私の理想主義は臆面なく書けば二つの極端から成り立っている。一つは素面のヒューマニズムであり、これは特筆に値しない安物である。もう一つはイデオロギーへの陶酔を含む危険な香りのする一種のタナトスであろうか。かつてソ連式社会主義に憧憬したり、軍歌や革命家に無条件に心酔してしまう精神構造を現在も完全には払拭できないのは、この思想的ヴェクトルである。講座派マルクス主義を信奉し変革への情念を燃やした時期も、私の場合は、「いのちとくらし」がどうといった生活臭溢れるものでなく、生命を燃焼させる劇的なドラマでなければならなかった。講座派マルクス主義の説得力は、現実の日本社会を形成している半封建的などろどろを根源から粉砕する戦略を有していたからに他ならない。この「半封建的なもの」は具体的であった。後に風早八十二の『日本社会政策史』を読んだ時、実質的には失業状態にある相対的過剰人口が糊口を凌ぐためにありとあらゆる訳のわからない隙間産業の諸形態を編み出したと書いてあり、あまりにもリアル過ぎて一発で納得したものであった。貧困、人間的卑屈さ、さらに文字通りの腐敗臭漂う汚濁、すべてこうした「いのちとくらし」など守られてたまったものではない。私はもの心ついた年齢から自分の住んでいた環境を憎悪していたように記憶するし、未だに嫌悪感を拭いきるのが難しく、その度合いも懐かしさを遥かに超越する事実を正直に告白する。掃き溜めの醜悪な貧困文化に彩られた汚い町を一気に止揚する何かしら「高遠な理想」（！）。これを私は追い求め、まず自室に作った理科実験室に閉じこもったのであった。この実験室にはアルコールランプからビーカー、フラスコなどを揃え、メチルアルコールやネスラー試薬など取扱注意薬品なども並べていた。比重選鉱法で鉱物を取りだすことも手を初めていたし、理科辞典に記載されていた各種の実験も一人でやったものだ。井伏鱒二の『貸間あり』に登場する得体のしれない長屋の研究室（川島雄三監督の映画作品では上野台地に舞台設定されていた）を想像すればいいかもしれない。きっかけは大阪自然科学博物館友の会から連れられて行った多田鉱山の廃石場で収集した水晶の結晶に完全に心を奪われてしまったことであった。これを契機に理科熱が燃え上がり、やがて化学に思い入れを転じて様々な実験に没頭したのであった。

私はこの時期から学校で教えられた教科の勉強を行った経歴は一回もない。小学校でも授業を聞くだけでおしまい。両親はあまりに気ままな私に呆れたか、近所の「藤原理科実験教育研究所」（現在の藤原学園実験教育研究所）[9]という私塾に五年生から通わせてくれたものの、藤原先生の理想教育の部分をエンジョイすれども肝心の受験勉強の方はさっぱり興味の欠片すらなかった。とにかく現実的でないもの、鉱物の幾何的な結晶、化学式の世界にひたすら憧れ、こうした「完全なもの」を追求してゆくと現実の歪な世界を一気に変革もしくは超越することができるかもしれない、と子供ながらに執念を燃やしたのであった。没頭する対象はやがて野鳥などに移り[10]、中学時代には鉱石収集がぶり返すも[11]、とにかく心をいれあげる対象は非人間的な完璧なものでなければならなかった。何を隠そう、私はこの心情は今なお完全に克服したわけではない。マルクス主義に遭遇して以降、「科学」の旗の下で指し示す内実は変化を遂げたけれども、イデオロギーの本質は超越神の理念と同じで現実を否定することにこそあると信じて止まなかった。もちろん、只今のところは、この方向軸を均衡させる別傾向の思考回路も確立しているから、私の内面の一側面に過ぎなくはなったのではあるけれども。

ところで理想主義のより穏健な側面、つまりヒューマニズムについて述べる際に、どうしても両親について触れざるを得ない。私は「小島のぼんぼん」として扱われたと書いたように、わが家は下流社会よりは上位にランクされていた。父が営んでいた「ユニオンチャック工業株式会社」は事実上倒産していたことは感づいてはいたが、家屋もこの地域では圧倒的に大きかったし、珍しく自家用車を父が所有し（当初はヒルマン、のちにはマツダ車を愛用していた。母によると一時期ハーレー・ダヴィッドソンに父は乗っていたらしい）、名門幼稚園を私が卒園したこともあって、地域内では別人種的存在であった。だいたいこの時代にわが家のようにカラーテレビやクーラーを持っていた家庭など滅多にはなかったのである。父は会社の実質的倒産をした六〇年代の半ば以降、まったく仕事をしないで後藤又兵衛の研究に打ち込むかぶらぶらしてばかりいたのに、不思議にもご近所では名士で通っていて、法務省保護司に任命されていた時期もあった。事務所を兼ねていた家屋を父は緑のペンキで塗りつけ、小規模な植え込みを囲うフェンスも入念に同じ色のペンキで彩っていて家は周辺では「グリーンハウス」と呼称されていた。これは茶褐色もしくはくすんだ灰色の近隣からわが家を隔絶するための記号を父は必死に付けていたとも理解できる。階層間の境界面よりもわずかに上位に位置する階層は、より下位の階層に徹底的な差異化を行ってより上位に自己同化する。[12] そうした限界差別の心性を私の両親も強烈に持っていて、具体的には周囲の貧民や在日コリアンへの軽微な偏見と差別心を有していた。さすがにこうした感情を対外的に露わにすることは滅多になかったのではあったが、家庭内では父は遠慮しなかった。やがて、家庭の経済的危機の進捗にしたがって両親も不仲になり、夫婦喧嘩の絶えない毎日も続いた。私はいつしか超現実を夢見る子どもになって、不愉快な「目前」を作っている両親の思想信条は絶対に間違っているという確信を抱くようになった。母は奈良学園前の祖父母の実家にしばしば私を連れて帰り、そこから片江に通学したこともある。私は学園前の豪華な大邸宅に仮住まいするのが楽しくてならず、「両親が夫婦喧嘩しているので学園前にいる」ことを吹聴したものであった。他人に対しては良家を取り繕うも家庭内では絶望的な状況で、しかも何食わぬ綺麗ごとを語りながら、とりわけ父は予断と偏見を大声で喚きちらした。父とは対照的に母は逆に現状維持以外のいかなる思考も否定するタイプの矮小な人に見え、両親の逆は全部正しいとする考えに揺るぎはなかった。このためか私はこの年齢から民族や人権差別から比較的自由であったように思う。相生中学で民族・人種差別の言辞にはじめて接した時も私は嫌悪感しか持たなかったし、同調する気などさらさらなかった。今でこそ両親の立場を内在的に理解するに吝かでないが、この点に関して私は両親を弁護するつもりはなく、被差別部落を侮蔑した父を一六歳のころに足蹴にした（父は一週間寝込む傷を負い、これ以降、私の前で差別発言をしなくなった）こともある。

以上のように書けばいかに劣悪な両親のように印象されるが、高校時代には苦しい家計の中で本を好きなだけ買ってくれたことも一方の事実であった。大学進学時にすでに千冊を優に超える蔵書に私は囲まれていたのである。しかもその多くは左翼文献か歴史学の研究書か前衛小説かのいずれかであったわけであるから、両親は寛容度も高かったと今では感謝もしている。しかし当時の私にはそんな認識はなかった。一九九〇年代の中頃に帰国した頃、母は「亮ちゃんは、子供のころから韓国人びいき」であったと回顧したことがある。私の理科的理想主義に両親への嫌悪感が相乗作用し、あるタイプのヒューマニズムを惹起させたのであるから、思えばマルクス主義に目が啓かれるのは時間の問題であったのだ。

両親よりは穏健な人々が集まっていたとはいえ、片江校区内の中心メンバー、PTA、町内会やら日赤奉仕団やらの役員は「ぼんぼん」「お嬢はん」のいる「ええとこ」の家庭によって占められ、貧困層も在日コリアンも完璧に排除されていた。これに対する抗議の声も上がったと聞いたことはないので、この時期までは名士によって町内運営をする慣行も「あたりまえ」であっただろうし、在日コリアンの皆さんも遠慮していたのでなかったかと考える。

なお父は死去する直前に論集『後藤又兵衛とその子』（人間社、二〇〇七年）を上梓した。私も父が逝去してから二冊の遺稿集（『草蒸す墓標』・『家系史研究覚え書』、いずれも人間社、二〇〇八年）を編纂して父についてようやく理解できた部分もあるので公平を期すために書いておきたい。父は学徒動員で大学を中途で終了させられ、九死に一生を得て三年余の軍隊生活から生還した人であった。この父は生前、いつも鼻歌を歌いながら歩く癖（これは私にもある）を持っていて、哀切なメロディーに身を包んで何かを我慢していたかに諦めていた。片や父は会社実務にはまったく興味も何もなかったし、知識もなかったように記憶している。目を輝かせていたのは後藤又兵衛についてだけで、家族の生活が最悪であった一九七一年に「大坂夏の陣の豪将　後藤又兵衛」なる長編論考を地元郷土史研究誌『河内文化』に発表している。結局、片江町の家は売却して奈良生駒に転居するはめになり、父もこれを機に再就職して五〇を過ぎてから働き始めたのではあったが、不思議な習性に私は前々から気が付いていた。父は生駒に転居してから絶対に片江に行こうとはしなかったし、生駒から秋篠に移ってからは決して生駒に戻ることもなかった。片江時代、兄弟のように親しくしていた人物の葬式にも参列しないうえ、出会ったどんな人物も一期一会を決め込んでいたようなのだった。思うに、父は中国戦線の日々までで人生を心理的に終焉させていたのであった。その後に出会った唯一の友人は半生を賭けて取り組んでいた敗軍に殉じた勇将・後藤又兵衛だけだったのである。[13]一方の母についても非凡な芸術的才能を有している事実に驚いている。最近上梓した『にほひたまゆら』（グループ丹、二〇〇七年）に収録したちぎり絵、書道作品など多彩な芸術分野への巧みには瞠目する以外はない。思うに、こうした潜在的才能を完璧に我慢し家計を切り盛りするためだけの半生を強いられ、加えて不仲の夫婦仲や祖父と父との相乗的な葛藤をも乗り切って自己を押し殺してきた訳である。母は戦前に女学校から師範学校にまで進学した才媛のなれの果てではあった。今でこそこのような突き放した共感もできるものの、子供時代の私はとにかく両親への嫌悪とおよそ家族なる語の示すすべての意味を憎む他はなかった。将来にわたって「家族」を自分で持つことなどないだろうとこの時代から確信していた事実も正直に書いておきたい。

「ユニオンチャック工業株式会社」についても忘れぬうちに思い出を書いておく。私のもの心ついた頃にはこの会社はすでに廃屋同然となっていてガランとした工場に工具や機械が並んでいた。私が小学校の下級生だった頃まではたった一人だけ残っていた従業員もいた（どんな人かは面影もないが、朝食のパンをいつも用意していたので覚えている）のは確かながら、一九六八年ころになると母だけが鉄盤の上でファスナーを叩いていただけが実態であったのではないだろうか。これもいつか母から聞いた話であるが、会社と両親の不遇に同情した奈良櫟本の実業家や近所の方から小規模な注文を受け、食い扶持を稼ぐためにそうした生産をしていただけであったと言う。今の私よりも数歳若い年代の父は先述のように仕事など一切せず自分の趣味に閉じこもっていたし、まだ四十歳代後半の母にとって心底から屈辱的な毎日であったと考えられる。ある時期は、その日の食費にも困ってしまい、町内で唯一ツケのきく更科という蕎麦屋から出前を取って彌縫策を取っていたらしい。結局、この片江町の家を売却し、奈良への転居をせざるを得ない羽目になるわけだが、率直なところ、この汚い町に別れを告げられて本当に嬉しくて仕方がなかった。

再び小学校

小学生の世界も同質性とは無縁の歪な空間をなしていて、表面的な平和の裏には排除され抑圧された存在があったことは言うまでもない。誰それ君は「チョーセン」だという声は囁かれたりしたものだったが、露骨な差別はなかったとは言え、そう名指されていた諸君は教室では確かに控え目であったように思う。民族差別について小学校時代に大きな問題になったことは私の時代には皆無ながら、それは日本人の立場からする太平楽なのかもしれない。コリアンの生徒たちとは交友は存在しなかったと言ってよく、校区内の「ええとこ」の交際範囲と生徒のそれは厳密に重複を見ていたのではなかっただろうか。バラック住宅の子弟は別個のコミュニティを形成していたようにも記憶するし、それを当然のように感じていて疑問すら浮かばなかった。もちろん私の場合も然りで、交友ということになると数名の頻繁に遊んでいた「グループ」以外に話をしたことすらあまりなかったと思う。原は小学校時代の写真を眺めて、それが誰であるか即座に分かると書いていたが、私はおそらく誰一人分からないし、数名の「グループ」以外の同級生の名前すら先述のH

さんなど幾名かの例外を除いては一切記憶にない。「グループ」はN、S、O、Uと私の五名より成り、何かと集まっては遊んでいた。私を除くと勉強のよく出来る生徒たちであった。どうしても通り過ごすことのできないのは「いじめ」の存在であった。極貧家庭出身のMさんへの激烈な「いじめ」はあたかも空気のように広がっていて、毎日のように彼女は泣かされ、そして何回泣いたかを克明に記録されていた。私もそれに加担した一人であった事実を正直に書き、己を慚愧し本人に謝罪する。これは私が長年心の中で罪に感じていたことで、彼女から見た小学校時代はさぞかし苦痛に満ちた地獄だったろう。幸い中学校に進学してからは彼女への「いじめ」も漸減したのではないだろうか。中学校の新聞にMさんが書いた自分の妹の誕生を記した文章を、私は新鮮な感動をもって読み、今でもいくつかの断片を記憶しているのである。

私は小学校ではかなり有名な変人であった。片江小学校では成績のいい「秀才」と呼ばれた少数の常連生徒たちがいて、格別の注目を受けていたようだったが、間違っても私はその中に分類されることだけはなかった。何しろ学校の勉強は一切せず、勝手な趣味だけを執心していたのだ。はっきりと成績が悪いわけでもなく、まったく勉強などしない割には中途半端に成績上位に入っていたようで、理科や社会科では私は文句なしのトップの座を確保し、その地位はどんなに「秀才」諸君が挑戦しても不動であった。私は奇妙な敬遠をされていたし、ある時期から敬遠を愉しむようになってしまったのであった。おまけに五年生の時期には今で言う「登校拒否」をしていたので、小学校時代は勝手なこと以外に何かをした記憶はまったくない。どうして学校の勉強をしなければならないのかも理解出来なかったし、ひたすら自分で作り上げた仮想現実の中で完結した美のようなものを追求するに余念はなく、通知簿にはしばしば「自己中心的な見方が際立っている」と特記され、しかもそれを褒め言葉であると私は信じて疑わなかったのであった。

ここまで書いた文章から、いかにも学校嫌いの孤独な少年を想起するに相違ない。しかしながら私のさらに変わった点は決して学校嫌いではなく、孤絶し敬遠されながらまんざら学校をエンジョイしていない訳ではなかったことである。理科と社会科ではとにかく令名を馳せていた秀才を差し置いて私の王国であったし、先生からよく何をしてくれとかこんな素材を知らないか、などと相談を受ける特権を満喫していた。一目置かれていたこともあって、あまり仲間はずれにされた経験もない代わりに、完全に仲間集団内での少年期を送ったわけでもない。同級生とのコミュニケーションはきちんと確保していたためか、この時代の小学生のサブカルチャーはしっかりと肉体化したように思うのである。

そこで私の小学校上級生の時代がまさしく「一九六八〜九」年であった事実に回帰してみよう。大阪の下町の小学生はかなり野放図な「お笑い」の文化的洗礼を享受し、これに通暁しない限りは学校での話題についていけないため、秀才諸君もこの部分は共有していた。荒れ狂っていた学園紛争の報道は、テレビニュースやそのころまだ読めなかった新聞を通じて毎日伝えられた。大阪の下町の小学生はもちろんエンターテイメントの世界に翻訳してその影響をもろに受けたものである。ゲバ棒とヘルメットで機動隊を相手に戦う学生はさしあたり「忍者部隊月光」の最新版でカッコがよかった。何しろ学校を封鎖してぶち壊すなどといった快挙をやってのけるのだ！　小学生は早速「全学連ごっこ」を編み出し、掃除の箒をゲバ棒に見立てたチャンバラを始めたものだったが、もちろん悪役は「機動隊」であった。町内の憎まれ婆さんの家に「2B弾」という猛烈な音のする爆竹を投げ込む遊びも流行し、これは「反動分子への戦い」と呼ばれていた。この表現からすると少年紅衛兵の影響もあったのかもしれない。やがて「おれは天下の全学連」という歌[14]（牧伸二がお笑い番組で歌っていたのではないか）を生徒たちが高唱して学校から帰るようになった。小学校時代の給食がまずかったため、みんなはタコ焼き屋に必ず立ち寄って帰宅するのであったが[15]、そこからも「おれは天下の全学連」の歌が聞こえてくる日もあった。確か六八年の絶頂期、私は仁川にいる叔母の家に訪問する途中で関西学院大学の乱闘を見物に行ったことがあった。大学周辺では学園紛争の見物客を相手にタコ焼き屋が店を出していたことを記憶している。これが私の言う「大阪の現実主義的思考[16]」である。六〇年代末期と言えば、大阪のお笑い文化が制度化されマスコミに本格進出する直前の時期であったのではないだろうか。この時代に深夜放送のディスク・ジョッキーとして笑福亭仁鶴[17]が彗星のごとく登場し、テレビ番組「ヤングおーおー」の司会に桂三枝が抜擢されて以来、大阪のショービジネスは吉本一色に染め上げられて一気に制度的文化に変身する。六〇年代末は、こうしたお笑いが辛うじてアングラ・サブカルチャーの一角を占めていた最後の時代であった。小学生たちは寄席(まだ道頓堀角座などが健在であった)に通うことはなかったけれど、週末のお笑い番組はすべて見ていた筈であり、片江小学校のようなローブロウの文化圏内では、こうしたエンターテイメントこそ「歴史なき民」の自己証明法であったのである。あらゆるハイブロウな文化形態を「笑い」で脱色して自己了解できる次元に等値し、しばしば理念の裏の嘘臭い綺麗ごとの虚構を剥ぎ取る戦略である。この時期の吉本の芸人(花紀京、岡八郎、平参平など)は過激なレトリックとフリークな身体性でそれをやってのけ、下町の「野生の思考」を体現していた。エンターテイメントを含むショービジネスのかなりの部分は在日コリアンによって担われていたと聞くから、この時期の大阪のアングラ文化の過激さにその民族的出自も関連していた可能性もあるかもしれない。平参平は、シベリア抑留を長年強いられた「地獄を見た人物」でもあり、身体的戯化の過剰さは半端でなかったのである。いずれにせよ、片江小学校で最も権威を有していた支配的文化はお笑い以外の何ものでもなく、綺麗ごとの仮面を剥ぎ取る＝イデオロギーを脱構築する方法が身体感覚にまでなってしまっていた。まったく後年の話ながら、構造主義から脱構造主義にいたる思想的営為をすんなりと受け入れた背景には間違いなく大阪のお笑いの下地があったように思う。いずれにしても真顔で公の場で話される言語、学校教育の綺麗ごと、「民主主義教育」などなど。真っ正直に受け取るような真面目な人間などどこかに嘘が隠されているに相違ない、これが大阪の下町の小学校で学んだ最大の正の遺産であったと回顧する。この身体感覚にまで高まった確信はもちろん理想主義を中和させ、微妙な平衡感覚の一極となったことは事実である。

原の著作から思わぬ回顧に展開したかに見えるが、「コミューン」の欠片もなかった大阪の下町、どぶ川の流れる土地で「一九六八」年に当時の原と同学年だった私の体験はこのような珍妙な複合体をなしていたのであった。原のように学校教育に過分な思い入れをすることもなかったし、正義の言葉を盲信する無垢という悪徳はお笑いの対象でしかなかったのである。私はと言えば、この時代から心は二極分解したままである。過度な現実主義には理想主義の二形態のどちらか、または双方をもって応える。しかし真面目すぎる理想主義の諸形態には「これは胡散臭いぞ」とする嗅覚とともに大阪下町の現実主義をもって対応し、絶対にこのバランスは崩さない。裸の現実主義の諸形態には過度の拒否感と嫌悪感を催す一方、極端な理想主義には露悪的に「おちょくる」誘惑を禁じ得ないのである。

ちなみに学校では日の丸も掲揚されなかったし君が代も教えられなかった。しかし両者ともに東京オリンピックで日本のナショナル・シンボルとして興奮の内に了解していたため、誰しも日本の国歌国旗と信じて疑わなかった。だいたい生徒たちの愛唱歌は「同期の桜」「戦友」など旧軍歌に他ならなかった。この頃まで、こうした歌を主題歌にしていたテレビ番組があったからである。六〇年代に花開く特撮SFも旧軍の技術を継承したばかりか、ストーリーにも旧軍と関係するものが多かった事実も極めてよく知られている通りである。それにテレビ・アニメは「低学年向き」とみなされていて、五〜六年生は基本的に相手にしなかった。「ウルトラQ」、「キャプテン・ウルトラ」、そして伝説的な「マイティ・ジャック」など、軍隊ドラマ以外の何ものでもない特撮SFこそ「現代の英雄」だったのである。中学生になってから、「ルパン三世」が心を鷲摑みするまでの「空位時代」、私の世代の子どもたちは「ウルトラマン」や怪獣ものなど「子どもだまし」に辟易したものだった[18]。

最後に私の記憶する片江の先生について摘記しておこう。今でも忘れないのは、二年生の担任だったN先生である。先生はとある三流大学大学院で法学修士まで取得した人で、一風変わった人物であった。学校給食が大嫌いで、昼食時になると、いつもピース二箱と生卵を生徒に買いに走らせていた。生卵を飲むというのがこの先生の健康法で、その大味の教育法を雰囲気だけは覚えているような気もする。今から思うと、N先生は挫折したインテリだったのであろうか。学問研究に志すも、家族の事情などで中途で学校教師や塾講師に転身した人物とその後かなり多く接したが、N先生はさしずめその走りであっただろうか。なお一言すると、N先生の出身大学はその後着実な発展をして、今では大阪の中堅大学として認識され、当時と違って現在では大学名で馬鹿にされることは絶対にないだろう。大騒ぎになったのは、テレビのアメリカン・ドラマの影響で、N先生の担任クラスで男子生徒が女子にキスをするのが流行した事件であった。女の子の親が怒鳴りこんできたらしく、首謀者に推定された私を含め（悪いいたずらは大抵私が絡んでいた）、教室で何時間も立たされた思い出もある。三・四年生を担任したM先生は、その後、業者から賄賂を受け取ったとかで逮捕され新聞に名前が載ったことがあった。私はこの先生は大好きで、いい人物であったという記憶以外に何も覚えていない。問題だったのは私が一カ月ほど「登校拒否」した五年生のY先生であった。別にこの先生を嫌いではなかったのではあったが、女性教師、とくに「おばさん」教師に偏見を持っていた。私は何かのきっかけに学校に行く気を喪失してしまって約一カ月は家にいたと記憶している。しかし六年生を担当されたM先生は、好人物で頼りになる素晴らしい人であったため、またしても学校は悪くない場所に早変わりしたのであった。事実はいかなるものであったかまったく知り得ないのであるが、日教組の活動がことさら盛んだったというわけでなく、その手の政治的紛争など片江では絶えて聞いたことはなかった。田中内閣以前、教員は相対的に薄給であったから、昔堅気に近い先生が多かったように思う。一年生のN先生など、うっすらとではあったが、何かしら居直った無骨さと挫折したオーラを振りまいて、生徒も何となく同情していた節もある。子供ながらに先生を生身も人間として接していて、その「生身」の部分での共感を有しうるか否かの度合いで生徒は先生を評価していた。一番嫌われ者だったのは毎年性懲りもなく運動会で集団ダンスをさせた「民主的教師」であった。どこがおもしろいのかさっぱり分からない珍奇なダンスを一カ月ほど毎日練習させられながら、生徒たちは「あのセンコー、あほちゃうか。だれがこんなダンスを面白がりよるんや」とか「これをホンマの子供だましちゅうんじゃ」とか教師への侮蔑を公然と大声で喚いていた。後で集団主義教育の方法にこうした集団体操（旧共産圏によくあるが）が頻用されていたと知った。いずれにせよ「民主的教師」の教育効果など大阪の下町ではこの程度のものであった。われわれの世代の子どもにとって「規律」とはテレビの「コンバット」に登場するサンダース軍曹の如く有無を言わせぬ人間的魅力によってのみ形成されなければいけなかったのだ。もう一人の道化役は家庭科の三十歳代の女教師で、濃厚なファウンデーションを塗りたくり、香水の悪臭を発散させ「化粧ばばあ」の異名をとって生徒中から嘲笑されていた。何でも悪臭著しい香水は「シャネルの五番」という触れ込みであった。学生運動で「シュプレヒコール」があるが、生徒はこれを真似て「シュプレヒコール！　よーし！　化粧ばばあ、早く死ね！」としばし三唱して学校中に轟き渡った。「アンポ粉砕！化粧ばばあも粉砕！」というヴァリエーションも愛用されたし、そう言えば「佐藤（栄作）、辞めろ！化粧ばばあ、辞めろ！」というのもあった。家庭科の授業で「カレーに何を入れますか」と「化粧ばばあ」が聞いた時など、生徒たちは一斉に「＊＊＊（女性器の大阪弁）」やら「シャネルの五番」など大声で喚いて収拾がつかなくなり、隣室の先生が怒鳴りこんできたことがあった。その先生が、生徒の一人を捕まえて「こらっボケ、カレーに＊＊＊をどうやって入れるんじゃ！」と怒号で叫んでいたわけであるから、これはまことにシュールな光景ではあったのである**【後註2】**。

原の著作をネタにしながら思わぬ回顧への旅立ちとなった。上記のわずかな記録の中にもベルンハルト・シュリンク『朗読者』の物言いを真似ると「書かれることを好まなかった」部分も存在するばかりか「まったく別なストーリーにもなりうる」可能性も否定するものではない。

（二〇一〇年八月三〇日、クアラルンプールにて）

［注］

（1）私は実際に旧ソ連・東欧に長年住んでいて、六〇～七〇年代の日本の団地とソ連のそれは似ていると考えていた。もっとも元祖は一九二〇年代のバウハウスによる労働者集合住宅であるから、日本も東欧もその分岐と見れば類縁性は自明である。ちなみに自動車のデザインなども似ているように思った。

（2）一九七四年は桐山襲『パルチザン伝説』（作品社、一九八四年）によって「六〇年代の後半から開始された学生たちの社会的叛乱の波頭が過ぎ去り、その輝きの最後の余光までが消え沈もうとしていた」年として描かれている、まさにその年である。原の「コミューン」に何かしら「違うな」と感じるのは、私も桐山と同じ感覚をもってこの年を迎えていたからである。率直に書くと原は「コミューン」を深刻劇に脚色したわけだが、パロディ小説にすることも完全に可能な世界だったのではないだろうか。

（3）この直接的なきっかけは『朝日ジャーナル』誌上で戦わされた『日本共産党の五十年』をめぐる小田切秀雄・山下文男の論争であった。私は山下の方に説得力を感じたのである。

また部落解放運動をめぐって、部落問題研究所の立場の方が解放同盟の理論的著作よりも私に説得力を持った点も大きい。今から考えて面白いのは、解放同盟主流派の立場こそ、講座派マルクス主義に近似し、一方、部落問題研究所系列の研究者は労農派マルクス主義に似ていた点である。このパラドックスに気づくのはずっと後年になってからであった。

（4）多少は日本のマルクス主義にコミットした者として書くと、原はマカレンコを引用し、自ら体験した集団主義教育をその日本的変形と把握しているが、私はこの辺に若干の疑義を呈したい。確かに「民主教育」の重要な方法論は集団主義教育であって、マカレンコの『集団主義と教育学』という著作の示す如しである。日本の「民主教育」の教育現場では集団主義＋科学主義（「ソヴィエト＋電気」！）の諸形態を生んでいただろう。ただし私は原の著作を読んで、集団主義の方はよく分かったのに対し、後半の科学主義の部分が皆無である点を疑問に思った。思うに、原の受けた教育は「民主教育」の系列でなく現場主義的経験論の方法的集成とも言うべき大西忠治の学統の教師による教育展開ではなかったか？　原の世界は「ソ連」よりは「日本企業」に似てはいないか？　なお余談ながら、「民主教育」はマカレンコ（実は彼は学校教師でなく教護教育や少年院教育の専門家）の集団主義から展開するも、日本での唱道者たる矢川徳光は、『マルクス主義教育学試論』(明治図書、一九七一年、及びその啓蒙的入門書『教育とは何か』、新日本出版社、一九七三年)以降、かなり自覚的に「認識主体」固有の内的構造を再認し、単純な集団主義および科学主義を超越する努力をそれなりに模索していた。決定的な著作は事実上の最後の理論的作品となった『人格の発達と民主教育』(青木書店、一九七六年)でのレニングラード学派認識論(新カント学派をマルクス主義的に踏襲した動向)の再評価である。矢川は個人的にきわめて興味深い人物で、フロイト以降の深層心理をマルクス主義の反映論から再読しようとした芝田進午『人間性と人格の理論』(青木書店、一九六一年)と並んで実際にはミクロなホメオスタティックなシステムとしての「人格」を再認し、マルクス主義のドグマを大きく超越していたのである。七〇年代後半の日本共産党による「教師聖職論」は日教組主流派を保守世論の力で切り崩す政治的マヌーバーに過ぎない醜悪な策謀だった。とはいえ、マルクス主義教育学者の一部にそれを歓迎し迎合させた内的理由を有していたとすれば、この認識論的旋回の関与を無視できない。

(5) 「ミリアム・シルヴァーバーグの思い出」(中部大学『アリーナ』八号)で少しだけ触れておいた。

(6) 片江小学校のホームページ(http://www.ocec.ne.jp/es/katase-es/)によれば学校創立は一九四〇年。一九五六年くらいには生徒数が二〇〇〇人を超えてピークに達していた。私の時代はその半分の一〇〇〇~一二〇〇人くらいのようである。

(7) この事情は金賛汀『異邦人は君ケ代丸に乗って——朝鮮人街猪飼野の形成史』(岩波書店、一九八五年)など多くの文献に記される通りである。原の作品は鉄道の路線文化論としての側面も有していたのでついでに書くと、近鉄という会社は露悪的な金儲け主義と没理想主義の度合いにおいて無比の「肉体右派」的相貌を持ち、それは正しく東大阪=河内の文化形態を代表する。そしてコリアン労働力と深い関連も有する事実は、田中寛治『旧生駒トンネルと朝鮮人労働者』(国際印刷出版研究所出版部、一九九三年)に実証される通りである。木本正次は『車への鉄路』(講談社、一九七四年)という小説で近鉄の創業をフロンティア精神の典型の如く描いたものだが、そのような理念は沿線住民の皮膚感覚とさえ一致するものではない。

(8) 私は幼少期には一回も食べた経験はないが、ホルモン焼きこそこの地域の在日コリアンによって創造されたソウルフードである。最近、吉本の芸人が「かすうどん」を大阪の庶民メニューであるとラジオで喋っているのを聞いた。これは少し違う。「かすうどん」は被差別部落のソウルフードであって、ごく最近まで大阪でもまずは見かけなかった。この事実は上原善広『被差別の食卓』（新潮社、二〇〇五年）の述べる通りである。

（9）　藤原学園実験教育研究所のホームページ（http://www.hosikuzunomura.com/）によると、創立は一九五六年である。私の学んだころは藤原先生兄弟によって運営されていたが、弟の如（まこと）先生はのちに独立されたようである。兄の信（つよし）先生は理想主義的な「ペスタロッチ教育」を標榜されていた教師で、独自の人間味ある人物であった。この塾は小豆島に合宿所を設置し、おそらく小学校以上にこの塾を少年時代の思い出にする人も多いのではないかと想像する。

（10）「野帳」（本書所収）を参照されたい。

（11）「柘榴石」、「Y会」（本書所収）を参照されたい。

（12）なお私は一人っ子である。この時代には稀有な「一人っ子」の意味は、上杉正一郎『マルクス主義と統計』（青木書店、一九五一年）を読んで納得した。この本に中間層は没落の危機に瀕するため子供を一人しか作らない、と書かれていたのであった。オリジナルな指摘はレーニンであったようだが。

（13）「生駒さん」（同上）、および『草蒸す墓標』の私の「はじめに」も参照されたい。

（14）♪おれは天下の全学連　角材持って突撃だ　警官隊だやっつけろ　やっぱりエンプラ反対だい！　……という歌詞だったと思う。ちなみに「エンプラ」は米海軍原子力航空母艦「エンタープライズ」である。ヴェトナム戦中でもあり、一九六八年一月の「エンプラ」の佐世保寄港は激烈な反対闘争を生んだ。

（15）「学校給食と国際化」（『白夜のキーロパー』、現代思潮新社、二〇〇五年、所収）を参照。

（16）これは実利主義としてのみ一面的に理解されがちながら、私は本質的にボトムアップ型の構造主義的思考として理解した方がいいと思ったりする。トップダウン型構造主義をレヴィ・ストロース・タイプに理念化すれば、思想の構造は同じながら論点は逆向きである。構造主義的な思想がポスト構造主義（これも言うまでもなく広義の構造主義）がポストモダニズムなる自称で日本を席捲するのと吉本芸人が芸能界を支配するのは正しくパラレルであった。どっちも「支配者」になってからはちっとも面白くもなく、危険でもない。

（17）後に知ったが仁鶴の師匠である六代目松鶴の先代（五代目）は戦前の片江町に自宅を構え「楽語荘」と命名していたらしい。上方落語の再興と若手養成をこの地で行い、横山エンタツなども片江に一時期住んでいたと言う（大阪市ホームページhttp://www.city.osaka.lg.jp/による）。私の住んでいた時期には、確かに「楽語荘」跡の汚い木造長屋に「笑福亭松鶴」の表札はかかっていたけれど、地元民さえ仁鶴の登場までは「笑福亭」の屋号をブランドだとはつゆ知らなかった。花紀京は横山エンタツの次男で、片江には住んだことはなかったと思うが、子ども時代の彼（ものすごく「おもろい兄ちゃん」だったらしい）を知っている人もいたと記憶している。

(18) 歌についても若干の補注をしておく。まず学校の音家科で教えられる曲は音楽嫌いを量産しただけの拙劣なものばかりであった。歌謡曲も私の世代は今ひとつマッチせず、グループサウンズやフォークソングの興隆にも僅かな時差を伴う。思うに、「ニューミュージック第一世代」こそわれわれの年齢層ではなかったか。私個人について書くと、盛り場をテーマにした演歌は反吐が出るほど大嫌いで、たちまち「どぶ川の下町」を連想して蕁麻疹が出た。四畳半フォークソングやさだまさしもお断わり。ひたすら聴いていたのはサイモンとガーファンクルなど「洋曲」のみであり、日本語の歌に自己投入したのは荒井由実が初めてであった。

【後註1】

白石和彌監督『彼女がその名を知らない鳥たち』（二〇一七年、沼野まほかる原作）では、どぶ川の流れる汚ない街のマンションに主人公たちは住んでいる。ロケ地は大阪市城東区の第二寝屋川畔で、このエッセイの舞台＝平野川分水路の源流に他ならない。そのせいか雰囲気に近似点はあるも、片江の方がさらに「下流社会」の度合いは高い。

なお本稿のタイトルにある「歴史なき街」は、マルクス、エンゲルスの「歴史なき民族」概念からの借用である。

【後註2】

書き忘れたことがあった。高校の卒業間近に「化粧ばばあ」を思い出したのであった。

きっかけは、塩沢美代子、島田とみ子『ひとり暮しの戦後史―戦中世代の婦人たち』（岩波新書、一九七五年）を読んだことである。「化粧ばばあ」は当時の私の母と同世代、つまり戦中か戦後直後に師範学校を卒業し、不幸にも伴侶となるべき男性に遭遇することなく「オールド・ミス」になってしまったのではないか。同書を読んで私は即座にそう想像した。

現在の私なら、「化粧ばばあ」に「横浜のメリーさん」の面影を重ねて回想し、その後の人生の好転を心から祈念する。

小さな六〇年代の記憶
―理科少年から社会科少年へ―

私はこの秋で五八歳になる。おそらく還暦を目前にしたものは、自分の両親の同時期を振り返り、ある種の虚しさを痛感するものだろう。両親を越えることは言うに及ばず、模倣すら失敗し、残された時間も虚しく消えて行くに相違ないのである。

私は両親の存命中、二人の人生をまったく理解しなかったし、どんな人物であったかも実はよく知らなかった。両親が鬼籍に入った直後、私はほぼすべての遺品を未練なく捨て、両親の撮影した膨大な私の幼少期の写真アルバムも処分した。自分の死後も想定したからである。父については二冊の遺稿集（『草蒸す墓標』、『家系史研究覚え書』、ともに人間社、二〇〇八年）と近年新編集版を出していただいた『後藤又兵衛の研究』（人間社、二〇一四年）の「解説」である程度は考え直したし、母については『はなほほえみて』（グループ丹、二〇一一年）の「あとがき」と『あきはかなしき』（グループ丹、二〇一二年）の「解題」でわずかに回想をした。

こうした書き出しで本稿を綴る理由は、自分の回顧などきっと誰も読まないだろうと想起したからである。誰しも「親の世代」に興味を抱く場合はあっても「親その人」を人間として振り返る習慣は稀であり、私のように無名の人生を辿った場合は資料的価値も皆無である。一方、近年、「お前のような理科少年がどうして歴史に転じたのか」と聞かれる機会に二回遭遇した。母の供養菓子を今里の松福堂に求めに行ったのが機縁で再会した小学校時代の級友、そして小六の担任・松本先生からである。この疑問は、私自身も考えておいていいように思った。いずれにしても、還暦を前にして、そんな年まで馬齢を重ねるはずでなかった自分のための備忘録として寛恕いただく他ない。

一　私の六〇年代のはじまり

私がもの心ついて以来、今に至るまで記憶する一番幼い風景は三歳時に急性肺炎に罹患し、一命を取り留めた夕暮れである。この思い出に関しては、あとから両親の話によって創造された像ではないという確信が私にはある。突然苦しくなってカーテンに身をくるめてもんどりうった体感と、見つけてくれた母が「亮ちゃん、唇が紫色じゃないの！」と大慌てしていた声を再現できるからである。双方ともに「風景の描写」でなく自分自身のうちの苦痛であり眼の記憶である。身体を曲げるほどの苦しさ、もしくはやるせなさは、薄暗い夕方の雰囲気とともに、しっかりと肉感を伴っているので、これは間違いなく自前の結像に他ならない。慌てた両親が今里新地の諏訪医院にクルマで連れて行き、すったもんだの末、大阪日赤でその時期には希少品だったペニシリンの投与で一命を取り留めたらしい。この辺の記憶はまったく私には曖昧で、ベッドの上で横たわる「記憶」もないわけではないけれど、こちらは自分を客体とする「風景」なので、おそらく母の語りによって後に結像したものに相違ない。ただ、あのつらい苦痛は、その後ずっと「つい昨日」のごとく身体に刻み込まれていて、「三歳」で自分に襲いかかった病禍であるとは思えなかった。「つい昨日」の思い出でなくなったのは中学以降なので、この年代に私は精神的に幼少期と根本的に離別したのであろう。さて、私は一九五六年生まれであるから、「三歳」ということは、五九年か六〇年の出来事であり、そうすると、私の記憶の端緒は、まさしく六〇年代の始まりに辿れるわけである。大阪下町の相対的貧困地域にあっては異例にも、両親は私を私立幼稚園に入学させてくれ、この時期の思い出はいろいろと残っているので、間違いなく肺炎の苦しみは私の精神生活の曙を象徴するわけである。ちなみに肺炎の記憶から距離感の生まれる中学時代は七〇年に始まるので、私の幼少期は六〇年代とともにあったと言うことになろうか。

いま一つ、確実な六〇年の記憶は、一九六〇年に新発売されたマツダR三六〇クーペを父が購入し、七三年に追突事故をされてファミリアを廃車し、以後自動車の運転をやめるまで、一貫してマツダ車が家庭生活に随伴していた事実である。途中でキャロルに乗り換えた時期も幾年か挟まれていたから、三代にわたるマツダ車と父との付き合いだったわけである。父は母と結婚した戦後直後、羽振りがよかったのか、ハーレー・ダヴィッドソンに乗っていたらしい。私の記憶に残っている最初のクルマはヒルマン（いすゞのノックダウン生産）で、買い替えたばかりのクーペを見た時の光景も鮮やかで、肺炎とともに確実な六〇年代初の残影と言うことになる。私の六〇年代は、両親または父とマツダ車の思い出でもあるわけである。

父は実に多くの場所にマツダ車で連れて行ってくれた。私が地名を特定できるのは、まず白浜温泉である。普通は国鉄紀勢線に乗ったのであったが、稀に父が運転して行った。和歌山市内や堺あたりに入ると交通渋滞にかかってしまうのと、国鉄の「キハ」で始まるディーゼル車が珍しく、しかも大好きであった（稀に準急などはまだSLであった）から、このときばかりはクルマは歓迎しなかった。夜久野周辺で濃霧に包まれた鳥取への旅は、かの地でホテルが取れず、やむなく商人宿に泊まったものであった。関ヶ原古戦場、霊山寺、ほぼ毎年新茶を買いに行った宇治、その他、もしかすれば京都や奈良、大阪の名刹はほとんどすべてマツダ車で参詣したのかも知れない。家計は破産寸前だったはずながら、両親の関係に亀裂の入る六〇年代末期までは、ほぼ毎月のようにどこかの名所に連れて行ってくれたからである。冒頭に記したように、私は膨大なアルバムを母の死の直後に捨て去ったから、今となっては、どこに行ったのかは厳密には永久に分からなくなってしまった。

ところで、今ではは っきりと理解できるのは、父が私一人を乗せて方々にクルマを走らせた理由である。当初は父のファスナー工場の取引先に連れて行ってくれていたようであった。やがてクルマに乗ることが自己目的に変貌したようであり、行き先も定まらない場合もあった。いったい阪奈道路を何度上下したのだろうか。宇治の天ケ瀬ダムや奈良などいくつかのスポットを今でも思い出す。なぜ私一人かと言えば、事業が左前になって来るに従って母と不仲になり、父は憂さ晴らしに私一人を乗せて方々にドライブしていたのであった。こんな折は父も無言を決め込み、カーラジオから流れる音楽を私は友とするしかなかった。「帰ってきたヨッパライ」（一九六七年）とか「黒猫のタンゴ」（一九六九年）などマツダ車とセットに頭の中に焼き付いている曲は、いま聞いても鬱陶しい。しつこく繰り返しカーラジオで流れていたからである。もっともメガヒットした「真っ赤な太陽」（一九六七年）とか「ヨコハマたそがれ」（一九六八年）などは悪い印象を伴っていないから、この二曲が音楽として大嫌いだっただけなのかも知れない。家庭内に不和が目立ち、かなり陰湿な夫婦喧嘩を繰り返していたため、どろどろした感情を呼び覚ます歌、とりわけ演歌は反吐が出るほど嫌いになり、これは現在に至るまで然りである。四畳半フォークも聞きたくもない。とにかく下町の風景や悲惨な家族の現実を「恨」んだり「郷愁を感じる」歌は拒否反応を起こし、これらをパスして架空現実に生きたかった。今思うと、空想上の自己を形成する多重人格的性格は確かに存在し、もし理科系の趣味に没頭しなかったら破滅人生を送っていただろう。時に、父のマツダ車と一緒に頭に焼き付いて離れない歌は西田佐知子の「アカシアの雨にうたれて」（一九六〇年）に他ならない。私はこの楽曲の物悲しいメロディが大嫌いで、ラジオから流れて来るたびに耳を塞ぎたくなったくらい不愉快であった。よく知られているようにこの曲は六〇年安保闘争の挫折感の表象として大流行したのであった。この当時はマツダ車に母も一緒に乗っていただろうから、両親の夫婦喧嘩とこの曲への嫌悪感に関係はない。おそらく、この曲の歌詞に含まれる「死」とその直前に肺炎で死にかけた苦しさが重複し、抽象的にしか理解できないはずの「死」が肉感を伴って迫ったからではないかと推測する。六〇年安保については一切の記憶はないものの、考えて見れば、この陰気な曲を介して幼い私が安保闘争とつながりを持っていたわけで、確かに一九六〇年代の始まりを画する私の精神史上の一事件であっただろう。

二　経済成長

一九九〇年代半ばに帰国した直後、まだ時差も埋まらなかった一夕、私は自分の育った大阪東成の片江町界隈を歩いた。東欧やアメリカから帰ったばかりの私にとって、それは異様な光景であった。頭の中に「ストレンジャー・ザン・パラダイス」というジム・ジャームッシュの映画タイトルを想起した。あるいは茶色と灰色の混在する絶望的な光景の中で、ドキュメンタリーを撮影しながら横合いで何かをつぶやくような気持ちであった。帰国直後、目前の風景は、すべてスクリーンの上に映る人工的な映像と言うか、薄い膜のようなものを通過して見えていたから、それはまさに映画のような感覚であったのである。音も間接的にしか聴こえず、目前の事態も自分から剥離した他人事にしか感受できなかった。

私の記憶していた片江の風景はほぼそのままであったものの、何か「違う」のであった。まず街は静謐のうちに沈みきり、記憶に残る喧噪は消失していた。子ども時代、城東運河横の道路や「七福の辻」はクルマで溢れていたし、今里駅前の生野区側は人でごった返していた。蝙蝠傘の修繕や鋳掛け、そしてロバのパン屋などが定期的に来訪し、街に音を響かせていたし、町工場からは旋盤やハンマーの音が夜遅くまで絶えなかった。路上では私たち子どもは奇声を上げて遊んでいたはずだった。街のそこかしこには、たこ焼き、お好み焼き、かき氷、天麩羅、関東煮、ホルモン、そして駄菓子屋も健在で、生活の臭いに満ちていたのではなかったか。私の感覚が鈍化していただけだったのか、すべては止まったままであるも何か「違う」不思議さに困惑するしかなかった。私の家族が片江から去った四半世紀、日本社会は「豊か」になり、八〇年代にはバブル経済に浮かれていたはずであった。予想に反して、戦後直後に建てられた廃屋同然のバラックも健在で、しかも当時の俤のままであった。近年この場所に再訪したときもほぼこの様相に変化はなく、部分的には安アパートに変貌していた家もいくつかあるにはあったが、子ども時代のまま、いやあの時代よりもさびれ果てて目前に横たわっていたのであった。この片江地区は、私の家族の時代も然りであったように、七〇年代以降も経済的繁栄から疎外されていたのだろうか。六〇年代については一度詳しく書いた（「歴史なき街にて――一九六八～九年、大阪東成の片隅で過ごした時代――」、本書所収）ので繰り返しは避けたい。ただし改めて見ると、高度成長の波及効果は風景を若干は変貌させている。まず大阪万博に伴って環状線（道路）整備の一環として片江町と当時の布施市足代の間が立ち退きを強要され、電気屋を営んでいた友人の一人もそれに伴って転居を余儀なくされた。片江町二丁目にあった巨大な焼け跡は、アサヒスポーツセンターになってボウリングやアイススケートといった最新流行をうらぶれた下町に持ち込んだし、この地域のランドマークとも言うべきコクヨの大きなビルも竣工（六九年）していた。考えれば、市電やトロリーバスが廃止（前者は六九年、後者は七〇年）されて、その代わり上本町止まりだった近鉄奈良線が難波まで延長し、大阪地下鉄千日前線が今里まで来たのも七〇年であった。

つまり、高度経済成長は、この取り残された土地には、住宅改革などの成果をもたらさなかったけれども、交通体系を一変させ、確実に生活のパターンを変えたのであった。この結果、地域的な商業的中心だった今里駅前や布施駅前はさびれてしまい、今里駅ガード下商店街も消滅する構造的遠因を作ったに相違ない。九〇年代の中程にトランジットで帰国した直後、今里駅前を彷徨した折、ガード下の商店街はシャッターが多くの店舗で下りていたものの、母とよく行った風月のお好み焼き屋は営業していたし、角の八百屋もまだ残っていた。少し今里駅より西側にあった父が常連であった「喫茶店ビクトリー」も健在で、店主は私を記憶されていた。そこで淹れてくれたブレンドコーヒーの味は、きっとブルーボトルコーヒーの創業者をも唸らせる本格的な味で、コーヒー党だった父が足しげく通ったのも納得した。思えば父が最初に入り浸った喫茶店は今里駅改札横の「モカマタリ」で、こちらはかなり早く店をたたまれたようであった。ついでに言うと、この地域では有名な精肉店や洋食屋も健在であったが、近年訪問した時は、それぞれ何らかの経済的困難を背負って撤退されたと聞いた。

ちっぽけな空間に過ぎないガード下の商店街に犇めく空間も子ども時代には大きな世界への窓口だった。

私はきっと毎日、この商店街に遊びに行き、小さな本屋（知的障害を持った同級生がいた）、菓子屋、プラモデル店などを回っていたはずである。商店街端の中華料理「南極」にもよく行ったし、鶏肉屋の女の子とはたまに一緒に遊んだ記憶がある。そして商店街を生野区に抜けると今里駅前で、ここには公設市場を中心とした「ハレの空間」、いつ行っても人の往来が激しく、夜店や屋台の串カツも出る楽しい場所で、ローカルグルメの名店も建ち並んでいたのであった。ちなみに、私が一時帰国時には健在であった公設市場は「食鮮館Ｗｉｔｈ」なる食品スーパーに変貌し、今里駅前もさびれ果て、今や消え去った「猪飼野」という地名とともに残影を見るのみとなった。そうなのだ、この地域の最大の変化は、「片江」と「猪飼野」という歴史的地名が消失した事態に他ならないのである。とりわけ「猪飼野」は日本最大のコリアンタウンとして著名な場所で、私の子ども時代には、この地区の小学校への進学を避けて片江小学校に来ていた同級生も多かった。六〇年代には在日コリアンへの差別感情は激烈を極めていて、本名を名乗る人も少なかったし、ハングルの看板もほぼ目にしなかった（私が気づかなかっただけかも知れない）から、これらは後から知った事情である。ついでに言うと片江校区の東に位置する布施足代からの越境者も一定数存在した。こちらはコリアンタウンならぬ歓楽街であったためで、「風紀」上の理由で片江への進学を希望する子弟がいたからである。東野圭吾のピカレスクロマン『白夜行』の舞台こそ、しばしば遊びに行った足代公園と「猪飼野」につながる中川地区であり、私には登場人物の無念も音も臭いも感じることができるような気がする。

父母も含めてこの小さな汚い世界で人生を全うせねばならなかった人たちとは誰だったのだろう。ガード下商店街も今里駅の北に散在する小さな木造住宅も、敗戦直後の俄仕立てのまま所有権のはっきりしない土地に事実上不法占拠を続けていたと聞いたことがある。そうすると戦後朝鮮半島や済州島から渡ってきた猪飼野の住民ともども、ようやく拾った人生をこの地で噛みしめていたのかも知れない。ただし河内に本家を持つ父やそれなりの資産家であった母は、戦前戦中に高等教育を受けていた背景もあって、今里片江の一般的住民とは別の感慨を持っていたはずである。先述のようにこの地には珍しく父はクルマを持っていたし（母も免許を所持していた）、破産寸前の家計だったのにクーラーやカラーテレビが家に若干の時間差を伴って搬入されてきたのも、この下町では例外的であっただろう。この時期の両親の年齢よりも高くなった現在の私は、出来の悪い息子に将来を仮託して、早々と何かに耐え続ける人生を選ぶほかなかった父母の諦観を私は感じ取るのである。そして父母は、同じ地域に住んでいた人々を自分の仲間として見ることも決して

すっかりさびれ果てて賑やかだった
面影すら留めていない近鉄今里駅前。

なかっただろう。父は奈良に転居後、電車ですぐに行けるこの街にただの一度も再訪しなかったし、母も屈辱の記憶を呼び覚ますこの街を決してよく思ってはいなかったはずである。母が鬼籍に入る数ヶ月前、私は母を伴ってこの街に降り立ち、昔の自分たちの住居周辺、今里駅前を歩き、夫婦喧嘩をしたあと母が私をよく連れて行ってくれた喫茶店「ダイア」を再訪した。

マッチ箱のような商店の犇めいていた今里駅ガード下の現在。

昔を懐かしみながらも、母は「楽しい思い出ばかりじゃなかった」とポツンと洩らしたものであった。このときに松福堂に昔からあった「ふるべの鈴」という有名な菓子を買ったのであったが、次にこの店に行ったのは、その母の供養を買い求めるためであった。

高度成長の分け前からこぼれてしまったこの地に生を受けた私の世代は、六〇年代の終焉とともに、地元小世界には二つの異なる対応をしたようである。おそらく成功者は片江から去って郊外住宅地に移住しただろうし、然らざる者は地場産業を継承してこの地で二世となって定着した。Uターンした帰還者には不本意な敗残者も含まれるに相違ない。そして人口移動の中で、とりわけ個性的な魅力にも欠ける片江のいっそうの辺境化も促進されたのではないかと想像する。今日も今里駅はすべての近鉄線の中で通過列車のもっとも多い、各駅停車しか停まらないみじめな駅であり続けている。

ともあれ、六〇年代末には、上六でバスに乗り換えねば行けなかった難波まで瞬時に近鉄で行けるようになったし、梅田も地下鉄ですぐの場所になってしまった。私はこの時期の大阪をはっきりと記憶している。印象的なのは、六九年に竣工し、その時期は大阪でもっとも高かった大阪マーチャンダイズマートビルの最上階からの俯瞰である。大阪は低く汚い町で、醜い通天閣がこの街の悲惨さを象徴しているように実感したものの、閑散としたビル内はわずかな近未来を体感させてくれた。それまでよく知っていた地下街や商店とは明らかに違っていた雰囲気を感じたからである。

小学校五年生の図画の時間で、あるとき「自由に絵を描いていい」という異例の課題が出されたことがあった。教室内の机に落書きが絶えず、それに手を焼いた八ッ本先生が、「落書きをしない代わりに」こうした課題を出されたのである。私は、その課題に真鍋博の未来都市風イラストに鼓吹された都市図を描いたことを記憶している。片江小学校の三階教室から眺める希望のない汚い町並みには変化はなかったけれど、新築されたアサヒスポーツセンターはこの光景に若干の変化をもたらしたことは事実であった。やがてこの下町もコンピュートピアを具体化した未来都市に変化する日も来るかも知れない、と夢想しないわけでもなく、新聞で見た真鍋博を真似てみたのである。大阪万博への期待は、確かに幻想以上の実体的な希求と触れ合っていたのだ。いずれにせよ、目前の絶望的な光景を相対化する目線が自分の中で醸成され始めたわけである。やがて拡張された伊丹空港には国際線の飛行機が毎日運行されるようになり、片江小学校の校庭から外国機を眺めては、兼高かおるが伝えるお伽の国を想起する楽しみも増えた。そして地下鉄で容易に行けるようになった梅田に新築された旭屋本店（一九六九年竣工、現在廃業）との出会いこそ、私のその後の人生を完全に決めてしまうことになったのである。

右手前のお宅が昔の「片江一丁目48 番地」。すなわち小島家の場所であった。

三　理科少年から社会科少年へ

あまり自慢にならないが、私は学校の勉強をした記憶はまったくない。たまに宿題をしたくらいで、予習とか復習とか意味さえ分からなかったし、勉強は学校だけで行うものと信じきっていた。両親は小五（一九六八年）からは藤原理科実験教育研究所という著名な塾に通わせてくれ、理科実験や小豆島合宿をエンジョイする機会を得ても、私は学校の勉強を「学校外」も継続しないといけない、などとは夢にも思わなかった。もっともこれは私の「天賦の才能」の限界であろうことは、瞬時にしてすべてを理解するタイプの秀才が世間にざらにいるから分かる。自らを語るのは「騙り」になるだろうが、私にしても理科や社会科はむやみに出来たから、他の教科に知的興味を覚えられない程度の凡才だっただけの話であろう。いずれにしても、私が学校外できわめて熱心に取り組んでいたのは、理科趣味のようなテーマで、父が大阪自然科学博物館友の会の会員にしてくれたことが契機だった。現

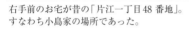

在、大阪自然史博物館に改組され長居公園にあるこの博物館は、当時は靭公園にあり、友の会会員になると毎月の「親と子の自然を見る会」（エクスカーション）に参加できるばかりか月刊誌『ネイチャ・スタディ』が講読でき、「社会」に接触する機会が生まれたのである。はじめてエクスカーションに参加したのは、小五の時期、茨木の水無瀬川流域の生態調査であったと記憶している。その後、二上山の巨大安山岩節理や屯鶴峰調査、そして多田鉱山廃石場調査などに参加し、とりわけこの二つが鉱物への趣味に火をつけたのであった。さらに、自然発生的な興味ながら、突如、文鳥を飼いたいという衝動が起こり、母が「生き物を飼うのはいいことだ」と賛成してくれて上六の近鉄百貨店地下の鳥屋で文鳥の雛を八百円で買ってきたことである。小二時代に母が今里駅前の天狗書房で買ってくれた芳賀切の漫画『鳥の学校』（なぜなぜ学習漫画文庫・理科篇8、集英社、一九五九年）のいくつかの挿話が急激に蘇ったのである。「文鳥を飼う」という発想に小学生ならではの限界はあったが、片江に「自然」など皆無で、雀以外の野鳥など滅多に見たこともなかった。カラスでさえこの街にはいなかったのである。両親は、数年間にわたりスピッツ（ちび）と雑種犬（ジロー）を飼っていて、この時期にジローは死去したはずだから、寂しい思いをしていたのかも知れない。最初のオスの文鳥（ブンちゃん）とどこかから飛来したメスの文鳥（ピュンちゃん）は、私の無知故に殺してしまい、現在に至るも罪の意識にとらわれて止まないのであるが、文鳥がきっかけになり、やがて野鳥に興味を持つのである。後者については、一つだけはっきりした日付を覚えている。それは六八年のクリスマス・イブの日、布施駅前のヒバリヤ書店一階棚下に偶然、中西悟堂の『定本野鳥記』（当時は全八巻、春秋社）を見つけ、第四巻「鳥山河」を購入、その正月のお年玉で全巻を揃えたことである。さっそく買ってきた本を父の事務所（会社は開店休業であったから書斎と化していた）の石油ストーブの横で読みはじめ、冒頭の「八ヶ岳紀行」を読み終わるや電撃的衝撃を受けたのである。こうして鉱物趣味に加えバードウォッチング（当時は探鳥会と言っていた）にも熱を上げるはめになり、中西悟堂が一時モモンガなどを飼育していたのを真似て、布施の清水鳥店に頼んでヒヨドリの雛を購入し、一時はこの鳥（ボヤ）を飼育していたのであった。結局、私が飼育した鳥はすべて惨死を遂げたから、今に至るも痛感の思いを禁じ得ないが、私の世界は石と鳥で一気に広まったことは事実である。先に記したように、こうした理科趣味で孤独を紛らせ、同時に家庭内の揉め事から剥離した人格を満足させなかったなら、おそらく私の人生そのものもこの時点で逸脱行動に走っていただろう。

　何よりもこの二つを端緒として、それまで縁のなかった本の世界にも眼を開かされた。布施のヒバリヤには足繁く通い、一階に新刊で並んでいた森島恒夫の『魔女狩り』（一九七〇年六月刊）なる不思議なタイトルの付いていた新書を「発見」した。犬塚英夫『人工結晶』（一九六二年）こそはじめて買った岩波新書で、一五〇円は当時の物価でも安かった。のちに直接お目にかかり、シンポジウムの企画などをさせていただく加藤秀俊教授の『車窓から見た日本』（日本交通公社、

布施ヒバリヤ書店

1階奥の棚下。
ここに中西悟堂の本があった。

一九六八年）もヒバリヤの旅行書コーナーに新刊で並んでいたのを記憶している。後日談ながら、『整理術』などの新書も書かれていた加藤教授に加え、武者小路公秀、長島信弘など新書を執筆された著名学者と中部大教員として同僚になり、自分がこうした先生方から「小島先生」と呼ばれる日が来るとは夢にすら思わなかった（もっとも長島教授は「おい小島よ！」であったが）。

私の記憶ではヒバリヤでもっぱら野鳥の本を集め、開通したばかりの地下鉄で遠征した旭屋本店で鉱物の本を買っていて、本屋に通ううちに、次第に別な領域、つまり歴史に興味を持ち始めたと今では考えるのである。旭屋本店の自然科学書は四階にあり、三階が歴史書コーナー、二階に岩波書店コーナー。店内を見て回るうちに、いつしかこうした分野の書籍を手にするようになったからである。一階の実用書コーナーにあった大阪自然科学研究会の『大阪の自然』（六月社、一九六六年）や西丸震哉『山の博物誌』（実業之日本社、一九六六年）などには没頭し、憧れの木下亀城『原色鉱物図鑑』（保育社、一九五七年）も買い求めて悦に入っていた。西丸のナチュラリストのスピリットに鼓吹されて『山と渓谷』誌も何回か買ったが、鉱物と鳥類以外に興味は拡大せず、私はこの方面への展開はまったくしなかった。もっとも『山と渓谷』には「永遠の山に」と題する詩を送り、何と掲載された思い出がある。私の人生で最初に手にした原稿料はこの駄作詩によるものであった。藤原先生から借りて読んだ小林清之介『ファーブル―昆虫の詩人』（偕成社、一九六三年）で一番心に残ったのが、ファーブルの教師時代に熱中した「代数学」だったから私の理科趣味はナチュラリスト的感性とは無縁だったろう。まず動植物一般には、ほとんど関心を示さなかったし、自然科学の他領域に熱中癖が移行したのでなく、やがて歴史に興味が急転したのである。思えば、化学に熱狂した一時期もあって、七〇年から七一年春の相生中学時代は、イットリウム会という不思議な会を三人で作り、盛んに鉱物採取や化学実験をやったものであった（「Y会」、本書所収）。私は、とにかく目前の汚い大阪の下町から逃れる架空の魔術として鉱物の結晶や化学実験にのめり込み、相変わらず学校の勉強など一切しなかったが、今にして思えば中西悟堂『野鳥記』との出会いこそ、後の社会科への興味の転身を準備したと思うのである。人も知る中西は、モダニズム詩から出発した文学者でもあり、『野鳥記』を構成するエッセイには『萬葉集』の分析や民俗学的考察なども盛りだくさんで、柳田國男などという名前もこの本ではじめて覚えたのである。旧版『柳田國男著作集』は旭屋本店の三階に並んでいたし、それがあった「喫茶リーブル」周辺には歴史書コーナーもあり、吉川弘文館の重厚な箱入り本がでんと構えていたものだった。

理科から社会への転換はまさに大阪万博の喧噪の中、一九七〇年に決定的となった。相生中学の一、二年を担任いただいた美術の辻村先生が異例にも中二社会科で歴史を授業され、美術史が中心という異形の授業に完全に魅せられてしまったのである。辻村先生の授業で触れられた古跡や寺院には実際に探訪しないと気が済まず、その頃は目前で見せてくれた鑑真大和上の座像公開に唐招提寺にも足を運んだし、「弥生人展」（一九七〇年、朝日新聞社主宰）やその公開にあわせて開かれた金関丈夫教授の講演なども今でもよく記憶している。ただし、考古学にはほとんど興味を持たず、中西悟堂の影響で古典和歌などに関心は移り、私はとにかく書物という魔法に次第に囚われる身になったわけである。そして、辻村先生の示唆で見た「真珠の小箱」という番組の「壬申の乱」の影響は決定的で——今でもBGMや挿入音楽を記憶している——、これを直接のきっかけにして歴史に心を驚かせるようになったのである。小学校時代、社会科の自然発生的優等生であったと言っても、関心の中心は地理知識であり、歴史そのものに特に思い入れはなかったから、これは新規の事態である。何しろこの番組を見終わるや、佐佐木信綱校訂の岩波文庫『萬葉集』をヒバリヤで買い求め、多くの作品を暗唱し始め、今でも関西の地名を聞くと即座に萬葉の歌が口に出て来る。中学校の教室には辻村先生が大きな歴史年表を張り出し、私はまったく知らない過去に瞠目をする毎日だった。テレビなどを通じて知っていた断片的事実が年表上に並べられ、目前の生活への嫌悪感を募らせていた私は、そのすべてを相対化する理科趣味にかわる歴史という領域に目覚めたのである。

一九七〇年八月、両親は事実上破綻していた事業をたたみ、片江の大きな家を売却して生駒に移り住む一大決心をし、大型トラック二台に荷物を積んで引っ越しを行った。確か八月一〇日であったように記憶している。

あこがれの萬葉の舞台に移り住み、ややあって「義侠與平実伝記」と題するガリ版のプリントと出会うことになる。これは明治元年の矢野騒動と呼ばれる一揆の首謀者與平の回想をまとめた文章で、浜田博生氏が生駒の小学校教師時代に作成されたものであった。後に浜田氏は「ある老農民の歴史」を『歴史評論』六二号（一九五五年一月）に発表された（奈良学芸大学の卒論であったらしい）著名な歴史教師であると知った。浜田氏は『石間をわるしぶき』（地歴社、一九七三年）の加藤文三氏と並ぶ国民的歴史学運動の伝説上の人物で、実際にお目にかかる機会も得るのだが、この小さなプリントこそ私のその後の人生を決定する文書になるのである。今から振り返ると、今里のガード下の大谷書店で南條範夫『暴力の日本史　庶民はいかに反抗してきたか』（光文社、一九七〇年）を買ってきて一気呵成に読み、確か生駒の図書館でこの小冊子を見つけたはずである。南條範夫は國學院大学経済学部教授の古賀英正氏に他ならず、この刺激的な書物は、サブタイトルが示すように六〇年代末のラディカリズムを歴史的に跡づけたカッパブックスであった（二〇一四年になってちくま文庫で復刻された）。今読み返すと、驚いたことに序文にルカーチの一文まで引用してある。私は一読し、やや単純な記述に不満を抱いたものの、小学校高学年以来の騒然たる日本の世相を理解するヒントを読み取ったのである。まったく政治的には無関心ながら、目前の不愉快な生活空間を保守する志向は私にはあり得ず、小学生時代には私はゲバ棒を持って暴れ回る学生の大ファンであった。とは言え、中学生になると内ゲバが激烈化し、やがて浅間山荘事件も起こるから、学生運動に素朴に共感できた時期も過ぎ去ってはいた。反戦フォークのような音楽も安逸で好きになれなかったし、社会変革のような指向性をはっきりさせつつも、六〇年代ラディカルズとは「違うな」と思っていた。

ともあれ『暴力の日本史』に不満を抱いた私はヒバ

リヤの二階の歴史書コーナーで摩訶不思議なタイトルの書物と巡り会う。それは林基『続百姓一揆の伝統』（新評論、一九七〇年）に他ならず、何度も躊躇しながらも、この書を購入し、分からないながらも繰り返し耽読、さらに巻末の目録を参考にしていろんな一揆文献や歴史書を収集し始めたのである。私は旭屋本店などで買って一定の量を所持していた自然科学書を道頓堀の天牛書店に売りに行き、その棚に並んでいた小野武夫『徳川時代百姓一揆叢談上下』（増訂新版、刀江書院、一九六四年）に取り替えた。私が初めて買った岩波新書の『人工結晶』もこのときに手放し、しばらく新書本のコーナーに私の名前を押印した一冊が並んでいたのを今でも思い出す。かくて私は理科少年から社会科少年に化け、しかも林基氏を東道役として歴史を科学的に分析するという未知の領域に一歩を踏み入れたのであった。浜田博生氏の青年時代に関与された国民的歴史学運動も、林基氏の著作からはじめてその名前を知ったはずである。この時期以降、中三にホンのわずかな間、数学に大きな興味を抱き仲田紀夫氏や遠山啓氏の著作に親しんだ時期を除いて、私は社会科少年のまま現在に至っているわけである。

もちろん林基氏に手紙を書いたし、驚くべきことに返事までいただき、ますます悦に入ったのであった（今でも住所を覚えている）。

そして旭屋本店では三階歴史書コーナーの常連客となった私は、次第に戦後歴史学とそれを導く「講座派」マルクス主義なるディシプリンに興味が湧いていった。何しろ歴史は科学的に理解でき、しかも不愉快かつ「半封建的」な現実を変革する武器になるというのである！

母と紅茶と自由

気がつけば私も還暦の節目を迎え、父（太門）を亡くして約一〇年、母（十三子）の逝去からも五年の月日も流れてしまった。両親は、唯一の息子であった私に複雑な感情を抱き続けただろうと今でこそ思う。生前、青二才の私は二人を嫌悪し、少なくとも家庭の幸福を感じたためしはなかったし、一九歳で家を出てから二〇年間ほとんど戻らなかったのである。いわゆる物心ついて以降、戦前世代の父には反発をし続け、母を慣習的な人間として不愉快に感じるばかりであった。両親はある時期に不和に陥ったこともあって、私は「家族」というコトバに強い拒否感を覚える人間に化した。ついでに書くと今でも文部省唱歌「ふるさと」を虫唾が走るほど大嫌いである。長い海外生活から積極的ではない帰還をした九〇年代半ば、正直に言えば、両親ともにそろって生きていたのは「想定外」でさえあった。しかし父とは一〇年余、母とは一五年強ともに過ごした日々は、老いて弱くなった二人を見つめ直す天の配剤であったと思う。新設の関西国際空港から奈良に戻り、近鉄平城駅から秋篠の家まで三人で歩いた五月下旬の午後は、私の第二の誕生日であったかもしれない。あの時、母は七一歳、父は七六歳。あと一〇年もすれば、私自身も当時の母の年齢に達するのだ。父をめぐっては新編集で復刊された著書への解説[1]に記した感慨に付加する点はない。すなわち、事業の蹉跌もあって人生を半ばで諦めた父は、学徒動員で死と向き合った日々に「自分の時間を停止」

させ、趣味で熱中していた「後藤又兵衛」に人生を仮託したという見方である。心を没入させる対象は異なれども、現在の私は自らに父の似姿を発見してしばし驚く。ただ私はごく月並みな俗物であって、父ほど「吹っ切れた」才には恵まれていないだけではあるが。一方、死後に上梓した作品集の「解説」[2]を書いて以降、私は旧来とはかなり異なるイメージを母に抱くようになった。もしかすれば、わが母はこれまで私のまったく知らなかった人であったかもしれないのである。

母についての新知見は、大阪の今里時代（一九七〇年八月まで、厳密な当時の地名は東成区片江一丁目四八である）つまり私が中二になるまで、毎朝母の作っていた紅茶と深く関係している。母の紅茶はリーフティーをインドのチャイ風に煮込み、やや角を含んだコクの出たところに甘い練乳を混ぜた香り高い一品であった。頑固一徹に毎朝それを繰り返し、母は味噌汁や焼き魚、海苔のような和風朝食をただの一度も作ったことはない。茶を煮るために使っていた飴色、いやまさに紅茶色の筒型の銅製（あるいは真鍮製）ケトル[3]も古めかしく、銘々の銀の茶匙やティーカップも渋い味わいであった。目を瞑れば、馥郁たる紅茶の香り、缶に擦れる茶葉の音、ケトルから沸き出す湯気までくっきりと頭に思い浮かぶ。紙ラベルに包まれた練乳の缶にくっついて固まった雫、茶漉しに残った出し殻、ケトルに蓋の擦れる音まで蘇り、あの遠き日々に私は連れ戻され、今の私よりもずっと若かった母に思いをめぐらせるのである。母の選んだリーフティーはだいたいリプトンの青缶[4]に決まっていて、応急措置で買いに走った黄色い紙箱の日東紅茶（だったと思う）もティーキャディに代用していた青缶の空箱に仕舞っていた。

母は頑固に朝のシチュードティーを譲らなかったものの、両親ともに一途な紅茶好きというわけでもなかった。母はネスカフェを日中は飲んでいて、父は近鉄今里駅の改札横に開店した「モカマタリ」という瀟洒な喫茶店の常連客であった（やがてガード下の「ビクトリー」に立ち寄り先は変わった[5]）。父はある時期に抹茶に凝っていたし、後年は萬古焼の急須で煎茶も嗜み、実際に淹れ方は上手かった。今里時代には毎春新茶を買いに父は宇治まで家族を車で連れて行ったものである。いずれにせよ、母の作る朝食はシチュードティーとパンと相場は決まり、生駒に転居してティーバッグを母が使い始めるまで、例外なく甘く濃い紅茶によってわが家は朝を迎えたのである。ある時期から、一軒隣の「まりや」に木村屋のパンを買いに行くのは私の役目になっていて、菓子パンやトーストを母は陶器のスープ皿に入れ、三人は好きなパンを手に取って紅茶と一緒に食べていたのであった。ちなみに食パンも五枚切りに限られていて、これは晩年まで一貫して変わらない母のこだわりであった。もちろん若干の焦げ目をつけたトーストには溶けて滴るほどのバター(マーガリンでない)が贅沢に塗られていた。

別に洋風の生活様式を好んだわけでもない母に、なぜ紅茶を飲む習慣が身に付いていたのかは一つの謎ではあった。父も晩年まで朝食はパンと紅茶またはコーヒーを絶対譲らなかったことから見て、「紅茶の朝食」は身体に刻まれた文化そのものになっていたのである。

竹内洋氏によると「紅茶をポットで淹れる」習慣は戦前の中間階級の新生活様式として二〇年代に流行したらしい。(6) だが河内のど真ん中に居を構えていた両親の実家はそうした気風も生活様式とも一切無縁である。父は若江岩田の農家の出自であったし、母の生家は今日の近鉄永和駅前で文房具店を営み、のちには株式投資で身を立てた元名古屋商人である。確かに祖父母は事業に成功後、和泉初芝のちに奈良学園前(私の現在の居住地である)に転居し「ハイブロウ」な生活をエンジョイしたが、これはずっと後年のお話である。それぞれの祖父母も学歴はなく、紅茶の習慣は完全に父母のオリジナルであったとしか推定できないのである。

この疑問を解き明かす糸口を、母が人生をかけて制作していた和紙ちぎり絵を最近見直しているうち、私は突如「発見」したのである。

まず母の絵の肌触りに、和紙ちぎり絵の「ほのぼの」した趣は一切なく、引き締まった「透明な空気感」の漂う風情を有している。母は対象に一定の距離を保って接近を求めず、人間の表情は極端に記号化されているか、そもそも興味から外れている。少なくと

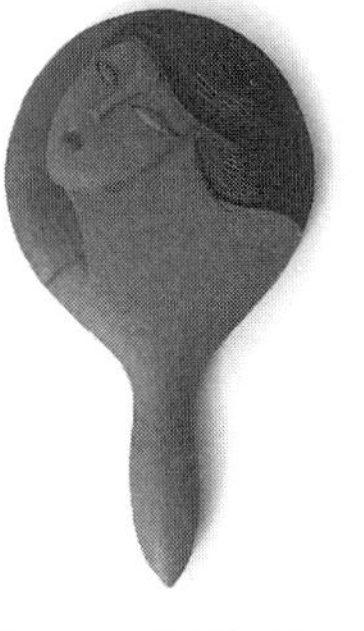

母のアールデコ彫刻の一例
（無題）

も作中の人物は作者とは無関係な存在なのである。遠近法に厳密に従っていることも「明晰な感触」を作り出す土台になっていて、母は自ら創作した風景に安逸な居場所を求めてはいない。あえて言えば「きりっと冷えた」景色とでも評していいかもしれない。和紙ちぎり絵を始める前に母の熱中していたアールデコ風の彫刻もデフォルメされた形式美には厳密であるも、「ほのぼのとした」調和は微塵も窺えない。

　これらを総合するに、母は意外に「近代的な自由人」の「醒めた目」を有していたと想像するのである。

　そう言えばいくつか思い当たる事実も拾い出せる。遺品中から発見した若き日の写真にはテニスに興じ、あるいは英語を学んでいたセーラー服姿の女学生がしっかりと写っていた。女性ドライバーなどまずいなかった戦後直後にクルマの免許を取り、驚くべきことに一時は実際に運転をしていた。母は自らを語るタイプではなかったが、マレーネ・ディートリッヒの「モロッコ」に大きな衝撃を得た思い出や、[7]「大杉栄」の名前をふと洩らした日もあった。母は大阪の師範学校を卒業後、二年ほど神戸岡本の田中千代洋裁学院で服飾の勉強をしたらしく、確かに何をさせても水準を超えて器用であった。母の愛好した洋装はきわだってデザイン性に富み、八〇歳を超えてからも高級ブティックやお気に入りのヘアーサロンに通い詰めていた。母の残した膨大な洋服は実年齢の半分以下の女性ファッションとしても通用するものばかりであった。おまけに母は最新のモードにしったりと似合っていて、一切の違和感はなかったのである。母の采配で仕立てた父のスーツも格別にダンディで、私は与えられた服がいつも他の子と違った「かっこいい」ことに恥じらいを隠せなかった。母は百貨店に行くたびに洋装売り場に長居をし（とても退屈であったのを思いだす）、折りを見ては喫茶店にも連れ出してくれたのであった。[8]

　そもそも若き日の母は女性としてかなり美しい人であった。生駒に転居した先で偶然に隣人となった高等女学校時代の級友も、母を「クラスで一番の美人」だったと話していた。いずれにせよ母を「隠れた」、または「自らを扼殺した」モダニストとして見直すと、これまで見えて来なかった母の側面に光を当てることができる。母は八六歳で生命の消える瞬間まで「年寄り臭さ」など微塵もない若い気心の女性であった。つまり私は母を実像とは違った姿に矮小化して拒否していたのである。

どうして私は長らく母の内面に気づかなかったのか。おそらく実態以上に母を慣習的な俗人と私が見てきたバイアスは、母の妹、つまり叔母を座標軸にしたために現象したと考えられる。

叔母は著名商社の優秀な企業マンと結婚し、母とは比較もできない裕福な生活に恵まれ、文字通りセレブとして人生を送った人であった。海外生活も豊かで、叔母の身辺は高級品で囲まれていた。子ども時代のある時期から叔母は私の人生に登場（海外から帰還）し、目も眩むような存在に映った。叔母は社交的かつ人間的に「強い」人物で、「弱い」哀れなわが母とは同じ姉妹とは思えなかった。しかし今でこそ思う。叔母の派手な姿を基準にしなければ、母の慣習的気質はきわめて常識的な「世間智」の範囲内であり、晩年の「因習を適度に笑い飛ばす」「気楽な自由人」の風貌は母の素顔であったのだ。幸か不幸か、事業に失敗して親戚一同に大きな顔を見せられなかった父も「かなり自由人」で、保守的であった割には因習を嫌っていた。両親ともに物欲や執着心とは無縁で、裕福でなかったのに人にすぐさま物品を分け与えるタイプの人間であった。絶望的な夫婦喧嘩の絶えなかった両親は、もしかしたら「似た者」同士であったかもしれないのであった。

18年間両親の住んだコーポ秋篠にて、父86歳、母81歳。（左はハンガリー人の音楽家・シャーリ・バーンク氏、2005年秋）

おそらく家庭生活にも破綻気味で、経済的に困窮をした両親、とりわけ母は自らの失敗を教訓にし、モダニストの内面を必要以上に「押し殺し」、私を育てようとしたのであろうか。ところが、母のモダンな身体的部分は、そうした作為的「母親」像をしばしば食い破って現れたのである。その表象こそ今里時代の朝の紅茶に他ならなかったと今では思う。たまたま紅茶の嗜好は父も共有するところであり、貧しいわが家に当時では異例の家庭文化として定着したのであろう。

母はしばしば白菜を煮込んだ惣菜を夜に作ったものであったが、晩年に聞くと父も含めて家庭和食は大嫌いで、金欠ゆえに糊口を凌いでいただけであるらしい。母は豆料理など好物もあったから和食嫌いではなかったと思うが、父は晩年まで濃厚な味の肉料理を好み、はっきりと和食（とくに鍋料理や麺類）を嫌いだと語っていた。

なお、この時期の学校給食（ただし食物とは言えないゲテモノ）は無味のコッペパンと脱脂粉乳に決まっていた。母は洋食を得意としていたため、父の洋食好みと相まって、私は和食を受け付けない人間に育ち現在にいたっている。はじめてアメリカの料理に接したときの感動を今もって忘れられず、私はこれまで滞在した欧米のどの国でも食事を堪能している。日本くらい料理の貧困な国に私は住んだことがないし、日本にいる限り本物の外国料理に接する機会もあまり得られない。さっぱり味のしない和食や日本化（＝去勢）された料理には閉口するのみで、母のシチュードティーの味はそのまま私そのものを身体的に創ってしまったのである。(9)

そもそも母の紅茶のつくり方はどこから由来したのだろうか。また英国製と思しき筒形のケトルはどこで入手し、いつから毎朝それで茶を煮始めたのだろうか。母に聞いておけばよかったと後悔する話の一つである。ケトルについてはファスナー業を父が営んでいた時期に、貿易相手の業者から贈られたのかも知れない。戦後日本で普通に入手できる代物ではなく、実際にあのようなケトルを今もって見たことはないのである。

両親とも格式張った作法やブランド志向はまったくなく、ルール違反を辞さぬ好き勝手を愛し、やたら堅苦しい細則は一切無視であった。(10) 適当な無手勝流にアレンジし、それを気に入ればずっと頑固に守り続けたのだけである。シチュードティーも、神戸か心斎橋で（あるいは田中千代氏のもとで）濃いミルクティーを飲んできて、いろいろ自己流で試しているうちに「茶を若干煮る」方法に落ち着いたのかもしれない。南アジアのチャイ、つまりダストティーをスパイスと一緒に煮込む方法は別にして、「濃い紅茶」の味覚に日本人は親和力を持たないから、これは邪道ながら母のオリジナルであっただろう。だいたいリーフティーは高価な商品であって、今と違って販売店舗も極度に限られていた。面白いことに、一生紅茶を愛し続けた母は、容易に高級茶葉を買えるようになってから、それらにまったく興味を示さなかった。わずかに私がロンドンで買ってきたアールグレーを溺愛し、自慢の一杯として訪問客に出していたのを思い出すくらいである（畏友ロレーヌ・ギルロイは今でも母の命日に英国から同じ種類の茶を郵送し続けてくれている）。母はリプトンの青缶やティーバッグしか求めなかったのである。

私の帰国直後、学園前の「クマール」（すでに閉店したが堂島店は存続している）というインド人経営のレストランにたびたび足を運び、両親と食後のチャイを飲みながら往年の朝の日々に思いを馳せたものであった。マサラを抜いた本来のチャイは、母の紅茶の味に限りなく一致していたからである。煮立てた紅茶から独自の風味が生まれ、それは練乳一流の包み込む甘さと見事に調和して極上の味わいを創り出す。蒸らしてのみ現れる気品溢れる芳香を代償にして、無骨な醍醐味を手に入れるわけである。この外道に正統なミルクティーの上品さはないけれど、確かにこれを一杯飲むだけで少し気分は幸福になるかもしれない。

惜しむらくは、母のみならず両親にまつわるすべてに叛旗を翻し、慣習的な抑圧装置として母を必要以上に嫌悪し続けたため、一個の女性として母を見つめる余裕など私になかった。還暦を過ぎ、母を失って数年を閲し、はじめて見えてきた母の姿は上述のように旧来とはかなり違っている。もう少し母を客観的に見つめうる時期を早めに迎えていたなら、何人かの人物の所在、祖父母の来歴、家にいた動物たちの由来、さらに今里時代の町内の様子などについて聞いておけた。今里を去ってから母が二度と作ることのなかったシチュードティーや飴色の筒形ケトル、銀の茶匙や青いプリントを施したティーカップの由縁もその中に含まれる。今ではあの芳醇な紅茶の味は、不遇時代の母の「自由の精神」の証であったこと、そしてその「自由」から私自身のすべてが生まれ出たこと、さらに母の扼殺した「自由」は一杯の紅茶に閉じ込めるには過剰すぎたであろうこと、これらすべてを推測するのみである。

（二〇一七年三月三日、ブダペストにて）

［注］

（1） 小嶋太門『後藤又兵衛の研究』（二〇一三年、樹林舎）所収の「小嶋太門と後藤又兵衛研究」（本書所収）。

（2） 小嶋十三子『はなほほえみて』（グループ丹、二〇一一年）、同『あきはかなしき』（グループ丹、二〇一二年）に所収。

（3） この銅製（または真鍮製）ケトルを探ってネット検索を何度も行っているが、いまだに同一物を発見できない。英国のリッチモンド・ケトルのシリーズの可能性は高いものの、基本的に「やかん」型の進化系が多く、わが家の筒形とは趣を異にする。それは西部劇に出てきそうな無骨な機能美の漂う一品であった。平底になっていた上、持ち手も単純かつ頑丈に作られていたから、吊るして煮るためのケトルであったと思われる。本当に西部劇の時代の骨董品であったかもしれない。

（4） リプトンの青缶こそ英国の叡智を集めたブレンドティーの大傑作である。私はこの事実を有名なティーハウス「ムジカ」店主の堀江敏樹氏の『紅茶の本』（南船北馬社、現在の最新新版は「決定版」、二〇〇六年）ではじめて知った。それまではありきたりの安物とばかり思い込んでいたのである。日本に帰国し大学教員になって以降である。この本を「ジュンク堂難波店」（もうなくなった）で購入し、「青缶」についての堀江氏の記述を読んで、私は即座に堂島の「ムジカ」まで氏に会いに行った。つまり母は世界最高の茶を（おそらく無自覚に）毎日のブレックファーストに嗜んでいたわけである。

（5） 「モカマタリ」は数テーブルとカウンターの小さな個人経営の「純喫茶」で、現在の表現ではシングル・オリジン・コーヒーを選択できた。そう長く続かなかったと記憶する。「ビクトリー」はカウンターと小さな二人用テーブルだけのさらに小さな店であった。「ビクトリー」には私自身が日本を離れる前の一九八〇年代半ばにコーヒーを飲みにいったが、実に美味しいブレンドコーヒーを出していた。店主はその昔父に連れられていた私のことをまだご記憶であった。後年、秋篠に両親が転居してから近鉄西大寺駅前の「煦露粉」という純喫茶（現在は奈良市東向北通りに移転営業）を愛していたが、この店も実に素晴らしいコーヒーを出し、両親の味覚は確かであったと確信する。実際に「まずい」店には二度と行かない美徳と矜持を両親ともに誇っていた。

（6）竹内洋『立身出世主義―近代日本のロマンと欲望』（日本放送協会出版、一九九七年）。

（7）ネット上の情報を検索すると「モロッコ」（ジョセフ・フォン・スタンバーグ監督、一九三〇年公開）の日本公開は一九三一年であるから、一九二四年生まれの母が同時代的に観ている可能性はない。戦時統制下に本作は映画館で上映できたとは思えないから、おそらく戦後、田中千代洋裁学院時代か小学校教諭時代にリバイバルで観たと推測する。「「日曜洋画劇場」放送作品全リスト（http://www.geocities.jp/jdapjg/nichiyou.html）」によると一九七二年六月一一日にテレビ放送されていて、生駒で過ごしていた高校一年時に私はそれを観たのである。間違いなく母はこのとき、ディートリッヒの有名な靴を脱ぎ捨てて走り去る場面の衝撃を私に語った。

（8）母のよく連れて行ってくれたのは近鉄百貨店の中二階と今里新地の「ダイヤ」である。大阪モダニズムでは心斎橋大丸が大きなモデルになっていたかして「中二階」（今で言うメザニンフロア）がブームになっていたのであろうか。一九六九年に取り壊された近鉄百貨店上本町（上六）店にもそれがあり、喫茶室になっていた。本家の心斎橋大丸は建築家・ヴォーリズ（William Merrell Vories）の名前にちなむ「サロン・ド・テ・ヴォーリズ」として喫茶室は健在である。「ダイヤ」を経営する「クックハウス」のサイト（http://www.cookhouse.jp/company/history/）によると、一九四六年に創業後、一九五二年に今里店を開設し、一九八五年、二〇〇八年と二回改装されていて現在は三代目である。六〇年代に母と一緒に行った初代店舗は中央に大きな水槽が置かれていて、往年のフルーツパーラーの面影を濃厚に残していた。母は悲しくなるといつもこの店に私を連れ出したのである。母の亡くなる半年ほど前、私は母を伴って今里を再訪し、昔のわが家周辺を回り「ダイヤ」にも一緒に立ち寄った。母は「この店には嬉しくない思い出がたくさんあるね」

と何気なくポツリと語っていた。店内は変わっていても窓から見える風景は「悲しい」日々を髣髴とさせていたからである。

（9）味覚は自由であるから和食を好むのは個人の「選択の自由」である。私が世界一嫌いな和菓子を「美味しい」と言う人がいても「他人の勝手」と考える。ただわが国では、どうして「日本は世界一の食文化」だとか「日本では世界中の料理が食べられる」という大ウソが罷り通るのであろうか。和食はユネスコの世界無形文化遺産だが、同時に北朝鮮様式のキムチもそうなのである。日本人は世界を知らないだけの話で、国際的に見て日本の食文化は極端に単一的かつ貧困である。

（10）最近、亀山に地元産の「べにふうき」種で作った紅茶をフルリーフで真っ黒になるまで濃く淹れ、たっぷりのミルク（クリーム?）と砂糖で甘く味付けた「モーレツ紅茶」なるものの存在を野口嘉孝氏（弁天町「Leaf」店主、ムジカ元店員）から教えていただいた。これはフルリーフ・オレンジペコをポットで淹れているようであるが（文字通り「オレンジペコー」という名の喫茶店がそれを出している）、日本では「邪道」とされるも「濃厚茶と練乳（ミルク＋砂糖）」の組み合わせの妙は「非正規的ミルクティー文化」である事実を語っている。もっとも糖分の高さ故に「モーレツ紅茶」は朝の茶には向いていても、それ以外の時間帯では「モーレツ」に眠気を催すに違いない。

青桐の秘密

植木職人の再訪

時が経つほどに後悔の念を増す小さな出来事が一つある。おそらく私が小学校上級生だったから一〇歳前後、つまり一九六六～八年ではなかったか。片江一丁目のわが家の裏庭に青桐を植えた職人さんが、一〇年ぶりに来訪されたと母は言うのである。この時、私は何かに癇癪を起していて、頑に会うことを拒んでついに動かなかった。だいたい植木職人さんがなぜ私に会いたいと所望されたのか意味もわからなかったし、この記憶そのものも最近まで忘却していたくらいである。

一九五〇年代の初めに朝鮮特需によって瞬時の隆盛を誇った父のファスナー業もすでに凋落の色濃く、私の子ども時代には操業を止めて久しい工場跡も家の裏にひっそりと佇んでいた。一〇人以上の工員を雇用していたと思しき工場跡にはまだ工作機械も並び機械油の匂いも漂っていて、がらんとした冷たい空気は動きを止めた機械独自の臭みを伴っていた。青桐は、この工場跡と居住空間のちょうど真ん中に積み石を囲んで植わっていて、いったい何度この木を見つめたか数えきれない。押して抱きついた時の触感も手に刻印されているし、登ろうとして失敗し焚き火の灰の上に一直線に落下したことも、木を上下する蟻の描く黒い線もよく記憶している。

青桐の木は秋になると大きな葉をたちまち散らせ、夏の青緑の瑞々しさと落葉樹のあっけらかんとした裸体の対照が際立って、その散りぎわの潔さは絶妙でもあった。冬になると凛とした孤独の姿も際だって、ついこの前まで淡い緑の葉が広がっていた事実さえ嘘のように思えてくる。落ちぶれた片江の家には葉を落として裸になった青桐こそよく似合い、私には夏の日陰も印象に残っていないし、花や豌豆を髣髴させるという実を不思議にもまったく覚えていないのである。幹には傷もついていたけれど、剪定に強い木ならではの強靭さで、青臭い新鮮な香りを漂わせていつもまっすぐに青桐は立っていた。孤独な子どもであった私は青桐の木に一人で話しかけ、積み石に腰掛けて飼い犬（次郎）と飽きもせず長い時間を過ごしたものであった。

ところで青桐の向こう側にあった工場跡は、いつしか取り壊されて原っぱに化けたと思いきや、近隣のN医院に売却されたのであった。やがてこの地はN医師（とても太った好人物で近所では藪医者として知られていた）の老親の隠居部屋らしき平屋になり、ブロック塀によってわが家と分たれることになった。私の記憶に間違いなければ、植木職人さんの再訪時にはすでに塀も構築済みであった。この塀に金網が張られて、その上を蔓薔薇が絡まるまでにはほとんど時間はかからなかったはずで、がらんとした工場跡もいつしか過去の記憶になってしまった。子ども時代には時間は緩慢に流れると言うけれども、この工場跡の変化に関する限り、あっという間の変遷であったとしか記憶していない。気のついた時には工場跡も蜃気楼のように消滅していたし、ブロック塀もまるで最初から存在していたかのようであった。

理由は今もって不明ながら、私は子ども時代「雪の降るまちを」のメロディを聞くたびに消え去った工場跡を想起していた。片江に雪が積もった記憶は六四年あたりに一回あるのみで、「雪」と工場跡にはいかなる関係もない。これはどうしてであろうか。「思い出だけが通り過ぎてゆく」というセリフの部分を消え去った工場跡に重ねていたのかも知れない。あるいはいつか工場の果ての小さな茂みに死んだスピッツ犬（初代チビ）を埋めに行った日の記憶も関係している可能性もある。スピッツの「白」から「雪」、がらんとした工場跡から「雪の降るまち」をイメージしていたのだろうか。

工場跡も家族から「通り過ぎ」、いつしか青桐は裏庭の果てになったわけである。青桐はあっさりと黄緑の葉を落として散ってゆき、あっという間に風景を一変させてしまう。黄色い落葉もしばらくすれば茶褐色に変化し、その頃には裸の木がぽつんと立っているだけなのである。

この木を見つめている自分もこの場所から消え去る日が来ることを、子ども心に私は気づいていた。いつしか私も青桐の葉のように散ってゆくに違いないと確信した。

わざわざ再訪して下さった職人さんももうこの世にいないだろう。しかし会いはしなかった職人さんの再訪は「思い出だけが通り過ぎて」半世紀を経た私の眼前に蘇った。

隠された歴史

近鉄の焦げ茶色の高架を見上げる狭い灰色のアスファルト道に面した「ユニオンチャック工業株式会社」、すなわちわが家は、近隣から「グリーンハウス」と呼ばれていた。何故か父が道路に面した一階部分を緑色に塗り付けていたからである。この界隈は戦災から焼け出された人の建てた仮設住宅が犇めき、茶褐色の家並みの横にどぶ川の流れる薄汚い場所であったから、「グリーンハウス」の外装はやや不似合いではあった。さらに道路に沿って向かって右は棕櫚の植込みと薔薇園、左には長細く二輪車を停めるスペースも作られ、いずれも緑のペンキで塗られた低いフェンスに囲まれていた。向かって左にはガレージの外開き扉もあり、積み石で囲んだ青柳も植えられていた。柳の枝が伸びると父は剪定を行い、私は切り枝を一〇円で近所の「スタンド」に売って儲けたものであった。ちなみに六〇年代に片江一丁目界隈で自家用車に乗っていたのは前述のN医師（OPELを運河脇にいつも停めていた）と父くらいしかなく、わが家は「豊か」であり続けていたように印象されたであろう。羽振りのいい時にはハーレーに跨っていたらしいし、マツダ車を愛用する以前のヒルマンまでは私の記憶にもある。敷地面積だけなら「グリーンハウス」は近隣最大の家であったはずで、もし両親にリスク管理能力が備わっていたなら、家業の衰亡期に先手を打って「文化住宅」を建てていたかも知れない。実際に「ラブホテル」、当時の表現では「連れ込み宿」にしないか、という勧誘もあったと聞いたこともある。うかうかしている間に身動きも儘ならなくなり、両親の決断力欠如も加わって、わが家を手放す結果となったのである。ほとんど付き合いのなかった左隣のTさんは、本来の家業を私は知らないけれども、機敏な選択をされ家主に転職したのであった。おかげでTさん宅と隔てていた壁は安普請の「文化住宅」で遮られ、裏庭の景観も一変してしまったが。

父はガレージ屋根のトタン波板をリニューアルする際に外壁も塗り替えていたようで、覚えている限り「グリーンハウス」は二回鮮やかな色を再生している。父の大工工事は裏庭でたまに弾いていたもの悲しいアコーディオンともども軍隊時代に覚えた技術であったかも知れない。大学を出た亜インテリにしては器用にも庭の犬小屋や鳥小屋なども父は難なく作っていたし、機器の取り扱いも結構手馴れていたのであった。

さて「グリーンハウス」はどんな構えであったろうか？　思い出すまま間取りを再現して記録しておきたい。

まず一階は会社と家族の居住空間に区分されていて、縦縞の磨りガラスで作られたスライドドアを開けると低く長いカウンターが奥に伸び、向かって右の八畳程度は会社事務室に使用されていた。事務所空間は大きな作業机が置かれた長細い小部屋とメインの会社事務室にカウンター棚で分けられ、いずれも床はコンクリート敷きになっていた。会社事務室には二つの事務机が壁際を埋め、冬場には石油ストーブも小さな丸テーブル前に置かれた。小部屋と裏庭への出口の間には流し台もあって、本来的には仕事用の水場であったと思われる。ファスナー業が軌道に乗っていた時期には、出荷伝票などを貼り付ける作業を小部屋で行い、棚越しに確認をしていたのではないのだろうか。玄関から伸びていたカウンター棚の上に荷造りされた箱を並べ、出入りの運送業者はこの場所からトラックに搬入していたに相違ない。私のもの心ついた時節にはすでに職場の雰囲気はなかったけれど、繁盛期以来の習慣で道路に面したスライドドアは常に施錠されずに開けられていたのである。

事務所部分は出荷作業にマッチするように徹底して機能的に設計されていたから、ファスナー業の全盛期にこの部分を改築したのではないか、とごく最近になって私は考えるようになった。これに対して「グリーンハウス」の左側はもともと独立した和洋折衷家屋であったと推定する。あえて両親がわが家の来歴を話題にしなかったのも、家業の蹉跌を振り返る辛さを伴ったからであるまいか。増設または改築に気がついたのは、事務所部分との間に引き戸があり、そこで靴を脱ぐようになっていたからである。おそらく一階の事務所部分を増設した際には二階も八畳の寝室を接合し、もともと存在した住宅の壁をくり抜いた巧みな工事をしたのであろう。そう言えば、住居部分と事務所部分の外装や屋根に使われていた瓦の種類も異なっていたことに、屋根の上を好んで歩いた頃から私はすでに気づいていた。また二階の接続部分にしばしば激しく雨漏りを生じた事実もここから説明は付くように思う。母は雨漏りで湿気を含んだ畳にカビやキノコを見つけては家業の没落を嘆いていたものだが、今の私ならこれは増設工事の問題点であったと可哀想な母を宥めよう。

私の推測による「隠された歴史」はおよそ次の通りである。まず両親が結婚した一九四八年一月二八日の時点において、すでに一定の家財をなしていた祖父は片江の土地を買っていたと私は考える*。一時は味原町（鶴橋）あたりに住んでいた祖父母は、当地の闇市拡大に伴う治安悪化を嫌って片江に土地を見つけた可能性もある。一方、父は多くの兄弟を持つ農家出身で家を新築するような資産を有していたとは思えないし、そもそも本名は「東野」と言って小嶋家に養子縁組で入った人物である。大学を学徒動員で三年終了した父は復員後、現在のＮＴＴ、かつての電電公社の前身の一つの旧大阪電気工事局に勤務していた。母は父と父方の親戚が強引に祖父の工場を譲渡するように祖父に迫り、見事に失敗したと語っていた。ここから私は次のストーリーを描きたくなるのである。後述のように裏庭には「倉庫」として使われていた二間の日本家屋が建っていた。もしかすれば、この建物こそ新婚の両親に宛てられた住居に他ならず、わが家の主要部分は本来は祖父母の居住地に想定されていたのでなかったか。このように推定するのは、「倉庫」は木の床には上がり框で下足を脱いで上がっていたからである。母に妹もいたから「倉庫」は姉妹部屋であった可能性もなくはないが、うら若い女子専用の別邸を特設する発想は果たして存在したであろうか。さらに母の妹、すなわち叔母から片江の記憶をただの一回も聞いたこともなかった事実も一つの傍証である。

おそらく父が祖父の創業した「ユニオンチャック工業株式会社」を（親戚と大ボラを吹いて）継承またはは乗っ取り、朝鮮特需バブルの波に乗った直後、事務所部分を増築し、私の知る家の構図も出来上がったと考えられる。二階を倍以上に大きくしたのは、家業の発展とともに子どもも順調に増えてゆく仮定をしたためであったとも推測する。

「ユニオンチャック工業株式会社」は一時期には貿易にも手を初めていたらしく、会社事務所にはメルカトル図法の大きな世界地図も貼られ、事務机の上には商業英語辞典も置かれていた。ただしこれは一瞬の夏に終わった。先見の明のあったＹＫＫなどは積極的に海外工場を早期に展開、やがて中小企業の整理統合も急速に進み、商才も時局をマクロに読み解くリテラシーにも欠如した父はあえなく会社を危機に晒す運命となった。

祖父は後年まで大阪久宝寺で袋物問屋を営みながら投資業で大資産を一代で築いた人物であった。祖父の積極的性格を考えると、当初は「ユニオンチャック工業株式会社」の工場でファスナー袋物の完成品を製造し、久宝寺で販売を手がける構想を持っていたのではないか。袋物問屋に特化したのは「ユニオンチャック工業株式会社」の破綻ゆえの結果に過ぎなかったとも考えられるのである**。

この仮説を是とするならば、大甘の経営力しかなかった父に製造部門を任された時点で企画は失敗を運命付けられていた。父にはマクロに先を読む能力など皆無であり、企業経営など簡単な仕事だと勘違いしていたに違いないからである。

いずれにせよ片江の家全体を父は受け継いだ時点で、祖父母は片江に住むことを諦め、奈良市富雄（なお私はここで生まれた）を経て大阪和泉初芝に転居、さほど長居せずに奈良学園前の登美ヶ丘住宅地初期の住民となったと思われる。もっとも祖母は体も弱く喘息を病んでいて初芝の地もややあって去ったから、いつしか貧困住民の殺到した片江に祖父はまったく未練はなかったのかも知れない。後年の祖父はあっさりと転居や不動産売買を繰り返していたから、保守的な農家出身の父とは別人格でもあった。

片江の家の普請は祖父によるものとの推測は、祖父は父と違って庭仕事に巧みで、片江の豪華な裏庭や和風庭園風の坪庭の趣味に一致するからでもある。おまけに後年祖父の好んだ住居はすべて二〇年代モダニズムの香りの漂う和洋折衷建築であり、片江のわが家の構えはまさにその典型であったわけである。

ともあれモダニストの片鱗さえ見えなかった父とモダニストで国際派だった祖父は気質的にも対立し、「ユニオンチャック工業株式会社」破綻後の両親の不和もあって、後年は事実上絶縁状態となった。祖父母が「グリーンハウス」に立ち寄ったことは記憶の限り一回もないし、祖母は私を哀れんで愛してくれたけれども祖父はまったく相手にもしてくれなかった（お年玉はたっぷりいただいた）。

ところが、この祖父と私は人格的にそっくりだと母は死の直前に繰り返していたから皮肉なものである。

幻の玄関

私のもの心ついた時期にはすでに繋がっていた居住空間一階は、仕事ができる手前（道路側）の部分と奥まった応接間に衝立で分けられ、応接間には洋式の応接セットとガラスの入った木製書架も鎮座していた。ここはカーテンが常に掛かっていたためか昼間でも薄暗かった。奥には洋風の収納もあって、常にファスナーの在庫で埋まっていたものの、そもそも小物の調度品を収めるべく設計されたとも推定される。この部屋はこの時代にはきわめて珍しく押出し棒を使って両面外に向かって開ける仕組みになっていた。窓ガラスにはモザイクも入っていて、好天の夏の日などは窓を開けるや別世界を現出したのである。目前の珊瑚樹は常緑樹であったから、深緑の葉陰は夏の陽射しを遮ったし、冬になれば風を防げ頃合の庭場を常に創造してくれた。子ども時代の私は洋風応接間の異空間に遊ぶ非日常が楽しくてならず、椅子の下に潜り込んで目を瞑ってしばしの夢を弄んだ。薄暗い部屋に篭った調度品の独特の香りからは仄かに異国情緒さえ感じられた。白昼夢には見果てぬ西洋の光景も浮かんだ日もあったのだ。四半世紀後に私は長い欧米の生活を始めるが、もちろんこの時代にはただの夢想を一歩も出るものでない。何しろ通っていた聖美幼稚園のK理事長が六〇年に海外旅行をした際、「海外視察記念」と刻印した青銅の文鎮を園児家庭に配布したくらいであった。この時代、テレビ番組の多くは翻訳版アメリカンドラマで占められていたにせよ、現実の欧米は遠い異国にすぎなかった。

戦後直後の普請らしくない贅を尽くした細工は、戦前の中流家庭のモダニズム住宅に関わった職人が本領を発揮した成果であったと思われる。

道路に面した手前の部屋は、本来は大きなテーブルを中心にする洋風リビングルームとして設計されたと考えられる。芦屋や帝塚山などの住宅ではピアノが置かれ書架に百科事典の並ぶ場所である。この部屋から薔薇園に向かって作られたドアもモダンなデザインで飾られた開け戸が付いていた。私は開かずの扉と化していたこの戸こそ「幻の玄関」そのものであったと考える。六〇年代末から出現する洒落た喫茶店のドアを見るたびに、私はこの「幻の玄関」を想起したものだった。この洋風リビングも私がもの心ついた時にはミシンが置かれて、糊口をしのぐ小銭を稼ぐための仕事をたまに母が行っていただけであった。鉄製の金座にチャックを置き、母が金槌で叩いて最終仕上げをしていた姿を今でも思い出す。こうした小口の仕事は、斜陽化した両親の工場を哀れんで、知人や往年の取引先が小口の仕事を回してくれていたものと聞く。

宅配便などなかった時代であるから、父はやや大きな荷物は片江小学校裏の西濃運輸まで製品を車で運び、小さな荷物は今里駅まで自転車で持ってゆき駅留めで送っていた。こうした小口注文も次第に来なくなり、小学校上級生時代にはまったく家の中で仕事も行われない日々が続いたのであった。

やがてリビングルームに私の机が置かれ、小学校五年生くらいに奥の応接間が私の部屋になってからは、編み機に向かう母の姿を常にここに見ることになった。いずれも工場経営が危機に瀕した事態と表裏一体となった変化で、応接間の子供部屋への改装は、仕事上「応接」する来客がなくなった余波であった。編みものは手先の器用な母が糊口をしのぐために副業として始めたもので、母は小学校教師をする前に洋裁学校に通っていて手先も器用だから思いついたのであろう。ほとんど貯蓄もなかった母はなけなしの金で編み物の先生を雇い、必死の思いでこの仕事に向かっていたに相違なかったのである。

要するに場違いなモダニズム建築を誇ったわが家の洋風リビングは一度も本来の目的で使用されず、素敵な玄関も「開かずの扉」と化して所期の目的を果たさなかった。レコード針が交響曲を響かせたことはなく、この洋風リビングはもの悲しい金槌の音が木霊するのみであった。贅沢すぎる無駄であったとは後知恵になるだろう。両親も家屋の歴史を語ろうとしたわけでもなく、ごく最近私が思い起こすまでは「秘密の歴史」のうちに閉じ込められていたのである。

ところで「グリーンハウス」の一階左側であるが、いつしかメインの事務所は父の書斎に変貌し、歴史の本が書架に並べられて研究室然となっていった。父が死の直前に上梓した『後藤又兵衛とその子』（人間社、二〇〇七年）に収められた論考のいくつかは火の車の家業を尻目に父がこの部屋で研究していた成果である。そして事務室の奥にあった長細い作業所は、やがてたくさんの鳥かごで埋め尽くされ、もともといたカナリアとセキセイインコに加えて文鳥や四十雀などの鳴き声の絶えない場所に豹変したのである。片江のわが家は、破綻した家業と夫婦関係を尻目に、意想外な遊び場に変貌し、かくて一種の贅沢な廃墟とも評すべき不思議な空間を現出したのだ。

父が生前書き残した記録では「ユニオンチャック工業株式会社」は一九八〇年八月に「解散」したとあるから、七〇年八月に「グリーンハウス」を引き払って生駒に転居、再就職してから一〇年間も会社は「文書上」存続したことになる。その時、父は六一歳、まさに現在の私の年齢である。不渡り手形処理に奔走した会社も「倒産」でなく「解散して廃業」した形式を取ったのは、父の最後の面目だったのだろうか。

火宅の空間

「グリーンハウス」の家庭部分はいかなる作りであったのか。

一階の応接間横は壁でなくスライドドアで六畳の和風居間に繋がり、この部屋に上がるには段差もあった。段差は洋風リビングルームや応接間の高い天井を確保するために和風部分の低天井との落差を埋めるために設けられていた。「正式」には上り框から直進して三段の小階段を上がり左のガラスの引き戸を引いて居間に入る仕組みになっていた。小階段の突き当たりは水屋の置かれた踊り場となって右は台所、左は和風居間となっていたのである。なお台所横には裏口もあって、ここから洗濯機などの置かれた下水脇に出ることができた。台所そのものは細長い床張りの二〜三畳で、道路側にはかつて竈も作られていた。もっとも私のもの心ついた時期には電気炊飯器を母は使っていた。台所には戦後直後には稀有な輸入品の電気冷蔵庫もあったし、ミキサーやトースターも完備していた。片方はトタン製の米櫃、調味料などを納めた大きな収納となっていて、一方には食器や調理具の並んだ棚とタイル張りの水場、その横には調理台もあった。一番手前にガスコンロも据え付けられ、その横の調味料棚にはリプトンか日東紅茶の缶、味の素や味塩の小瓶なども常備されていた。「母と紅茶と自由」（本書所収）で書いたように、母はレトロな銅（あるいは錫）ケトルをここで火にかけ、シチュードティを作ってパン食の朝食を和風居間に運んでいたのである。

さて六畳ほどの畳の和風居間は、六段の黄色っぽい洋箪笥、真ん中に古風な扉付きの真空管テレビ（もちろん輸入品）、さらに六段の濃茶の箪笥が片側に置かれていた。一時はステレオ装置もあったから、この居間のサイズは「魔法」によって随意であったとしか思えない。父の洋服箪笥もこの部屋にあり、高校時代から私の長く使用したジャケットも本来はこの箪笥に収まっていた父のものであった。続きの一畳ほどの縁側は、今風の言い方ではパウダールームになっていて、三面鏡も壁際に置かれて風呂場とトイレ（汲み取り式）に繋がっていた。

この家は本来祖父母の生活のために創建されたとす

れば、畳の居間は祖母の部屋だったのかも知れない。祖母は古風な優しい人柄だったから、祖父は祖母のために日本庭園を眺める和室を提供したと推測する。父母の代になって、母の嫁入り道具であった大きな桐の箪笥が二階に上げられたため、箪笥類を持ち込んで家族の居間に変更したのではないだろうか。大きな木製の扉の付いた外国製の重厚な白黒テレビは、本当は洋風居間にこそふさわしく、購入時には滅多になかった高級品だったはずである。母は丸い卓袱台を和風居間に広げて食事を出していたと言え、この和洋折衷住宅は洋風リビングでのテーブルを使った食事を予想していたと思うのである。母が存命であったなら、こうした家の仕組みについてもきちんと聞いていたとは言え、今となってはすべて想像の域を出ない。

和風居間は、両親の仲の良かった時期には家族団欒の場となって、母は得意の「メキシカン・サラダ」などを調理して振る舞い、父も夕食前の一杯のキリンラガーの晩酌を楽しみ、私も昼寝を貪ったりしたのであった。冬になれば電気コタツも入ったし、大きな雑音で顰蹙を買ったクーラーもこの部屋に設置されたのであった。

確か一一段（一三段だったかな）の階段を登った二階は単純な構造で、六畳と八畳の畳の間があっただけである。六畳の方は嫁入り道具であった二つの桐箪笥が置かれ、母の部屋兼寝室となっていた。今ひとつの八畳とは襖で区切られて、こちらは父と私の寝室となっていた。ある時期までは家族全員でこの部屋で寝ていたもので、暑い夏には蚊帳を張ったし、夜店で売っていた走馬燈を眺めた日もあった。本来的には六畳の和室こそオリジナルな二階であり、八畳の寝室は事務所

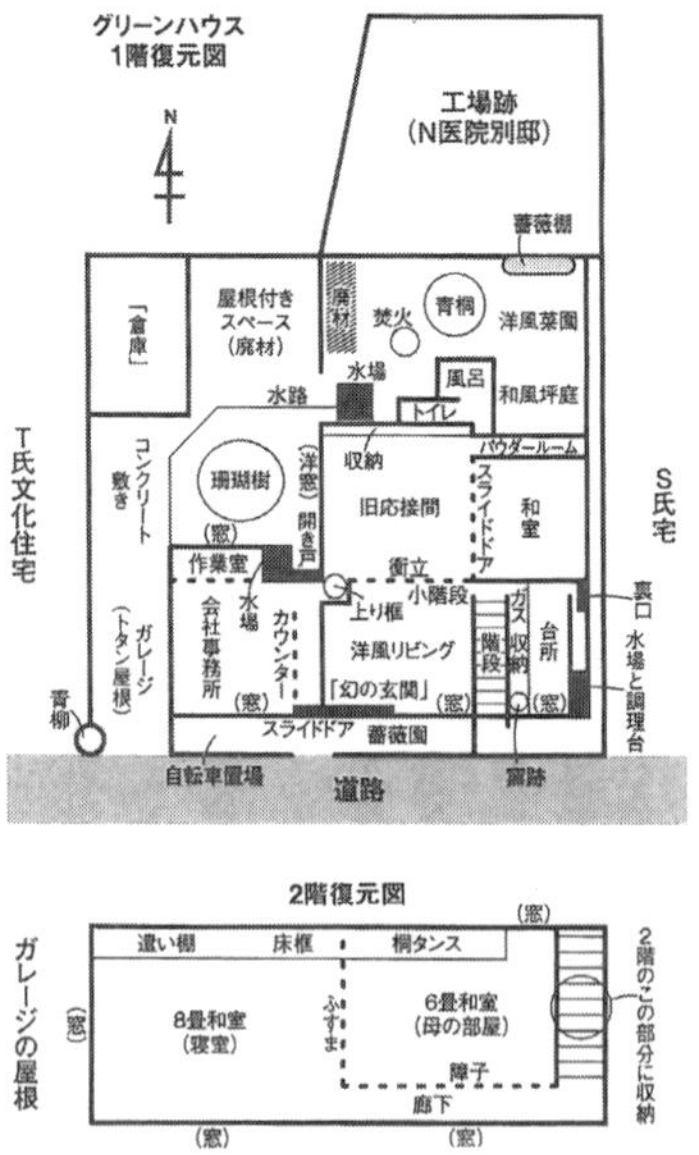

とともに増設された部分の階上にあたるとは推測のごとくである。六畳の和室も二畳の廊下を有していたから一階の洋風リビングの広さとピタッと合致するわけである。廊下は貼り障子で六畳間と隔てられていた。

六畳間から戸袋越しに風を通す高窓が付き、八畳間には地袋と小さな違い棚や床框も作られていた。ここには青銅製の鼎や博多人形のような美術品が飾られ、雛人形や五月人形も置かれた記憶もうっすらとある。もちろん壁には掛け軸も掛けられていた。道路に面した窓は大きな木製窓枠から僅な光の射し込むのみだったが、八畳寝室の窓はガレージのトタン屋根と隣のTさん宅の無愛想な建物を見ることができた。

私にとって二階の寝室は決して楽しい場所ではなかった。三歳の頃、当時不治の病と言われていた急性肺炎にかかった私は、二階の白いカーテンに体を絡めて苦しみ、階下に降りていった私を見て「唇が紫じゃないの！」と母は驚いた声を上げた。ある時は風邪で学校を休み、サツマイモの入った粥を母は作って寝ていた私に持ってきてくれたりしたものだった。そして両親が不仲になると二つの部屋を隔てて大声を張り上げて夫婦喧嘩を始め、本物の修羅場に変化してしまった。昼間は誰もいなかったし、夜に一番早く寝る私は暗黒の中で灯りを点けパジャマに着替える毎日であるから、やや不気味な場所でもあった。一番の恐怖は、一人ぼっちで二階にいるうちに両親はどこかに消滅してしまうのではないかという懸念ではあった。

青桐の秘密

片江のわが家は増築され私の記憶に残る姿を現したならば裏庭に屹立していた青桐は本来的に「構想外」であったことになる。青桐の秘密を探る前に片江のわが家の庭をまずもって概観しておこう。

「グリーンハウス」の面白いところは、裏庭も和洋折衷になっていた点である。先に触れた細長いパウダールームは紙障子の引き戸で居間と分けられ、縁側から大きな木枠に囲まれたガラスの広い引き戸で庭を望むように出来ていた。

庭は苔生した湿地に敷石のされた小さな空間を手前にして、低い石垣の向こう側には八手、細竹、金魚草、棕櫚なども植えられていた。つまり和風坪庭と小さな洋風菜園のちゃんぽんに他ならず、この果てを少し左に曲がった場所に青桐は聳えていたのである。青桐の横には焚き火の作った盛り土があり、ガス風呂に一新するまでは薪で風呂を焚いていた時期もある。外付けの風呂釜にはかつて薪木が積み上げられていたし、斧を振るったり燃える木の橙色の記憶もある。私の子ども時代、風呂場の窓にシマヘビが出たし、台所にもアオダイショウらしき蛇が出現したから、アスファルトで塗り固められたこの界隈では珍しく「自然」と裏庭が繋がっていたのだろう。春になればモンシロチョウだけでなく極めて稀ながらアゲハチョウも来訪し、金魚草周辺にはバッタも住んでいた。

裏庭には、もともとは屋根の付いた作業スペースが広く取られていた。私の子ども時代にはファスナー製品の木箱や事務機器の山積された廃墟になっていて、本来の姿を見たことはなかった。その横には件の「倉庫」があり、ある時期に母が扱っていた化粧品が売れ残って山積されていた。この商売はファスナー業が左前になっていった時期に母は祖父の支援を受けて始めたと父から聞いた。母は会社経営の知識も実務力も有しなかったから、実際には祖父のイニシアティヴで化粧品業を開業し、名義上母を会社代表者にしたというのが実態であったと思う。この「倉庫」および屋根付きスペースと家屋の間に珊瑚樹を中心に花壇が作られ、横には植木鉢を並べる木棚もあった。この裏庭の境界に沿って溝が通り、ガレージの端を通って下水道に繋がっていた。「倉庫」の前には盛り土がされて、低い柏と南天の木も植えられていた。珊瑚樹やこうした木々には抜け殻をしばしば発見したから蝉も自生していたし、オミナエシやナデシコの種を買ってきて植え付け、それらの淡い花の姿を楽しんだものであった。

のちに私の部屋になった応接間から洋窓を開ければ、閑やかな裏庭の木々を眺めることができた。もしすべてがきちんと整理されて裏庭にも職人さんの手が及んでいたら、きっと美しい庭園となっただろう。しかし私がもの心ついて以来、この場所は半ば放置され、たまには父が剪定していたとは言え、見る影もない荒地と化していたのである。ともあれ考えてみようではないか。子どもにとって禁止事項で満載の秩序ある庭よりも野放図な廃墟こそ特権的な遊び場所に他ならないということを！

工場跡の廃屋から「雪の降るまちを」のメロディを聴いたように、家の壁に向けてピンポン玉を当てながらアメリカ西部劇を追想したし、ガレージの戸を開けると透き通った群青色の夕空の中、ムスリム諸国家旗にあるような大きな星と月の輝く光景を私は夢見た。いずれも深層心理で何らかの辻褄は合っていたのだろう。これらの白昼夢はある時期から人生の正夢に変化したように、「グリーンハウス」の裏庭にその後の私のすべてが詰まっていた。その反面近隣の極貧家庭は独自なコミュニティを作って両親と一切の交際はなく、私には小学校を終えてから近所の子どもたちと一緒に遊んだ思い出は絶無に近い。私は「パール街の少年たち」のメンバーではなかったのだ。

さて青桐である。私の生誕を記念してこの木を植えたとすれば、すでに「ユニオンチャック工業株式会社」も翳りを見せていた時期に該当する。ガレージ前の青柳と同じ石垣が組まれていたから、同じ職人さんに裏庭の木も依頼したのかも知れない。ただし青柳と違って青桐はすくすくと成長し、無遠慮なくらいの喬木になって聳え立ったのは両親にも想定外だったと思われる。

結論から書くと母三二歳、父三七歳で私を得たとき、この子が「一人っ子」になるだろうと予測した上で、「起死回生」の縁起担ぎで工場と家屋の中間に小さな青桐を植えたのではなかったか。この憶測通りだとすると、両親にとって大きな誤算が二つあったことになる。一つは青桐の急速な成長と反比例して家産は傾き「起死回生」の願いは届かなかったことである。そのために家屋と工場の真ん中に凛として立つはずだったこの木は、切り売りされた工場跡を隔てるブロック塀に近接する不用意な巨木と化してしまった。今一つは片端に追いやられた青桐を何度も抱きしめて育った不肖の息子は、成長はしたものの意固地で偏頗な人間と化し、この木のように真っ直ぐな姿を晒すことはなかった。あえて言えば、どこに行っても収まりきれない不釣り合いな部分だけを青桐から受け継いでしまった。青桐に託した両親の一片の虚しい希望はいずれも叶えられなかったわけである。

悲哀を塗りこめたわが家は結局手放され、一九七〇年八月一〇日前後に生駒に転居する日をもって挫折の歴史に終止符を打った。転居した先の生駒の家の庭にも青桐の木はあったけれど、こちらは適度なサイズに収まり、まるで財を失った家族の現実を反映するような慎ましい姿ではあった。

片江の街角に生活実感の漂っていた時代の一瞬の幻が「グリーンハウス」と呼ばれた建物だっただろうか。この不思議な家屋は四半世紀の寿命しかなかったわけであるが、今の私はこの時間幅など刹那に過ぎなかったと理解することができる。しかしながらたいていの人生はこの瞬時のうちに詰まっているとも私は同じく納得するだろう。

木を愛でていたわが一家の去った後、言うまでもなく、裏庭の青桐は真っ先に痕跡をとどめず切り倒され、一つの家族の興亡を見つめた「グリーンハウス」もろとも誰の記憶からも消え去った。

二〇一一年の初夏だったか、私は八〇歳台半ばになった母を伴って懐かしい「グリーンハウス」の建っていた場所に佇んだ。「ここだったね」と感慨無量だった母が世を去ったのはその半年後である。父は七〇年八月に片江から転居して以来、二〇〇八年の逝去の日までただの一度もこの地を再訪しようとしなかった。

（二〇一八年三月二五日、ブダペストにて）

「グリーンハウス」の跡は本書校正時に偶然更地となっていた。（2021年8月8日）

＊祖父と片江をつなぐ接点は近鉄であったと推測する。学園前登美ヶ丘住宅の分譲も近鉄（不動産部は一九六八年に分社）との深い関係ゆえ可能だったに違いない。初期住民はすべて近鉄と深い縁のある方、もしくは重鎮（当時の佐伯勇社長もその一人）に他ならなかったからである。祖父は生涯近鉄の大口株主であり続けたし、行動範囲も沿線とほぼ重なっていた。

最近、埼玉大学教育学部の谷謙二氏が時系列地図閲覧サイト「今昔マップ」（http://ktgis.net/kjmapw/）を公開され、明治以降の国土地理院「二万五千分の一」地図の比較検索も容易になった。「大阪東南部」の該当場所を調べると、一九四七〜五〇年、一九五四〜六年のいずれも「グリーンハウス」を含む地所は更地（空白）表示になっている。すでにわが家は五〇年代後半には古びていたから、五四〜六年に「更地」ではあり得ず、データ処理のミスであると考えられる。しかし戦後混乱期のこの地域で明白な更地表記のなされている事実は土地所有者の自明性を逆に証明する。片江一丁目は四五年六月一五日空襲でほぼ全焼（『東成区史』、一九五七年、二七〇頁）し、戦後も土地所有者は判然としなかった。だから空襲の被災者が殺到したのである。所有者が売却意思を持って「更地」を維持し、近鉄が斡旋して祖父の手に渡ったとすればすべて辻褄は合う。

＊＊祖父の卸売店は久宝寺の中心、まさに「丼池」界隈に存在していた．まったくの余談を一つ。太田俊夫『丼池のヒットラー』（日本経済新聞社、一九七七年）は「日本熱学工業事件」（一九七四年）をモデルにした作品である。しかしどうしてタイトルはこうなるのか？実在の同社は梅田北あたりに本社を持っていたし、主人公の「郷田社長」のメンタルは、私見では創業社長や「丼池」の老練な叩き上げにはまず見えない。太田は企業小説の書き手ながら、船場から久宝寺に及ぶ大阪商人の実態に詳しくなかったと考える。一時の好景気に便乗し、仕手株戦術によって成功を掴むタイプのアプレゲール・ベンチャーは丼池商法ではない。私の祖父などを典型的な「手堅い丼池の人間」とするなら、「郷田社長」式の発想は父の世代の「新参者」に典型的な手法である。「郷田社長」のモデルとなった牛田正郎は『悪党の手口―小説・日本熱学事件―』（イースト・プレス、一九九三年）を執筆し、粉飾決算など自ら経営破綻に至る事情を暴露している、日本熱学事件は、この暴露本の出たイトマン事件の時代までは大阪最大の経済スキャンダルであった。

小さな写真帖
—私を知らない母—

生まれて間もなくの母の写真？

はじめに

二〇一一年（平成二三）一〇月二六日、できの悪い息子を一生涯愛してくれた母を見送った直後、私は間髪を入れず遺品のほぼすべてを処分した。衣類などは言わずもがな、宝飾品もリサイクルに回すか知己に差し上げ、きれいに次のご縁に委ねた。私は近藤麻理恵氏の『人生がときめく片づけの魔法』（サンマーク出版、二〇一一年）の読者ではなかったと言え、結果的には彼女に倣ったのである。母の残した衣類は新品同様、しかも若い女性にも違和感のないブランド品でもあったから、「形見」にせず手放す決断に迷いはなかった。早晩、母を知る人と私の関係も切れるだろうし、逡巡しているうちに遺品は迷惑な廃品になりかねない。そうした死者への冒瀆だけは避けたかったのだ。遺品に続いて両親や私自身の写真アルバムを一つ残らずゴミに出した。風景や撮影時の様子について懐かしく思い出す写真も容赦しなかった。母の身につけていた私の五月節句の写真などは日記類ともども真っ先に裁断機にかけた。退職後に両親は日本各地に旅行を繰り返し、折に触れて撮影した膨大な写真を残していた。それらも「紙ゴミ」回収日に処分した。厳密には一箱だけ保存したけれど、母の七回忌を機に潔く捨て去った。

母は、人形や切手などを小まめに集めて保存していたようであった。「ようであった」と書くのは、整理下手であった母の収集癖を私は認識できず、ただの雑品として幾度となく無慈悲に処分したからである。記念切手などは勝手に換金して小遣いの足しにしたものであった。

「また捨てたの」、母はそれ以上何も言わなかったけれども、本当は自分の人生の一部を削り取られてゆく気持ちだったかも知れない。

写真についても同じである。父の撮影した家族写真は膨大な量に上り、母は何葉かの気に入った写真の裏には達筆でキャプションを添えていたのである。外国から送った私の写真にも書き込みは残されていた。きっと無口な母はそれらを見つめて問わず語りを繰り返していたのであろう。

かくて私は母を心にのみ留める決心をしたつもりであったが、何枚かの教師時代の写真と一冊の薄茶色の小さな写真帖を手元に残していた事実に気のついたのはごく最近である。（本書一九九～二四四頁に復刻）

「小さな写真帖」表紙

父が二〇〇八年に逝去した際も、私は蔵書をはじめ遺品のほぼすべてを処分し、卒業証書などを詰めたダンボール一箱に限って残していた。私はその中に父の遺品しか入っていないと思い込み、いずれ父の元に送り出そうと考えていた。ところが、最近父の従軍記録を復刻するためにダンボールを改めて精査すると、小さな写真帖と何枚かの母の写真を発見したのである。母が病臥に臥せっていた時、これを届ければきっと喜んだに相違ない。早く気づいておれば、母に持参したついでに思い出も詳しく聴けたかも知れない。いっそう惜しく思うのは、叔母の主宰するＮＧＯ「高齢者福祉フォーラム」編の『思い出話のすすめ―回想によるコミュニケーションと介護』（新風書房、二〇〇八年）という本も母の手許にあったことである。この本は「自分史」マニュアルのような冊子で、私の編集している雑誌『アリーナ』六号（二〇〇九年）の「自著を語る」コーナーに叔母はエッセイを執筆をしていた。後悔しきりながら、同時にこれは「母の残した贈り物」と考えるようになった。もし私が早く写真帖を見つけておれば、母とともに火葬し、私が見つめ直す日はきっとなかった。この写真帖は結婚に至るまでの母の人生を知る唯一の手がかり、すなわち「私を知らない母」の「あり得た未来」だったのである。また次のようにも思う。若く美しい母から見れば、その後の人生は蹉跌と後悔の連続だったのではないか。人生の終焉を自覚した母にこの写真帖はその後の辛い思い出をのみフラッシュバックさせただろう。そう考えると人生の絶頂期を綴った写真帖を母に見せなかったのは天の配剤に他ならない。いくつかの写真を見直しながら、「私の知らない」、そして「私を知らない」母について私論を書き綴っておきたい。これは母の「ダイイングメッセージ」を解読する試みと言ってよい。

住所の謎

その前に戸籍や残された数少ない資料を踏まえ、出生から「写真帖の時代」に至る母の人生を推測しておこう。祖父「小嶋市郎」を戸主とする「改正原戸籍」によると、母は一九二四（大正一三）年八月三日に「名古屋市中区三田町三一番地」で生まれている。祖父母の住所は「名古屋市中区小林町一番地」（いずれも現在の大須界隈）と記載されているので、母の出生地は近くの産院ではなかっただろうか。祖父の実家は「中区三輪町二番地」、祖母の実家は「西区稲葉地町字小鍋三二番地」だからいずれの住所でもないからである。生前母から聞いたところでは、祖父は株で失敗し心機一転を期して大阪移住を決めたらしい。実際に「原戸籍」では一九三七（昭和一二）年四月一九日に「大阪府中河内郡玉川村大字菱江一六〇番地[1]」に転籍したと

祖父と母、おそらく1926年

なっている。これまで私は大恐慌で祖父は大火傷を負い、夜逃げ同然に大阪に来たとばかり勝手に思い込んでいた。しかし、母は「三歳まで」名古屋にいたと話している事実[2]に改めて気が付いた。もし一九二六（大正一五＝昭和元）年に来阪したならば、母の記憶と残された祖父と幼少期の母の写真は符合する。

祖父は大恐慌でなく第一次大戦後の景気減退の煽りを喰って名古屋を去り、おそらく早期の失敗を教訓にして起死回生を図ったのだろう。

この写真でカンカン帽を被った祖父の横に写っている少女はまさに三歳の母に他ならない。写真台帳には「京阪沿線枚方枚方写真館」と印刷され、下には「K.Kinoshita」と撮影したカメラマンの名前も印刷されている。

一九二〇年代半ばの枚方はメリヤス工場が建設されたばかりで市街の形成はなく、典型的な近郊農村であったから、この地に移り住んでいたとは考えにくい。思うにカンカン帽を被った羽織姿の祖父、子供服に身を包んだ母の姿から察すると、季節は初夏、京阪遊園地（現在のひらかたパーク）を見に行った記念ではないだろうか。折しも一九二六年、京阪遊園地は大きく拡張されて常設化されたばかりで、新奇マニアの祖父ならば娘を連れて早速出かけてもおかしくない。

この写真によって祖父は「三歳の母」を伴って大阪に来ていた事実は辿れるとしても、ではどこに居を構えていたのだろうか。問題は大阪市立味原尋常小学校卒業アルバム（昭和一二年＝一九三七年四月）には菱江の上記住所が記載されている点なのである。味原小学校[3]は現在の鶴橋のすぐ西北に位置し、菱江に住んでいたとすると、最寄り駅（若江）から大阪電気軌道（大軌）を使って徒歩を含め一時間はかかったからである。今でこそ遠距離通学は一般化したとは言え、当時、尋常科低学年の児童に電車を利用させたとは考えにくい。

一つのヒントになるのは母の妹の一九二九（昭和四）年の出生地が「大阪市下味原町八〇番地」と「原戸籍」に記載される事実である。私は「下味原町」を大阪日赤病院と即断していたけれども、結論を書けば、この住所こそ当時の自宅であったと考えられる（日赤は筆ヶ崎町である）。

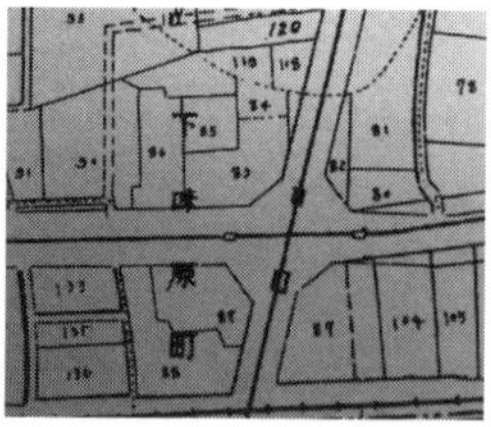

「地番入五千分一大阪市図」（和楽路屋、1931年）より〔清水靖夫編『明治前期　昭和前期　大阪都市地図』、柏書房、1995年、90頁、から重引〕。交差点の東に「下味原町80」がある。

「下味原町80番地」の現在

推測するに、祖父は大阪のどこか（岩田周辺?）に住んでいた「伯父」[4]を頼って名古屋を後にしたのではないだろうか。当初どんな職についていたのかは記録にない。「下味原町」から市電で船場にも難波にも容易に行けたから[5]、商売の見習いでもしていたのであろう。北浜で株取引を行っていた可能性も否めず、金融恐慌から大恐慌にかけてサバイバルしているとすると、祖父は本当にラッキーボーイだったことになる。そして一定の元手を確保した時点で祖父は文具店（後述）を開店したらしいのである。母の尋常科進学直前に妹も生まれ、狭くなった味原の仮寓を引き払う機会を伺い始めたと想像する。あるいは文具店の目処を付けた時点で近隣に引っ越したのかも知れないが、母の尋常科卒業、つまり高等女学校入学とほぼ同時に菱江の家に移ったのであろう。菱江の新居から徒歩通学のできる樟蔭東高等女学校を祖父母は受験させたとも考えられ、この辺の前後関係は不明である。いずれにしても樟蔭は「わりにお金もちの娘がいく、お嬢さん学校だというのが大阪の定評」[6]であったから、味原を後にしたのは祖父の成功の証明になる。中河内は大軌若江駅の開設に伴って大阪のベッドタウンとして急速に膨張を遂げつつあって、「伯父」の紹介で家屋や店舗も入手したのかも知れない。今東光の小説の印象もあって、この地域は濃厚な村落世界を想起するけれども、一九二〇年代以降は樟蔭を含む学校創立、小阪の帝国キネマ（「何が彼女をさうさせたか」などを撮った）開所、相次ぐ住宅建設によって「郊外文化」の活気に沸いていた。あやめ池や生駒山上の遊園地とターミナル百貨店を結ぶ大軌はいま一つの阪急であった。

小学校卒業アルバムの母
（前列右から2人目）

一九二〇〜三〇年代の大阪は急激な都市の成長に伴ってモダニズムの急先鋒と化し、「大阪洋行」(7)なる流行語さえ存在したように、成功の夢を求めて各地から若者も集まって来た。祖父もその一人であり、この新しいエルサレムに連れて来られた少女に果たして祝福は約束されていたのだろうか？

「原戸籍」では一九四九（昭和二四）年六月二四日、「玉川町岩田八八七番地」に祖父母は転入したと記載されている。同年一月二八日、父を入り婿として迎えた直後であるから、祖父は当地に娘夫婦を含めて大きな新居を構えたと考える。戦後は岩田を引き払い、ふたたび大阪に出て今里駅前の片江一丁目に工場兼住宅を新築するが、この事情は「青桐の秘密」（本書所収）に書いたので省略する。

ちなみに祖父母は片江を両親に譲った後、おそらく奈良の富雄(8)に転居、その後和泉初芝にわずかな年月を過ごし、一九六〇年代半ばから一九七四年まで奈良に戻って人生の黄昏を学園前（登美ヶ丘一丁目）で生活した。私の一番よく記憶している祖父母はこの時代である。その後、祖父は祖母の逝去までの瞬時をあやめ池南に住み、一九七三年に新築されたばかりの「コーポ秋篠」の一室を購入した。このマンションに住むつもりであったか投資対象に過ぎなかったかは今ではわからない（祖父は摂津本山にも同様のマンションを一時買っていた）。結果的には祖父は「コーポ秋篠」でなく、宝塚の介護施設に入居し、最晩年は西宮仁川に叔母が引き取って波乱の人生を終えた。母はわずかな期間でも祖母の住んだあやめ池南の家でなく「コーポ秋篠」の相続を希望した。このマンションこそ退職後の両親の生活拠点となった思い出の地に他ならない。

祖父母はあやめ池への転居時にはじめて戸籍上岩田から転出し、印象深い学園前時代は「幻」になっている。両親も人生の辛酸を舐めた片江と生駒の住所は戸籍上存在せず、「奈良市秋篠早月町一〇番」への転入は二〇〇一（平成一三）年二月二一日に私によって行われたのである。

以前「母と紅茶と自由」（本書所収）で推測した母の幼少期は、次のように訂正したい。まず祖父母は遅くとも一九二六（大正一五＝昭和元）年、母の尋常科入学前には味原に転居していた。この時点で祖父が転籍をしなかったのは、大阪生活を永久に続けるつもりもなく、いずれ名古屋に錦の旗を飾る予定だったのかも知れない。ところが菱江に家を建て文具店を開店して生活基盤も固まるや、大阪に永住する決意をしたのであろう。長女を地元の高等女学校に進ませ、戸籍も移したのはその証左ではないかと思われる。

文具店と味原

文具店の場所について私見を述べたい。私は母が「俊徳道駅近くで祖父は文具店を営んでいた」と回想していたのを鵜呑みにしていたのである。ところが「俊徳道」は今でこそ近大に近い繁華街ながら、戦前期には住居もまばらで「文具店」の立地にはまず向かない。この謎は「皇紀二六〇二年」、つまり一九四二（昭和一七）年四月発行の『樟蔭東高等女学校第一回卒業記念写真帖』を見て瞬時に解けたのである。この卒業アルバムに記載されている「布施市永和三ノ六九」こそ文具店の住所に相違ない。実は樟蔭東高等女学校は開学直後の一年間樟蔭高等女学校の校舎を間借り[9]し、女学生の大きな人口を永和界隈は抱えていた。永和の住所はその校舎に近接し、文具店を開店するには好適なのである。今では個人文具店は斜陽産業ながら、当時は流行のファンシーショップとして女学生で溢れかえっていた[10]。祖父の店は樟蔭や樟蔭東の女学生には馴染みの店であったから、『卒業記念写真帖』の連絡先住所をそちらにしたのであろう。女学生を顧客とするファンシー雑貨ならば、戦後に祖父の関わったファスナーから袋物、さらに化粧品など広義のアパレル産業と繋がる。大阪久宝寺町（丼池）ですべてを調達できるし、この問屋街こそ戦後長く祖父の拠点とした場所なのであった。

ではなぜ母は永和駅を「俊徳道駅」と（今日の永和駅を）間違って記憶していたのであろうか。おそらく、祖父の文具店は一九三六（昭和一一）年に開設された直後の「人ノ道」駅前に開店したからである。「人ノ道」駅は「ひとのみち教団」仮本宮前に開設され、一九三七（昭和一二）年に不敬罪の嫌疑で弾圧されるまで、僅か半年間存続した「幻の駅」であった。そう言えば私の高校生時代を思い出す。ある時期、私は村上重良氏の著作を愛読していた。生駒の前川書店に並んでいた『ほんみち不敬事件』（講談社、一九七四年）を買って帰り、家で読んでいた時である。いきなり母は「それは「ひとのみち」についての本なの？」と珍しく話しかけてきたのであった[11]。この時、宗教嫌いの母にしては珍しく「ひとのみち教団」（のちのＰＬ教団）について懐かしそうに話した。きっと母は祖父の文具店開店時に「人ノ道」と命名されていた駅を「俊徳道」と混同したのであろう。

ちなみに祖父母が最初に住んだ味原、つまり鶴橋について一言する。この地は戦中の平野川運河建設に多くの朝鮮人が強制徴用され、戦後、済州島からの移住者の拠点地となった。現在では焼肉グルメの聖地として知られ、「コリアンタウン」の代名詞ともなった。ただし厳密には鶴橋は南北で別世界と言ってよい。私の子ども時代まで現役地名であった「猪飼野」は一九三〇年代にはすでに市街化されて朝鮮半島からの移住者・徴用者の住宅地に変わっていた[12]。猪飼野は大軌（近鉄）よりも南に位置する生野区である。対照的に北の味原は谷町に連なる大阪商人の宅地や寺社の区域で、上六には一九二六年に三笠屋百貨店（のちに大軌百貨店）も創業して大阪の東の玄関口として賑わっていた。上六、鶴橋ともに戦争直後には闇市で勇名を馳せるも、当地にエスニックな意味合いの加味されたのは一九四八（昭和二四）年の「済州島四・三事件」以降である。[13] 味原は名古屋モダニズムの洗礼を受けた祖父母にとって素直に受け入れ可能な都市空間であったと思われる。この地域は無数の寺院の織りなす「寺町」としても知られ、祖父の生地・大須観音の門前町と似ていなくもない。高津中学や関西随一の大阪音楽学校も当地にあったし、真田山まで行けば騎四連隊や陸軍墓地があった。何よりも下味原町からは市電でどこにでも行けるし、心斎橋から本邦唯一の地下鉄御堂筋線に乗れば梅田までも遠くない。不思議な境界性は現在なら有栖川有栖の『幻坂』（二〇一三年）の舞台と言えばよいだろうか。過ぎ去り日に捧げられた織田作之助の短編『木の都』（一九四四年）の一節はこの周辺の雰囲気を蘇らせてくれる。

> 　これらの高台の町は、寺院を中心に生れた町であり、「高き屋に登りてみれば」と仰せられた高津宮の跡をもつ町であり、町の品格は古い伝統の高さに静まりかへつてゐるのを貴しとするのが当然で、事実またその趣きもうかがはれるけれども、しかし例へば高津表門筋や生玉の馬場先や中寺町のガタロ横町などといふ町は、もう元禄の昔より大阪町人の自由な下町の匂ひがむんむん漂うてゐた。上町の私たちは下町の子として育つて来たのである。

急いで補足すると、谷町から夕陽丘にかけては大阪外語学校や大阪女子師範学校（後に夕陽丘高等女学校が移転）の並ぶ文教地区で「下町」ではない。おそらく織田作は東京の「下町」そのものでなく上野公園周辺を連想したのではないか。寺院と学校、そして軍隊という「よそ者の集う境界性」こそ上町の本質で、一九二二（大正一一）年、当地に創立された大原社会問題研究所は場を得ていたのである。混同しやすいが「上町」とは台地一帯を指し、長らく通称名だったところ最近正式に地名となった。谷町は文字通りの「谷」ながら、前述のように「下町」的雰囲気は持っていない。川島雄三監督の「貸間あり」（一九五九年、なお井伏鱒二の原作は一九四八年）は、正体不明の人物が「貸間」に集散する当時の上町の雰囲気を伝えている。

文具店を開いてからは、問屋で直接買いに行き荷物を店まで背負って来る必要から、祖父も大軌（一九四四年以降は近鉄）を日常的に使うようになっただろう。「青桐の秘密」で推測したように、戦後の祖父の行動範囲は近鉄と深い関係を持ち、不動産の取引も近鉄に依頼し、資産を築いてから死の日まで大口株主であり続けていた。蛇足ながら、もし祖父母が味原町周辺に新家を作っていたならば、母は清水谷か夕陽丘高等女学校に進学し、まったく別な人生を歩んでいただろう。敗戦直前に繰り返された大阪空襲の被害を受けて祖父母の戦後も異なっていただろうし、そもそも生命を保っていなかった可能性すらあり得る。田辺聖子の自伝的作品『私の大阪八景』[14]（一九六五年）は焼け野原となった味原町から上六、闇市と朝鮮人街に変化しつつある鶴橋の光景をラストに描いている。

「小さな写真帖」を読むために

一九三七年、母は小学校尋常科を卒業するや中河内の地に創立されたばかりの樟蔭東高等女学校に第一期生として入学し、いよいよ写真帖の時代を迎えるわけである。前もって考慮したいのは、当時の写真の存在形態である。日本人がごく普通に家族写真を撮影するようになったのは、自動露出（ＡＥ）機能を装着した一眼レフの普及する一九六〇年代、ベビーブームに沸く高度成長の時代であった。カメラを持った観光客が世界各地で「爆買い」をして冷笑される寸前である。それまで写真撮影は、広範に普及してはいても「趣味」としてやや高級な領域に属し、国産の品質も未だしで輸入カメラの価格も高かった。一九三〇年代はニコンやキャノン、ミノルタそして小西六など世界を席捲する日本カメラの揺籃期に他ならない。よく似ているのは一九八〇年代、個人用コンピューター（マイコン）の時代である。マイコンは価格的にも技術的にも大衆的普及の一歩前の段階に留まり、誰でも気軽に入手できるわけではなかった。スマホなどは夢の世界で大型携帯電話はビジネスの濫觴期にあった。

写真については、母の生まれる少し前に三宅克己

『写真のうつし方』（阿蘭陀書房、一九一六年）というハンドブックが出版され、やがて専門誌も創刊、月刊誌『カメラ（CAMERA）』（アルス出版社）よって芸術的地位は確立する。写真はベンヤミンの「複製文化」を代表するアートとして一気に広まり、映画とともどもモダニストの内面を掬い取った。それはクラシック音楽やアフタヌーン・ティと同じく都市新興中間層のアイコンの地位を占めたのである。とは言え圧倒的大多数の人々にとって写真は「ハレの日」に写真館で撮影するか、プロのカメラマンから購入する商品の域を大きく出たわけではなかった。この状況は件の一眼レフ普及以前の私の子ども時代までほとんど不変であった。

なお田辺聖子は他ならぬ写真館を生家に育った人である。母の名前を連想する主人公「トキコ」によって語られる尋常科、高女、女専、そして戦後直後の大阪の姿は、写真帖を読み解くこの上ない参考書になった。田辺は母よりわずかに若い（三歳下）と言え、私の時代にも残存していた「子ども文化」に共通項も多いから、母との差異はほぼなかっただろう。写真館をはじめ、女学校時代の雰囲気（一九四四〔昭和一九〕年後半から一変したと田辺は書いている）、「学校横の文房具店、〈女学生堂〉」（一一五頁）、「近鉄上六のデパート（もうなにも売っていなかった）」（一三九頁）など随所に母の写真読解へのヒントを発見する。あえて言えば、大阪福島に育った田辺のディープな下町の生活感覚やちゃきちゃきの大阪弁は母には皆無である。田辺は淀之水高等女学校を卒業後、樟蔭女専に進学するから、祖父の経営していた文具店に立ち寄ったかも知れない。

小さな写真帖に貼られた写真は、集団撮影された学校写真を除けば母の持参したカメラによって母か友人によって撮影されたようである。当のカメラは祖父の所有物であったか母への贈り物であったに違いない。祖父がカメラに凝り出さないはずはなかったからである。祖父は新奇性探求意欲のとても旺盛な人で、人口に膾炙する以前に電子レンジやらデジタル機器をいち早く使っていた。一ドル三六〇円時代に一〇〇回近く外国旅行に出かけ、海外の風景を八ミリビデオやスライドにして、帰国後は必ず上映会を開催していた。祖父は酒も煙草も呑まず、クルマや奢侈品にも一切目をくれなかった経済的合理主義者ながら、「新奇なもの」

には徹底的にこだわったのである。冒頭に掲げた生まれて間もない母と思しき一枚も祖父が撮影したと想像する。

後年になるが、祖父は母に嫁入り道具として真空管テレビ、電気洗濯機、さらに冷蔵庫の「三種の神器」を用意し、戦後直後から片江のわが家はそれらを完備していた。すべてアメリカ製の贅沢な輸入物で、父もハーレー・ダヴィッドソンやヒルマン（こちらは私の記憶に残っている）に乗っていたらしいから、零落以前の両親は都市ブルジョアの夢の世界に一度は浸ったわけである。

さて小さな写真帖に収められた写真を私の視点から見直して見たい。この冊子の冒頭を飾る一枚は一九三七（昭和一二）年四月、樟蔭東高等女学校の入学記念写真、最後の写真は一九四六（昭和二一）年二月二一日、意岐部小学校教諭時代である。つまり戦争を挟む一〇年の青春を「私史」に編纂したものである。したがって次々と写真を追加していったアルバムでなく、「私史」作成時における「近未来」をプロジェクトした作品と受け取らなければならない。編纂された時期から見た「現在と近未来」を最後に考えるために、時間を逆転させて「近過去」の小学校教諭時代の写真から見直したい。写真帖に貼られていない何枚かの写真（遺作集『はなほほえみて』、グループ丹、二〇一一年、に収録）や偶然残っていたバラ写真も俎上に載せてみよう。

写真帖を見つめると無垢な笑顔を湛えた「私の知らない母」に遭遇する。むろん不肖の息子となった「私」を母も知らないし、「私を知らない母」はまったく別個の幸福な人生を想定していたに相違ない。今から見ると若く美しい母は祖母にとてもよく似ていて、きっと誰からもそう見做されていたと想像する。後年まで滅多に見せなかった屈託のない笑顔からは、あえてそれを封印せざるを得なかった人生の蹉跌を偲ぶばかりである。

師範本科から小学校教諭へ

(1)戦後直後の光景

まず、写真帖に収録されていないこの二枚から始めよう。写真帖の教師時代はあえて本人でなく同僚写真を中心に編集され、残されたバラの写真で母の姿を見るしかない。この「卒業児童ト共ニ」とキャプションの付けられた一枚は葉書サイズに焼かれ、同一の羽織袴を纏った名刺サイズも約四〇枚残っているから、同じ日に子供たちと一緒に撮影したのであろう。

「卒業児童ト共ニ」(1947年2月26日)

卒業生を送る日(1947年3月24日)

もちろん「ハレの日」にのみ羽織袴を着たのであって、常日頃はカジュアルな格好をしていた。母は晩年まで和服は日常的に着用せず、ファッション・センスに満ちた洋装を選び抜いて普段着にしていた。衣類への執着は死の直前まで不変で、母にとっては常識以前の身だしなみであった。いくつかの小学校勤務時のバラ写真を眺めると、お馴染みのスタイリッシュな女学生然とした母を見いだすのである。

子どもたちとの写真

ヘアスタイルに注目すると、いわゆる「サザエさんヘア」、つまり戦後直後の最新版流行でカメラに収まっている。このヘアスタイルはさほど突飛なものではなかったらしく、戦時中に抑圧されていた若い女性の情念の発散を感じられる。一九四六年に日本公開され大ヒットした「カサブランカ」(マイケル・カーティス監督、一九四二年)のイングリッド・バーグマンに似ていなくもない。もしこの映画を見ていたなら、きっと母はイングリッド・バーグマン風のロール・ヘアを美容院で特注しただろう。母は戦後直後に再映されたマレーネ・ディートリッヒ主演の「モロッコ」（ジョセフ・スタンバーグ監督、一九三〇年）に衝撃を受けたうら若き女性であった。奇しくもモロッコを舞台にした二作品は、久々に解禁された恋愛と自立したヒロイズムのメッセージとなって母の世代の乙女たちを鼓吹しただろう。迸るような「サザエさんヘア」はその象徴と言うべく、一九八〇年代のソバージュヘアを髣髴させる。

小学校教師時代

後列左上が母（1946年10月19日）

戦争をはさむ公立小学校（戦時中は国民学校）は教育機関である前に生活の場であった。戦中は児童の父親は兵士として徴用され、大黒柱の戦死によって生活苦に直面した家庭もあっただろうし、子供たちも大阪への空襲が現実化すると学童疎開も行われた。戦後直後は、石坂洋次郎の『青い山脈』を読めばよくわかるように（土井行夫の『名なし鳥飛んだ』でもいい）、学校は「父と子」つまり価値観における「世代間闘争」の戦場となった。よく言及される「黒塗り教科書」は価値観の転換を示す以上に、制度的道徳の権威失墜を物語っていただろう。女性教員の跳梁していた小学校は、公職追放も少なかったと推定され、世代の離れた男子教員と若い女子教員の組み合わせも「擬似家族」を現出させたと思う。しかも「厳父」の世代は「敗者」になっているわけであるから、若い女子教員にとって戦後をまずは喜びをもって迎えたと推測する。同僚と一緒に写った母の写真を見ると自由を謳歌しているとしか見えないのである。

「意岐部のおもかげ」

この三枚の写真は、服装はわずかに異なるもほぼ同じ時期に撮影され、再出発への教師の希望と矜持を象徴し、表情はいずれも積極的で曇りはない。敗戦からほとんど時間も経っていないにも関わらず、勤労服地をカスタマイズした服装を各自は工夫し、屈託のない引き締まった表情には思わず心も和む。

これに対して、一九四四（昭和一九）年国民学校就職直後、文字通りの勤労服に身を包んだ母の仏頂面は戦中の不自由を雄弁に物語って余りある。モダンで繊細な内面を女学校で身につけた母は、基本的に戦時イデオロギーには身体的に反りが合わなかったに相違ない。

1944年5月2日

(2)「排除された」疎開の記録

私は「写真帖」の戦中と戦後のそれぞれについて

「排除された」部分が存在するのではないかと分析している。母の写真は「ドキュメント」でなく「モニュメント」であるから、これは当たり前の指摘に過ぎない。あえて言えば、小さな写真帖を「時代の証言」風の史料にする場合に「史料批判」を要するという注意書きである。

まず戦中であるが、実は母は学童疎開に同行しているのである。生前、ただの一回もこの事実を私に語ったことはないのは、不愉快な思い出を伴っていたからだろうか。幸い母の勤務先であった意岐部国民学校に残された疎開記録は公刊されていて[15]、同書収録の「寮日誌（自昭和二〇年四月一八日至七月三一日）」に「応援訓導」として母の名前を見い出すことができる。この日誌によると同校は福井県敦賀市立松原国民学校を受け入れ校とし、同市原にある古刹西福寺を宿舎として集団疎開を行った。日程は一九四五（昭和二〇）年四月一七日（水曜日）の夜行で大阪を出発、翌日午前三時二九分に敦賀駅に着き、敗戦を挟んで一〇月三日に帰阪した。疎開児童数は三年生一四名、四年生一九名、五年生三〇名、六年生三七名の計一〇〇名（うち男子五九名、女子四一名）、校長、教頭ほか参加教員総数一二名、寮母四名、作業員二名という規模であった。「寮日誌」には母に関する次のような記載もある。

五月一日㈫雨栗田政枝
早朝より五月雨しきりなり。正に朝食といふ時男児二名の遁走あり。起床時以前遁走なりとぞ。石田先生、牧井先生早速後を追はれる。正午近く頃やっとつれ戻さる。両先生の御苦心筆舌に尽くし難し。岡島、小嶋先生共に私用打電の為街まで行かれる。高尾先生依然病床にあり、おいたはしき限りなり。

五月十日㈭曇深澤公子
雨模様なので六時起床。室内朝食後、朝食終りて七時、平常通りの時間なり。
………（中略）………
岡島、小嶋先生九時頃帰阪のため御出発。
………（中略）………
尚、岡島、小嶋、田中先生及び岡谷の転出手続完了、これも御世話をかけた。

これ以降母の名前は記載されていないから、母の疎開参加は一九四五(昭和二〇)年四月一八日から五月一〇日までの二週間弱で、文字通りの「応援訓導」の役回りであった。大阪の学童疎開は一九四四(昭和一九)年に始まり、実際の大阪空襲は同年の三月一三日を皮切りに数次に及ぶと記録されている[16]。意岐部国民学校の遅い対応は当地が近郊農村校区ゆえに被爆対象として現実感を持てなかったからであろうか。逆に中河内に近接する枚岡は大阪市内から疎開児童を受け入れていたのであった。

ところが三月の空襲で近隣の小阪地域も被災[17]し、校区に近接する盾津軍用飛行場の存在ゆえかB29も意岐部の上空に現れるに至った。「寮日記」の五月一〇日の項目には次のような記載も見られる。

毎日新聞福井支社より記者一名来寮、授業状態を一枚写真にとられる。用件は八日夜半、布施上空に於て撃墜されたB29の大阪版新聞により児童に喜びを分たんとなり。

「前日」、つまり五月九日のB29の布施市高井田墜落は研究者の調査[18]や当時の証言[19]とも符合し、疎開時期は結果的には妥当だったと言えるかも知れない。

母の「応援」は短期間でもあったし、写真も残してはいない。記念撮影など不謹慎とされる雰囲気であったのかも知れない。

写真帖からは戦時下の苦悶の日々は一切窺えないが、戦争に関わりを持つのは次の三枚の写真である。この「スマートな喜久子ちゃん」は教師になった(だろう)師範本科の学生と推測される女性である。キャプションは「嬉しそうに何を見てるの!」、「かわいい笑顔」で、文化祭の出し物もかくやである。よく見ると彼女はセーラー服に「神風」の鉢巻で笑っていて、諧謔的に「コスプレ」をしたとしか思えない。「神風」の鉢巻は女子挺身隊(一九四四~五年)のものだから、同時期にセーラー服はあり得ない。興味深いのは「卒業後ノ顔」「無邪気ナ女学生」として写真帖の戦後編にもまったく同じ三枚が貼り付けられている事実である。「卒業」は「喜久子ちゃん」の「師範学校卒業」の謂と思われ、彼女が母の後輩であったとする推測を補強する。この「喜久子ちゃん」の高女時代の写真と見比べると、年齢的な表情の差異は大きく、服装や髪型も戦時下には思えないからである。つまり「コスプレ」は戦中（師範学校在学中）か占領下（師範卒業）に行われたわけで、こうした傍若無人な遊びこそ母たち女学校ＯＧは戦時スローガンを笑殺していた証左である。

「喜久子ちゃん」

　六月一五日に近隣の小阪に空襲があったものの、意岐部国民学校も玉川村も無事に戦後を迎えたようだ。母は終戦の詔勅を残留組同僚たちと一緒に聴いたに相違なく、安堵と解放感を抱いた一人であっただろう。

　ちなみに母の遺品中に残された「判定書」について一言しておく。この書面の意味は文中にある通りで、母が教員追放の対象とならなかった「潔白」証明に他ならない。母は間違っても政治的かつ思想的に熱くならなかったから特に感慨はなかったであろう。研究者の指摘によれば、小学校の教育理念や現場の状況は戦後改革で導入された「民主教育」によって激変せず、国民学校との継続面の方が強かった[20]。しかも戦時中から若い女性教師が教育現場で活躍していたから、いよいよ「戦時下との継続」は顕著であったと推測する。高等女学校でいわゆる「教養教育」の基礎を学び、豊かな家族に支えられた母には、「民主教育」への理想も教員労働運動への共感も一切なく、最大の関心は好きな髪型と服装で闊達に出歩けることだったに違いない。母は井上陽水の「傘がない」（一九七二年）に二五年先駆けていたわけである。

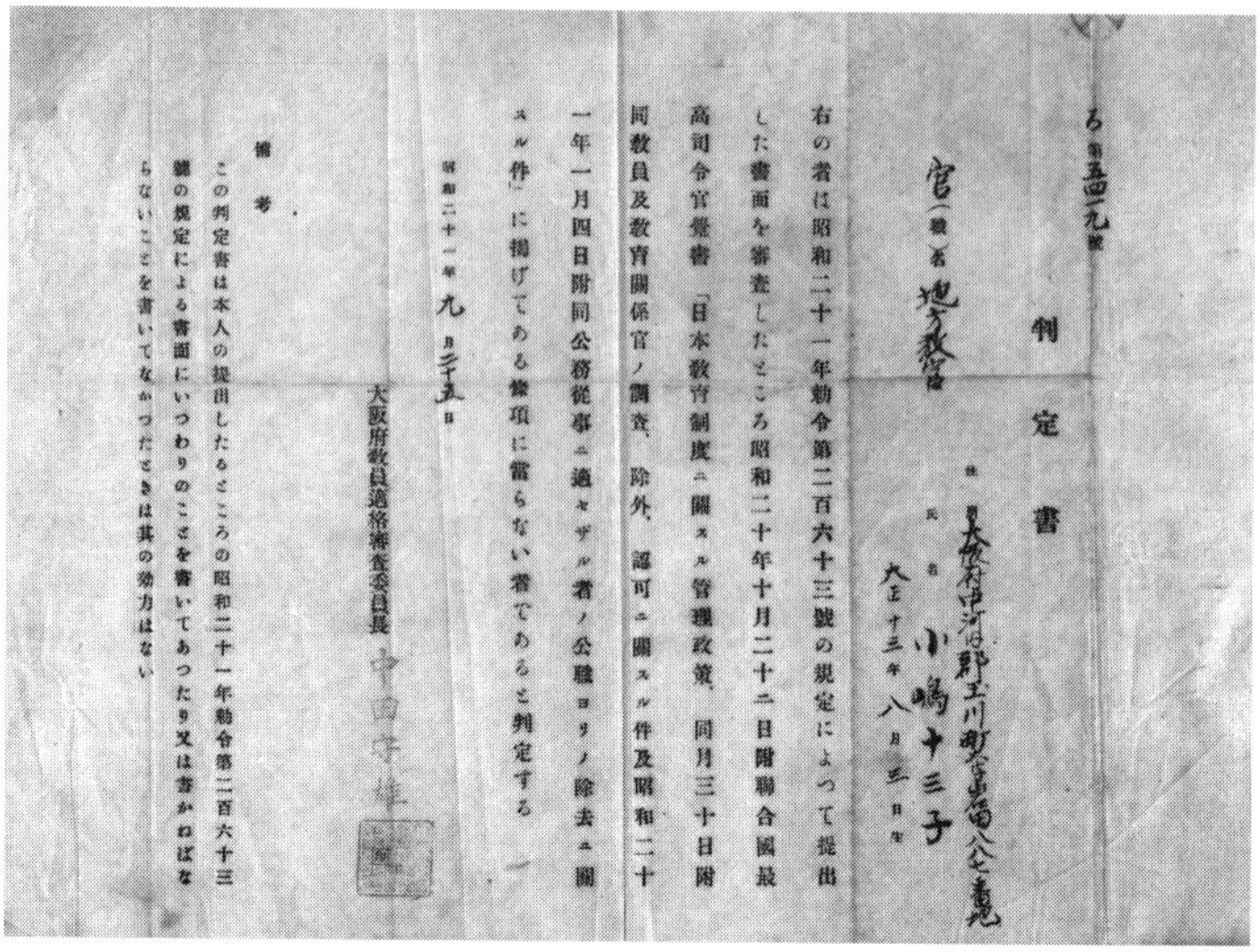
ろ第五四一九號

判定書

官（職）名 地方教官

住所 大阪府中河内郡玉川町大字[illegible]八七番地

氏名 小嶋十三子

大正十三年八月三日生

右の者は昭和二十一年勅令第二百六十三號の規定によつて提出した書面を審査したところ昭和二十年十月二十二日附聯合國最高司令官覺書「日本教育制度ニ關スル管理政策」同月三十日附同教員及教育關係官ノ調査、除外、認可ニ關スル件及昭和二十一年一月四日附同公務從事ニ適セザル者ノ公職ヨリノ除去ニ關スル件」に掲げてある條項に當らない者であると判定する

昭和二十一年九月二十五日

大阪府教員適格審査委員長 中田守雄

備考

この判定書は本人の提出したるところの昭和二十一年勅令第二百六十三號の規定による書面にいつわりのことを書いてあつたり又は書かねばならないことを書いてなかつたときは其の効力はない

「現実」は授業再開直後の「心配事」についてである。戦時中に児童たちと生死をともにした国民学校教師は、やっと職務に復帰できる喜びを噛みしめるも、自らの将来に必ずしも展望を持てなかったと推察する。占領政策が明確になってからは、当面の生活への目処は立ち、前述のように公職追放で揺れたとも思えない。農村地帯ゆえに食糧事情も悪くなく、農地改革の進捗は経済的安定にも結びついただろう。鶴橋や上六の焼け跡は闇市で賑わっていても、母の周囲はやや別世界であったと思われる。ほんの例外を除き空襲の被害は小阪止まりで中河内一帯は無傷で戦後を迎えたのである。ではいったい「隠した」かも知れない「現実」とは何であったのか。まず戦中から激増した多くの女子小学校教員は「高等教育」修了者とは言えず、さらに薄給[21]でもあった事実である。一方、同じ薄給ながら師範学校本科出の「エリート」（水上勉『兵卒の鬃』の表現。水上は専門学校中退の助教であった）仲間は、母から見れば敬遠したい存在だったとも思われる。やや回り道ながら、次の師範学校入学写真をまずは見てみよう。

(3)もう一つの秘密

いま一つ母の写真帖から「排除」された（と思しき）

師範学校入学時の写真と「中川喜久子さん」

この大阪女子師範学校の入学時に撮影された写真を見れば分かるように、師範生は明らかに「お嬢様」と文化的に異なる雰囲気が漂っている。母の入学時の師範学校本科第二部は年限二年で受験資格は中学校および高等女学校卒業、つまり女専と同等資格であった。ところが私費制の女専と異なり本科第二部は官費制でもあったので、入試は超激戦と化していた。戦時下では女子教員数の増強も図られ、学科優秀者は女学校の延長の趣のあった女専でなく師範第二部を奨励する風潮もあったと推測する。つまり高等女学校出身でも選抜された秀才たちが女子師範第二部に集まり、樟蔭、樟蔭東や帝塚山など「お嬢様女学校」出身者は稀で、大手前、清水谷出身の才媛たちばかりであったろう。明らかに年長者と思われる入学者も何人か数えられる。これが集合写真の「異文化」の所以で、当時「師範タイプ」は「明朗闊達の気質を欠き、視野が狭く独善的」と揶揄されることもあったらしい[22]。

超優等生であった母は大阪女専あたりに進学してもよく、事実上無試験の樟蔭女専には難なく入学できたはずである。母は奈良女高師（帝国大学相当）に進学するような「インテリ」ではなかったけれど、女専を選択しなかった理由を私は長らく疑問視していた。今思えば、後述のように女専進学の最大のモチベーションであった女学校教員資格よりも幼少児童教育に母は興味を持ったのかも知れない[23]。母は激烈な入試競争に打ち勝って入学したとは言え、ファッション性に欠けるヘチマ袴の制服ともども、師範学校の日々は女学校時代よりも窮屈な時間だったに相違ない。実際に母は女学校時代の友人について語っても―私もお会いする機会に恵まれた―師範学校時代は特に回想したことは

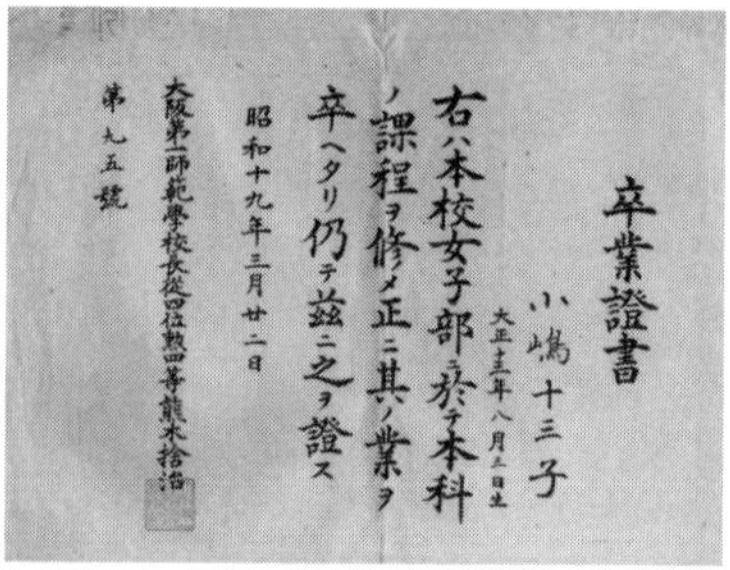

卒業證書

小嶋十三子
大正十三年八月二日生

右ハ本校女子部ニ於テ本科ノ課程ヲ修メ正ニ其ノ業ヲ卒ヘタリ仍テ茲ニ之ヲ證ス

昭和十九年三月廿二日

大阪第一師範學校長従四位勲四等龍木捨治

第九五號

大阪第一師範学校の卒業証書

ない。記憶する限り、晩年にまで交際していたのは高等女学校の同級生だけであった。ところが、「大阪の師範生として」とキャプションの付けられた「中川喜久子さん」は、おそらく母の数少ない師範時代の親友であったと想像される。何を隠そう彼女こそ先に触れた「神風コスプレ」の当人なのである。彼女の制服は夏用セーラー服であるから、母はわざわざ女学校時代の写真を入手していたことになる。もしかしたら淡い「エス」的感情を母と切り結び、女学生の残影を彼女に見出していたのかも知れない[24]。戦後になってからも「中川喜久子ちゃん」とは交友を続け、小さな写真帖編纂時において母の最大の親友、または「妹」であったに違いない。

母は不屈であったから、どこでも適当にやりくりできたであろう。小学校勤務も師範学校女子本科[25]出身の「エリート」となった母は学歴に遜色はなく、多くの予科出身の訓導と違って高等女学校卒業の後光にも輝いていた。おまけにどこか超然とした人柄なので、人的なパワーゲームにも一切合切無縁だったと思われる。本来的な疑念に戻ろう。敗戦後の女教師の間で最大の試練となったのは、イデオロギー闘争なく結婚問題であったと考える。と言うのは兵士として徴用された二〇〇万ほどの青年男性が戦死したため、同年齢の女性に応分の配偶者は霧消し、結婚を前提に人生を設計する自明性も崩壊したからである[26]。おそらく相対的貧困であった多数派小学校教師（身分的に不安定な代用教員や助教も多かった）は、生活問題に加えて「オールド・ミス」への恐怖は深刻であったはずである。若い男性教員は戦場に駆り出され、戦中に国民学校の女性教員は一気に過半数を超えていたから[27]、戦後直後の小学校は「独身女子の職場」でもあったのである。器量も良く、しかも経済的に余裕のあった母は結婚も楽観でき、これが通り一遍の仏頂面から再びモダンガールの末裔に復帰し、サザエさんヘアに髪型も変化した理由であろう。流行の髪型を再び結った母は圧倒的に幸福に見え、輝いてさえ見える。これは親近者も戦争の犠牲になって倒れ、残された家族を守るために必ずしも安定した職でもなかった小学校教諭を選んだ同僚たちと大きく異なる母の幸運でもあった。

この事実こそ母の「無意識」に「排除」した残余である。運転免許も逸早く取得して車を運転していた若い女性は、少なくとも小学校教諭にはまずいなかったに違いない。

新車と（結婚直後か）

教師としては私と違って優秀であったらしく、母はかなり後年まで教え子から慕われ続け、暑中見舞いや賀状なども死の直前までもらっていた。ただし、教職を「人生意気に感じる」タイプかといえばそうでもなく、何ごとにも距離を置く一方、与えられた仕事は執念のように抱え込んでしまう性格で、あえていえば要領の悪い人柄でもあった。

セーラー服の青春—高等女学校時代

さて樟蔭東高等女学校時代である。写真帖は入学から卒業までのスナップを綴り合せて作られ、セーラー服を身にまとった戦前最後の女学生、つまりモダニズムの残り香を楽しんだ青春に接することができる。

一般的な瞥見ながら、銀座、心斎橋、大須を拠点とした都市文化はヨーロッパの一九二〇年代スタイルを輸入・咀嚼し「大正文化」として流行を見るも、日本では近代都市の形成そのものは二〇年代を通じて進捗した。タイム・ラグを伴って「二〇年代モダニズム」は「三〇年代」に本格的に開花するから、「大正文化」は「大正・昭和一桁文化」と総称すべきなのである。一九三〇年（昭和五）の大恐慌によって一気に繁栄は中座し、一九三一年（昭和六）の盧溝橋事件以降「戦争の時代」に突入するも、文化的・社会的には、回復基調に方向を変えつつあった。総力戦は順接の事態であったわけでなく、山本夏彦は「昭和八年」（＝一九三三年）こそ日本近代を通じた最盛期であったと指摘する(28)。この年は五・一五事件の翌年に他ならず、ドイツではヒトラー政権の誕生する年なのだ。一九三六（昭和一一）年には日本のオリンピック誘致もＩＯＣによって承認され、一九四〇（昭和一五）年の「紀元二六〇〇年祭」とタイアップした東京オリンピック開催も現実化に向かった。一九三七（昭和一二）年には名古屋汎太平洋平和博覧会が空前の規模で行われ、ここに付けられた「平和」の文字は一つの未来を示してはいただろう。

　母は一九三七（昭和一二）年四月に高等女学校に入学し一七年（一九四二）年三月に卒業している。女学校時代の最後に撮られた一枚（一九四二年）には数え歳で「当才一九才」と書かれ、いよいよ五年間のセーラー服生活とも別れを告げる。考えてみれば、「昭和一五＝一九四〇年頃」を「可憐で優美な少女文化が最も花開いた」終焉とするならば(29)、母は辛うじてモダンな女学校文化を享受できた最後の機会に巡り合ったことになる。「昭和一五年」こそ日本全国の女学校からセーラー服が消滅してヘチマ袴に取って替わり、西洋

1942年1月14日
（「当才19才」と記載）

17歳時

英語教室にて　5年生
(1942年3月11日)

「河内堅上の家にて」
4年生（16歳）

起源の文物の排除と英語教育の廃止の行われた年に他ならなかった。

今や女子高生のアイコンと化したセーラー服は、一九二〇年前後にキリスト教系女学校（福岡女学院、平安女学院、金城学院）の採用によって広まった。女学校進学率は尋常科卒業生のほぼ一五パーセントであったから女学生＝「お嬢様」と等号で結べ、ボブスタイルとセーラー服は眩いばかりの存在に見えたであろう。

教養主義的気風を土台とするも社会的エリート養成機関でもあった（男子）中学校は戦後の新制高校に継承されなかったのに対し、高等女学校はそっくりそのまま新制女子高校や女子大学（および七〇年代くらいまでの女子大生）に後裔を得ている。母の写真帖に残された写真を見て驚くのは、どこかの女子高でごく最近撮影されたスナップと言ってもおかしくない点である。これは戦前の女学校は、中間層文化最大の媒体として機能し、「中間層社会」と化した戦後社会に順接した姿を雄弁に物語る。

第一期生として母の学んだ樟蔭東高等女学校について一言しておく。この学校は関西女子教育の泰斗として知られた伊賀駒吉郎が樟蔭学園の創立者・森平蔵の援助を受けて創立した女学校であった。伊賀は哲学館卒業後、各地の師範学校で教え、甲陽学院の創立にも関わり、大阪府立島之内（後の夕陽丘）高等女学校初代校長に就任した人物である。教鞭を執りながら、心理学、教育学、さらに都市論に及ぶ浩瀚な啓蒙的著作も上梓し、東京女高師あたりに抜擢されておれば中央教育界にも一家言を持ちえた逸材である。一九一七（大正六）年大阪商人として成功した森が樟蔭高等女学校を構想、この時に初代校長として白羽の矢を立てたのが伊賀であった。(30) 伊賀は森と協同して樟蔭学園を軌道に乗せ、一九三七（昭和一二）年、今度は自らのリーダーシップで新しい高等女学校を創立したわけである。この学校こそ樟蔭東であり、森の全面協力によって設立された事実は校名からもうかがえる。

ところでなぜ伊賀は新設校創立に踏み切ったのであろうか。これはまさに森と伊賀の深い信頼関係の賜物であった。大阪の女学校不足は社会問題になっていて、成功しすぎた樟蔭は超難関校化した。折しも「校地の適当なものが発見され」、樟蔭学園のブランドを用いた「姉妹校」として同校の創立は具体化するのである。[31] 生涯を女子教育に生きた伊賀は人生の集約として、自らを創立者とする女学校を森の援助で作りたかったのかも知れない。伊賀は甲陽学院、樟蔭学園の経験を踏まえ、学校建築にもこだわり抜いて手塩にかけて樟蔭東高等女学校を創造したのである。この女学校は「紫匂う河内野に花ぞ千種の色と咲く」（樟蔭校歌）儚い幻だったのか。あえて言えば、樟蔭は創立者の衣鉢を継いで、より実学的傾向を有していたとすれば、創立直後の樟蔭東は「女子の自由」をより標榜した、とは言えるかも知れない。両校ともに楠木正成の菊水の旗印を校章にしながら国家主義的校風とは一切無縁であった。それは何よりも伊賀の書いた樟蔭高等女学校の校歌（樟蔭東も共通）の理想主義が示して余りある。[32] 上級生のまったくいなかった樟蔭東高等女学校第一期生ではさらに自由のレヴェルも高かっただろう。後に樟蔭女専の入試に臨んだ田辺聖子は、伊賀について次のように書き留めている。

作文の試験というのは、受験生を講堂にあつめ、校長の伊賀駒吉郎先生が公演されるのをよく聞いていて、別室で、三枚にその要旨をまとめるのである。講演の内容は、

「なぜ女子に高等教育が必要か」

というテーマだった。伊賀先生の話は明晰で論理的で、説得力があり、把握しやすかった。それに親しみぶかいやさしさと、ある清廉潔白な雰囲気があった。[33]

もちろんこうした背景は一般的な前提に過ぎず、ちっとも理想主義的ではなかった母にとってはエピソードに過ぎなかったとは一応言える。しかし軍事色に染まってゆく時勢にあって、樟蔭東が高等女学校文化を維持できた条件こそ伊賀の采配ではなかったか。今でこそ思うのは、母はインテリの風貌は皆無であるも、独特の教養をずっと持ち続けていた謎である。書道は女学校時代から秀逸だったらしく、年金生活に入って以降、堰を切ったように溢れ出す母の芸術的素養はこの時期に基礎を築いたに違いない。

余談ながら、伊賀は戦後直後（一九四六年）に逝去

し、森も一九六〇年に亡くなったのち、樟蔭と樟蔭東の姉妹関係も解消される。この時期、ベビーブームに乗って両校ともに入学者に事欠かなかったことも後継者の短距離思考を生んだ要因だったに違いない。だがもし伊賀に長命が与えられていたなら、両校の再統合と樟蔭東の「女子甲陽学院」化を進捗させ、全国的に提案力を持つ精鋭女子教育の殿堂を実現したと確信する。戦後大阪では樟蔭でなく、清風学園や金蘭会学園によって「伊賀モデル」は成功に導かれるわけである。

「乙女手帖」――ひとりの女学生の内面

ここで歴史を少しはかじった者として、「女学生時代の母の内面を推測する」やや無謀な試論を書いて見たい。母の女学校時代、妹（叔母）は六歳から一一歳、ちょうど尋常科の生徒であったから家庭内では「姉」よりも「母」に近い役回りを背負ったと思う。きっと妹と同年齢の話題を共有できなかっただろう。その代わり、あらゆる悩みの相談相手となったのは体が弱く心の優しい母（祖母）であったはずで、母は徹頭徹尾「母さん娘」に徹し、祖母も自分によく似た母を溺愛し頼りにしただろう。この母娘の強い精神的紐帯は、母をして女学校の同級生たちへの過度の心理的依存を和らげ、人間的にあっさりした母の心性をより強めたと思う。とは言え想像を逞しくするのは次の事実である。母は心優しく「かわいい」最上級生だったから、きっと下級生の憧憬の対象であったと思われ

『樟蔭東女学校第一回卒業記念写真帖』から（一番左が母）

る。女学生文化を語るときに必ず特筆されるのは「エス」、つまり擬似姉妹もしくは軽微な同性愛的友愛である。この関係性において、母は常に「姉」の立場であっただろう。この憶測は先述の師範本科進学を決意させた母の人生史の謎を解くヒントになるかも知れない。母は「甘え」た気質は皆無ながら、精神的に強靭でもなく、まして何かの義務感にかられる情念はさらになかった。その母が戦時下に児童教育を志した動機は、家庭内の「第二の母」、女学校での「姉」としてのアイデンティティと関わっていないだろうか。祖父母は「新興プチ・ブルジョアジー」の典型的メンテリティを有していたから、高等女学校にまで上げた愛娘に師範本科への進学を慫慂したとは絶対に思えない。次の『樟蔭東女学校第一回卒業記念写真帖』に写る母の姿は意外にも「頼もしい姉」の面影を残していて、この女学生なら「国民学校の先生になりたい」と言う懇願の声が聞こえてきても決しておかしくない。

私にとって母は常に理解不能な「宇宙人」ではあった。まず祖父のようなモダニストでも合理的な商人気質でもなく、叔母のような戦後的女性でもなかった。長らく岩田の少女時代を想像だにしなかったくらい「農村的」な気質とは無縁で、住み着いた大阪下町の片江とも馴染まない存在だった。今なら私は「理解できなかった」母の由来を素直に納得できる。母は祖母の似姿を持って生まれ育ち、徹底的な人格形成を女学校で行った「永遠の女学生」であったのである。

私は母の「紅茶好き」すらも女学校時代の遺産ではないかと最近思うようにもなった。岩井志麻子の連作『女学校』（マガジンハウス、二〇〇三年）は、女学校への「共同幻想」を二歳違いの女子の「エス」妄想に仮託した幻想連作で、この作品の中で「紅茶」は女学校の換喩として頻用される。この作品から窺えるのは、紅茶は女学生の夢であった「モダンな都市生活」を体現する「手の届くアイテム」であった事実である。祖父母に紅茶嗜好のなかった記憶からしても、母の生涯を通じた「紅茶好き」（母の最後に来客用に使っていた愛らしいマイセン焼きの茶碗をいつも思い出す）は女学校由来であった可能性は高い。

今ひとつは母の習い性の日記である。母は晩年までしばしば日記を付けていたようで、写真帖に書き込まれたキャプションと同じく、自分に対して何度も繰り返し語りかけ、小さなドラマの主人公を演じていたのだろう（私は母自身の物語をそっとしておきたいと思い、残された日記もすべて躊躇なく捨て去った）。母は手紙も実にこまめに出す習慣を持ち、律儀な達筆で長い文を書き綴っていた。これも女学校時代の遺産に相違なく、ペギー葉山の「学生時代」（平岡精二作詞）さながら、きっと毎日のように手紙や日記も綴っていたのではないだろうか。

さて女学生の愛読書といえば吉屋信子に止めを刺すとは言え、さすがに母が一九二〇年代のベストセラー『花物語』を愛読したかどうかは分からない(34)。しかし女学校在学時の一九三九（昭和一四）年に出版された『乙女手帖』は読んでいたはずで、母のその後の行動を解き明かすいくつかのヒントに満ちている。小説の登場人物は母の家族の面影を宿し、語り部（則子）はやや保守的な女学生、おまけに彼女には積極的な妹（実子）もいる。この「則子」から「エス」的感情を抱く美少女（環）とその父娘の身上を本作は紡いでゆく。祖父のごとく不運な環の父（宗作）は「株に失敗し」て零落していたのであった。淡い幻影のような「環」は消え去りつつある女学生のメタファーであろうか。「環」とその父、物語を牽引する孤児（銀吉）の悲運は、大甘のハッピーエンドによって終結する。この作品の中では「環」は銀吉に対して「第二の母」にも似た慈愛を注ぎ、この無償の愛こそ悲劇的物語を転換する装置となるのである。

私の小学校時代、絶望的な生活を余儀なくされていた時にあって、母は近所の極貧家庭の子弟（私と同学年）にしばしば食物を運んだりしていた。自分の家庭も危機に瀕していたのに、シングル・マザーの母親を激励し、貰い物をその母子のために持参していた。母には博愛主義の香りもなかったから、そうした行動を私は子どもながら不自然に感じてもいたのである。憶測の域を出ないとは言え、母は自分の生まれ育った家庭を彷彿させる人物配置で綴られた『乙女手帖』の「環」に自己の不運を重ね合わせ、人生の好転する日を希求していたのではないだろうか。母は宗教的信仰もなかったし社会的正義も強く感じられず、要するに主義主張に執着しない人物ではあった。しかし零落した不本意な生活に耐えながら、破綻寸前の家庭を切り盛りして生きてゆくためには何かを心の支えとするだろう。永遠の女学生であった母は、若い頃に涙した「環」の運命に一縷の夢を託していたとしても決しておかしくない。

たくわん入りのお好み焼き

「小さな写真帖」前史の「私を知らない母」に戻ってみたい。冒頭に記したように、母の女学校入学以前については味原尋常小学校卒業を除く記録は残っていない。聞いておけばよかったとは後知恵である。祖父の撮影した写真アルバムも何冊か存在していたはずで（うろ覚えながら私も見た記憶もある）、きっと愛らしい容姿を残していたに違いない。

母は名古屋の幼少期についてまったく何の記憶もないと言っていた。しかし母から見て叔母（祖母の妹、「谷田」姓）とその娘、さらに祖父の家系に当たる誰か（祖父の兄弟の息子、「小嶋」姓なのでそう推定する）とは懇意にしていて、私もお会いしたことがある。叔母については、何回か名古屋の家に預けられた楽しい記憶も残っている。軽快な名古屋弁を話すユーモアに満ちた人で、名古屋に行く日を心待ちにしたものだ。「原戸籍」を参照すると祖母の「谷田タキヲ」（明治三九年三月二五日生まれ）の生家は「名古屋市西区稲葉地」と記載があり、私の淡い記憶と符合する。というのは叔母の家の近くに中村公園や日赤病院があり、公園（稲葉地公園？）に佇んだ記憶すら脳裡に浮かぶ。

「小嶋」（従叔父？）については、私が春日井の中部大学に勤務するにあたって新栄の「小嶋家具店」に挨拶にお伺いし、稲沢には歯科医の叔父もいると聞いていた。実際に次のような女学校時代の写真も残っている。

「名古屋稲沢山田宅にて」
（女学校３～４年時か）

後日談になるが私は叔母を長い外国生活から帰国直後に春日井の病院に見舞ったものであった。叔母はその二ヶ月後に亡くなり、ややあって、この時はじめて訪問した土地に私は二〇年ほどのお付き合いをする奇縁を得たのである。なお祖父と父は不仲であったから私は祖父に親しく接してもらった思い出はほとんどない。再三書いたように、母は祖母に溺愛されていたため、私も「谷田」の家系の残影を胸奥に秘めているのかも知れない。とは言え、私は祖父にとても人間的によく似ていると晩年の母は繰り返し言っていた（実は私自身もそう思う。顔もちょっと似ている）から人生は皮肉なものである。私は子ども時代から祖父母の話す言葉にエキゾティックな響きを感じていた。祖父母は典型的な名古屋弁でないまでも、「ありゃせん」風の言い回しは周囲では決して耳にしなかったのである。母は言葉の上では出身地不明で、関西語ではあっても河内の面影は皆無、祖父母の名古屋の影響もなかった。つまり言葉の上でも女学生の日常語を一生貫いたわけである。

あやめ池の「グランダあやめ池・奈良」で母のとてもお世話になった山田孝子さんからのご指摘で気づいた点を特記しておく。母は手製のお好み焼きには、微塵に切ったたくあんをいつも入れていた。お好み焼きの具は「お好み」なので後年までずっと母一流のアレンジであると考え、私はその由来について気にもしていなかった。近年、この「たくわん入りお好み焼き」は「遠州焼き」とも呼ばれ、三河から名古屋に広範に作られるローカル・グルメである事実を知った。もしかすればこのたくあん入りのお好み焼きは、母の身体に刻まれていた唯一の「名古屋」だったのかも知れない。

私の生まれた一九五六（昭和三一）年には朝鮮特需で潤った家業も左前となり、母は不肖の息子を抱え込んでさらに不本意な人生を強いられる運命となった。三二歳の母は「小さな写真帖」の青春を犠牲にして「私」を得たわけである。すでに結婚して七年経ち、この時期にしては晩産ではあった。幸い一枚だけ私を産む一年前の母の写真が残されている。「ローマの休日」のオードリー・ヘプバーンのショートヘアを想起させるヘアスタイルを選んでいて、流行に敏感な母の面目躍如である。この「ローマの休日」はとりわけ母の思い入れの強い映画らしく、いつか（片江時代だから小学高上級生時代か）テレビで再放送された際に、わざわざ私を呼び寄せて見るように誘った記憶もある。後年、パリのカルチェ・ラタンの小さなシネマテークで同作を再び見たとき、確かに私はしばらく会っていない母を思い出したものであった。何かしら虚しくなった私は、その夕方ホステルをチェックアウトし、ローマ行きの夜行に乗り込んでクシェットですぐに眠りについた。

1955（昭和30）年8月
母31歳

マドリードにて（1977年）

「私を知らない母」が残した「小さな写真帖」はいつ頃、何を目的としてわざわざ編纂したのであろうか。この答えは明白である。婚期を迎えた母は意岐部小学校を退職し、結婚の準備に入ったことと関わりを持っている。繰り返すが、この時期に妙齢の女性に応分の伴侶は容易には見つからず、場合によれば「星の流れに身を任せ」る運命も決して例外的であり得なかった。働き手を戦争で失った家庭、戦後改革の「負け組」となった階層、さらに空襲ですべてを喪失した都市の貧困層、これらすべての悲運と「ひとり暮らしの戦後史」は重なっていた。先述のごとく母の場合は稀な僥倖に恵まれ、機転の効く祖父のおかげで戦後混乱期に生活も安定し、高等女学校出身の美貌もあって結婚には楽観的になり得たであろう。その証拠に、小学校を退職後、折しも芦屋市大原町に移転して通学も容易になった田中千代洋裁研究所[35]に入学、母は絵に描いたような「お嬢様」の結婚準備に入るのであった。何一つ母は記録を残してはいないけれども、「阪神間モダニズム」の文化的拠点において母は人生を謳歌したばかりでもなかったろうか。母の出自は「新興都市ブルジョアジー」、つまり傍流の「成り上がり者」ではあっても、芦屋や神戸山手の「由緒正しい」セレブ社会とは段差を有していたからである。母には驕り高ぶった虚勢はなく、上流社会への憧れも絶無で、「顕示的消費」（ヴェブレン）の類に一切の興味を示さなかった。とは言え、洗練されたファッション・センスは間違いなく田中千代の下で学んだ遺産に違いない。母は死の直前まで高級ブティックの常連客であり続け、お気に入りのヘアサロンに通い詰めていたのであった。

つまり母は、この時期には珍しく結婚に夢を託せうる青春の絶頂を謳歌できたのである。母は小学校勤務も結構楽しみ、実際に優秀な教師であったらしい事実は前にも書いた。とは言っても何より高等女学校卒業に順接する幸運な「奥様」の将来[36]こそ純粋に夢想していたに違いない。こうした夢と希望を高等女学校入学から小学校退職に至る「近過去」を「近未来」の人生から「創造」したプロジェクトこそ「小さな写真帖」の編纂であった。

青春との訣別

最後に幸福に満ちた「私を知らない母」の顚末を書いておこう。母は一九四六（昭和二一）年二月末に復員した「東野一雄」と程なくして知り合う。岩田に戻って三月には大阪中央電気通信工事局に奉職した「東野一雄」は、同じ岩田町に住んでいた母を見初めるや、母の「伯父」を介して交際を始め、一九四九（昭和二四）年一月二八日に結婚に至る。この時期としては圧倒的に珍しい恋愛結婚である。母の小学校退職は四七年三月末ならば、芦屋の洋裁学校への二年間の通学は「東野一雄」の出現そのものに関係していたのかも知れない。

「東野一雄」はもし戦後直後でなければ母の結婚相手にはなり得なかった人物ではあった。父の出自は岩田の小農であるから農地改革で土地を獲得した側、つまり祖父からすれば「格下」の四男であった。おまけに学徒動員から復員したばかりで、中国戦線で戦ってきた以外の経歴は一切なかった。ただし、残された書類を見ると「東野一雄」は小学校時代トップ成績と級長を貫き、通知簿にも「学問は実によくできます」と特筆されていた秀才だったようである。しかし戦前の農家子弟に中学進学の選択はあり得ず、働きながら商業学校の夜学に学び、さらに関西大学法学部に入学している。商業学校は新興「サラリーマン」を養成する実務学校であったから、この学歴は農家の四男としては異例の進学であり、まして大学まで行った（学徒動員で三年で繰り上げ卒業）のであるから、村内でも稀有な存在であっただろう。復員直後、就職難のドサクサの時期に難なく仕事にありつけたように「東野一雄」は公務員を続けておれば応分の出世を見込めた才を有していたに違いない。ただ「東野一雄」は祖父のような起業家に向いたタイプではなく、学力あっても高等女学校出身の母と違って「教養」への憧憬はほぼ皆無であった。おまけに本人の身に着けていた知力もすさんだ軍隊生活の中で否定され尽くして帰国しただろう。結婚式の写真は残されていないが、結婚直後の

新婚当時の父母
（新築したばかりの片江の家か）

祖父母と
（岩田町か富雄の実家か）

母は幸福に包まれて輝いていたようで、祖父の創業した「ユニオンチャック工業株式会社」は数年は軌道に乗り新婚家庭も順風満帆に見えた。残された写真は片江の新築の家（グリーンハウス）の和風庭園とそれに面した縁側であったか岩田の家であったか今ではわからない。祖父母も若い母を挟んで幸福の絶頂にあったろう。

　もっとも朝鮮特需でファスナー業は成功し経済的にも成功者となった両親の栄華は一瞬だったのである。やがて私が生まれた頃を境として「ユニオンチャック工業株式会社」は衰退の一途を辿り、高度成長時代の敗者として事業は頓挫する。思えば、新興都市商人の「お嬢様」と農家出身の父は、嗜好や文化的趣向に共通点（洋食、紅茶、読書など）を持ってはいても、根本的には異種結合の様相を帯び、次第に亀裂は大きくなっていったのだ。

　無垢な女学生の抱いた希望は邯鄲の夢に終わったけれど、母は一冊の「小さな写真帖」さながら、私を撮影したたくさんの写真をアルバムにしてキャプションを書き綴っていた。私のまったく知らない場所で晩年

に至るまで母は女学生時代の夢を追い続けていたのである。ここからは「私を知っている」、そして「私の知っている」母の悲運の物語は始まることになる。家業の没落に伴って、母は糊口をしのぐために小口のファスナー商品を仕立て、内職の編み物を作りながら、同時に絶望的な家庭を切り盛りせねばならなくなった。チャックの最終工程で立方体の鉄の塊を下に置いて、小さな金槌で叩く作業がある。母は夜遅くまで黙々とそれを行なっていた。「トントン」という音や編み機を動かす「シャー」という音を私はいまでも忘れない。母は作業で使っていた鉄の塊をずっと大切に持っていたし、手作りのファスナー製品の一束を秋篠時代まで手放さなかった。おそらくであるが、母は後生大事に仕舞っていたセーラー服や樟蔭東高等女学校の徽章を生駒に引っ越す際に捨てたのではないだろうか。

夫婦の仲も完璧に破綻し、同時に祖父と父は絶縁状態に陥ってからは、母は祖母（とおそらく私）を心の拠り所として日々を生きたと思われる。

生計を立てるために一九七〇年代中期の生駒在住時代、五〇歳を迎えての教職復帰は、母を溺愛していた祖母の体調悪化と関連していたのかも知れない。祖母を失う日があるとすれば、祖父（父）と叔母（妹）を親族に残すのみとなり、母を無条件に受け入れてくれるとは思えなかったからである。期せずして小学校教諭は母の人生を飾る天職となった。

小学校から中高に私の上がる時期、母は私にとって所与の「母」としてそこにあったが、同級生の母とは根本的に違っていて「宇宙人」のように映ったと前に書いた。まず経済的に困窮をしていたにも関わらず、生活臭を一切感じなかった点である。服装も言葉についてはついては前述したが、作る料理さえも普通の母と違っていた。朝は紅茶とパン食に決めていて、味噌汁や焼魚をただの一度も家庭で出された記憶はない（後に私は味噌汁が日本人の「ソウルフード」であると知ってびっくりした）。納豆やトコロテンなど見たこともなく、おでん（関東煮）やカレーライスなどは作っても、母の得意な料理は横文字の新奇な料理ばかりだったのである。母の作ってくれる弁当にはいつもスコッチエッグやハンバーグ、ムニエルやスパゲッティが入っていた。和食と言えば正月のおせち料理（棒鱈や黒豆、ゴマメなど）と、石油ストーブに掛けていた煮豆くらいで、生涯にわたって洋食好みを貫いていた。

社交的にも母は町内やＰＴＡの付き合いに興味を示さず、目前の小社会には最小限の関与しかしなかった。常に他者に花を持たせ、自分の利益を追い求める気配さえなかった。他人には絶対に依存しなかったし、頼ってくる人にも距離を置いていた。

特筆すべきは七歳下の妹、すなわち母と叔母との大きな相違点である。叔母は華々しい社会活動家としても知られ、ずっと叔母と比較して、保守的な母の姿は私には「情けなく」見えて仕方なかった。しかしある時期から叔母の「革新的」気風に潜む「制度的な日本社会への拝跪」に気づいた。叔母に比べれば、貧しく弱いわが母は、一見「保守的」に見えはするも、圧倒的に虚飾のない自由人であった。母には世間的な栄華など最初からどうでもよく、闘ったりしない代わりに権威や束縛は完璧にスルーしていた。

子ども時代から母の肯定的に評価する女性はどこか女学生の面影を残していたし[37]、人間を一期一会のご縁と割り切っていた母の心を許した友人は生涯を通じて女学校時代の仲間だけであったのである。

一九七五（昭和五〇）年には母の愛していた祖母、一九八八（昭和六三）年には祖父も不帰の客となった。余生を恙なく送れうる資産を継承した両親は退職を決意し、父は後藤又兵衛の研究や篆刻、母は様々な芸術分野に挑戦、女学生時代からの書道も復活させた。母はどの分野でも非凡な才能を発揮して晩年の人生は見事であった。夫婦関係も年金生活に入った時期には「寛解」をしたようで、日本各地を一緒に旅行し、父の看病を母はかいがいしく勤めていた。

私自身は一九八〇年代に入った直後から上京し、引き続き外国生活を繰り返し、一九九〇年代の中期、母七一歳の年まで放蕩息子は「帰還」しなかった。

母の死んだ後、即座に遺品整理を行った経緯は冒頭に記した通りである。母は父のように膨大な蔵書を持たなかったけれど、何冊かの興味深い本を見つけて苦笑したものである。上野千鶴子氏の著作を読んでいたことも意外だったし、思わず立ち止まったのはロバート・ジェームズウォラー『マディソン郡の橋』（文藝春秋、一九九三年）の一冊を見出した時であった。母はこの種類の小説を読む習慣はなかったから、映画の予告編を見て本屋に買いに走ったか映画そのものを見たに違いない。母はこの小説を読みながら「私を知らない母」、つまり途中で挫折した無垢な女学生の夢の続きを見ていたのだろうか。

二〇一一（平成二三）年一〇月一八日、脳出血で奈良県立病院に搬送された母は昏睡状態のまま二六日早朝に息を引き取った。夢の中で母は人生でもっとも幸福だったセーラー服の青春に戻り、「喜久子ちゃん」はじめ愛する学友と再会し、樟蔭校歌さながら「文化の花を若き日のおみなぞわれら思念ははるか」に彷徨していたと確信する。

謝意

服装や髪型など写真を解読するヒントを与えてくれたのは私のゼミOG・ムハ（高島美由紀、旧姓溝上）である。ムハの教示なしにはこのエッセイを書けなかった。ここに感謝を述べておきたい。

（二〇一八年一〇月一三日、奈良学園前にて）

「歓喜と希望に充ちた顔！ 顔!! 顔!!!」（入学記念写真　一年梅組）
前列の教師の左横が母

［注］

（1）この「字小鍋」は消滅した地名である。伊藤和美「おめぁさんしってらぁすかなも」（『廣讃寺ジャーナル』二四号）によって現在の了通寺よりやや南であると同定した。

（2）小嶋十三子「温もりの理由～ちぎり絵と出合えて、幸せでした（聞き手倉橋みどり）」（本書所収）

（3）美濃部政治郎『大阪パノラマ地図』、日下わらじ屋、一九二四年（大阪くらしの今昔館より復刻、出版年不肖）によれば、味原小学校は自宅のすぐ横であった。

（4）註2による。

（5）注3による。

（6）田辺聖子『欲しがりません勝つまでは』、ポプラ文庫、二〇〇九年、一九五頁（なお元版はポプラ社、一九七七年）

（7）海野弘『モダン・シティふたたび―一九二〇年代の大阪へ』、創元社、一九八七年

（8）私は「昭和三一＝（一九五六年）一一月一九日奈良市碓町（三碓町の誤記か）四三三番地」で出生したと戸籍に記載されている。この住所は産院だった可能性を持つも完全に謎である。私の記憶では、現在の奈良市三松か富雄北あたりに叔母は外国生活を始める以前に大きな家を持っていた。今から考えると、この場所こそ祖父母の旧宅であったとも考える。片江の住居兼工場を父母に、富雄の住居を叔母夫婦に譲渡し、一九六〇年代初頭に初芝に転居、登美ヶ丘住宅地の開発と同時に学園前に復帰、とすれば時期的にすべて辻褄も合う。祖母は喘息の気があったから祖父はしばしば清浄な空気を求めて転居を繰り返したのである。

（9）『樟蔭東学園創立五〇周年記念誌』、樟蔭東学園、一九八六年、一八頁

（10）稲垣恭子『女学校と女学生　教養・たしなみ・モダン文化』、中公新書、二〇〇七年、一四九頁

（11）藤原浩『近鉄奈良線街と駅の一世紀』、彩流社、二〇一五年、二六頁

（12）金賛汀『異邦人は君ケ代丸に乗って―朝鮮人街猪飼野の形成史』、岩波新書、一九八五年。

（13）藤田綾子『大阪「鶴橋」物語―ごった煮商店街の戦後史』、現代書館、二〇〇五年。

（14）田辺聖子『私の大阪八景』、岩波書店、二〇〇〇年、一四五ページ。なお本書は文藝春秋新社から一九六五年にオリジナルが出版され、現在も新潮文庫版として現役である。

（15）『学童集団疎開資料集―布施市意岐部国民学校の事例を中心として―（東大阪市史資料第八集）』、東大阪市役所、一九八五年、

（16）大阪大空襲を記録する会『大阪大空襲』、大和書房、一九七三年

（17）東大阪市史編纂委員会編『東大阪市史』近代2、東大阪市、一九九七年、八七六頁

（18）ＰＯＷ研究会サイト（http://www.powresearch.jp/jp/archive/pilot/chubu.html）

（19）「市民から市民へ語り継ぐ戦争体験」〝どーなってる東大阪〟サイト（http://www.do-natteruno.com/）

（20）例えば、平原春好『学校教育法』、総合労働研究所、一九七八年

（21）敗戦前年に母の辞令の俸給は六〇円（写真参照）、近年の貨幣価値に換算すると五万円もなかった。敗戦直後の俸給の記録はないが、周知のようにハイパーインフレで貨幣に意味はなかったのである。日本円貨幣価値換算計算機サイト https://yaruzou.net/historical-prices/）による。

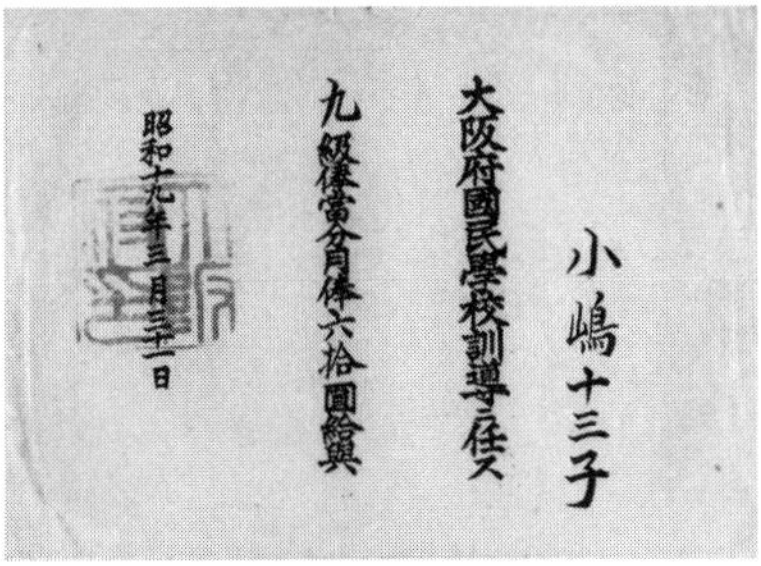
小嶋十三子
大阪府國民學校訓導任ス
九級俸當分月俸六拾圓給與
昭和十九年三月三十一日

国民学校の給与辞令

（22）篠田弘、手塚武彦『教員養成の歴史学校の歴史5』、第一法規、一九七九年、一八一頁

（23）この戦時下女専については原裕美「戦時下における私立女子専門学校と同窓会の関係性」、神戸大学大学教育推進機構『大学教育研究』二五号、二〇一七年、を参照

（24）このセーラー服は樟蔭東の夏用制服に似ている。しかし『卒業記念写真帖』に附載された「卒業生住所録」に名前はないから、「中川喜久子」さんは樟蔭東の同期ＯＧではない。後輩であったたか、あるいは樟蔭女学校出身であった可能性も否めない。この時期、樟蔭と樟蔭東は同じセーラー服を着用し、スカーフの色で分けていた（樟蔭＝緑、樟蔭東＝茶）からである（注9）。想像を逞しくすれば、「喜久子ちゃん」は樟蔭東時代の母の「妹」分で、「姉」の母を頼って大阪第一師範に進学した可能性すらあり、そうならば夏用セーラー服の写真は女学校時代に入手していただろう（本文で後述）。おそらくすでに他界されただろう中川喜久子さんのご冥福を祈念する。

（25）なお大阪女子師範学校は一九四三（昭和一八）年に大阪師範学校などと統合し、大阪第一師範学校女子本科に改組される。母の卒業証書が後者の名義になって

いる所以である。

（26）塩沢美代子・島田とみ子『ひとり暮らしの戦後史』、岩波新書、一九七五年

（27）浅井幸子・玉城久美子・望月一枝「戦後日本の小中学校に置ける女性教師の脱性別化「婦人教師」から「教師」へ」、『和光大学現代人間学部紀要』第四号、二〇一一年、参照。一九四〇年代の四〇パーセントから戦中には一気に過半数に上昇するのである。戦後は「婦人教師」として「ジェンダー的な差異」をもって表現され、「家庭に戻る」ことを慫慂された構図をこの論文は分析している。

（28）山本夏彦『「戦前」という時代』、文藝春秋、一九九一年

（29）弥生美術館・内田静江編『女学生手帖大正・昭和・乙女らいふ』、河出書房新社、二〇〇五年、四頁

（30）「樟蔭学園の歴史」サイト（http://www.osaka-shoin.ac.jp/history/establish/）

（31）伊賀駒吉郎『回顧七十有五年』、樟蔭女子専門学校出版部、一九四三年、一四七頁

（32）「樟蔭学園の理念」サイト（http://www.osaka-shoin.ac.jp/philosophy/name/）に校名の由来、校章および校歌全歌詞が掲載されている。特に第三章は傑作である。「空にきらめく明星の　光をとわの心にて　樟の葉陰の若草は　もゆるわれらが望なり　文化の華を若き日の　おみなぞわれら　思念ははるか」。こういう校歌を母校に持つ若き乙女は何と幸福であろうか！

（33）注6、一九七～八頁

（34）片江一丁目の「グリーンハウス」二階の母の寝室に三段の小さな書架が置かれていた。木製でデザインされた粋なガラス戸がはめ込まれ、カーテンも付いていた。思えば女学校時代の蔵書はここに詰まっていたのである、私の鮮やかに記憶している本は獅子文六、谷崎潤一郎などで吉屋信子は子ども時代の記憶に残っていない（名前を知らなかった）。私が実際に借りて読んだのは桂ユキ子『女ひとり原始部落に入る―アフリカ・アメリカ体験記』、光文社、一九六二年、の一冊だけである。

（35）渋谷ファッション&アート専門学校「沿革」サイト（https://www.shibuya-and.tokyo/fashion/school/history/）による。なお母は注2において、いくつかの記憶違いをしている。一つは大阪第一師範卒業後の意岐部小学校勤務時代が抜け落ちていて（師範学校卒業生の勤務義務には触れている）、田中千代洋裁学校入学に直結している点である。いまひとつは父とともに今里（片江一丁目）に戦後すぐ住んでいて、この地で父が母を見初めたと話している部分である。片江は

祖父の操業した工場（おそらく、その時点で住居も新築されていた。なお「青桐の秘密」、本書所収）の所在地で、結婚した両親はここに転居したと推定されるも、二人が知り合った時期は岩田に住んでいた。

(36) 高等女学校の女学生にとって「将来の夢」は新しく登場した「主婦」に「就職」して都市のモダン生活を成就することであった。これについては斎藤美奈子『モダンガール論』、文春文庫、二〇〇三年。

(37) 母の晩年に私のゼミOGたちが奈良に来てくれ、母とも会う機会が数度あった。母が珍しく「あの人はどんな人なの」と聞いて繰り返し話題にしていた元学生は、戦前の高女生の雰囲気を持つ人物であった。奇しくも私が学問的な後継者と考えていた同じ学生である。

小嶋太門と後藤又兵衛研究

　このほどＮＨＫ大河ドラマ『軍師官兵衛』の放送を機縁として、亡父の後藤又兵衛研究が新たな編集によって復刊されることになった。思えば『後藤又兵衛基次とその子』の初版が出たのは父の逝去の半年ほど前の二〇〇七年六月、本人は入院先の奈良県立病院にて完成品を受け取ったものであった。

　詳しくは後述するが、亡父は大阪片江に住んでいた壮年時代に又兵衛研究を発心し、年金生活に入って奈良秋篠に居を定めた一九八〇年代後半からその集大成を目指していたように回顧する。晩年は研究の進んでいた後藤玄哲論をまとめた後、川之江の後藤家周辺を調べていた。雄渾な手書きを得意としていた（遺稿集二冊に一部写真版を収録）亡父であったが、筆遣いが不自由になると出回りはじめたワープロを購入し、小冊子を作っては自分の備忘録をかねて知己にも送付していた。秋篠時代にかなり徹底的に史料も収集していたようであり[1]、書き下ろしを計画していながらも、たび重なる入退院によって断念を余儀なくされ、「次善の策」として書き綴った草稿類や試論を編集する作業に転じた。これが人間社・高橋正義氏の苦心の編集によって『後藤又兵衛基次とその子』として上梓の幸運に恵まれた旧版の由来である。

　この書の出版のほぼ半年後、二〇〇八年二月七日に父は不帰の客となり、半生を共にした母も二〇一一年一〇月二六日に鬼籍に入った。亡父の又兵衛研究は亡母にとって辛酸を舐めた片江在住時代の記憶を呼び覚ましたはずであったが、出版に際して一番幸福そうだったのはこの母であった。大河ドラマを機縁として旧著が蘇った経緯を、この番組を長年愛でていた亡父はきっと喜んでいるに相違ないし、亡母も傍らで微笑んでいるだろう。

小嶋太門の研究の前提

亡父の又兵衛論を読むに際して、まず二つの「限界」を踏まえておく必要があると考える。一つは、亡父は大学や研究機関に属した制度的な歴史学の徒ではなく、正真正銘の市井の民間学究であった点である。言うまでもなく地方史研究や戦国武将などの人物研究を牽引してきたのは、大学研究者でなく民間学究に他ならず、この限りでは、亡父の研究もその一陣を構えるわけである。ただし、その「一陣」にやや独自な風情を見いだすとすれば、亡父の経歴と人間性が醸し出した「身構え」のゆえんであろう。亡父は戦前に関西大学法学部を学徒動員で中途卒業させられ、中国湘桂戦線などで四年間、兵卒として従軍した経験を持つ。戦場では達意の文章力を買われて記録係を命じられ、この経験は後に『輜重兵第三十四聯隊史』（輜重兵第三十四聯隊史編集委員会、一九九四年）の執筆にも起用された通りである。亡父の戦争観は理念的平和主義からほど遠くも、持ち前の保守主義的感性を一種の冷徹なリアリズムに均衡させた史眼を有し、誇大な史実の歪曲や夜郎自大的な自賛史観には距離を取っていた。亡父は生涯を通じて、いわゆる「戦後革新」の言説を毛嫌いしていたものであったが、晩年に書いた文章では戦争へ強い嫌悪感に接する。幼い頃から、亡父の書棚に服部卓四郎『大東亜戦争全史』全八巻（鱒書房、一九五三～六年）や高木健夫『生きている日本史』（鱒書房、一九五二年）が並んでいたように記憶しているが、こうしたラインナップの中点に亡父の現実主義は存在していた。この立ち位置はアカデミズムの実証主義とは相違するものの、アマチュア学究にしばしば陥りがちな偏見もしくは慢心からの相対的自由を保障していたことは否めず、お国自慢や依怙贔屓的な「郷土史」研究は「左右」の理念先行主義と同様に、亡父の忌み嫌う誤謬であったろう。

ただし、史学科で厳密な史料批判の方法を出発点から会得したわけでなく、古文書の読み書きから一歩一歩、亡父は無手勝流に模索をはじめていかざるを得なかったのであった。一九六六年に初版の出た『角川日本史辞典』を葦編三絶するまで繰り返し参着し、高校のチャート式参考書で古典文法を逐一チェックして勉強に余念のなかった亡父の姿を思い出す。そして復刻された太田亮博士の『家系系図の入門』(人物往来社、一九六七年、旧版は磯部甲陽堂、一九三四年、をはじめ諸版がある)[2]を座右に置いて『寛政重修諸家譜』全冊と首っ引きで取り組み、驚くべきことにその内容の多くを完全に諳んじていた。人から姓氏を聞くや即座に家系説明をはじめたり、後年にワープロで知人の家系史を執筆した(『家系史研究覚え書』、人間社、二〇一一年)[3]土台はこれらの猛勉強に由来している。やや贔屓目に言うと、系譜研究の初発に太田亮博士の方法論を徹底的に身につけたことが、アマチュアにありがちの独断をある程度は防遏し、一定の研究水準を保証したのであろう。

もう一つは史料の利用における限界である。一九七〇年代の初めまでコピー機も巷に存在しなかったし、民間研究者に史料の公開度も極端に少なく、図書館の遠隔地ローン制度も存在していなかった。現在では全国の文献・史料の所蔵状況から古本の購入に至るまで瞬時にネット検索でき、自宅パソコンにて電子書籍も閲読できる。一九八〇年代に至るまで全国を結ぶ調査網さえ存在しなかったのみか、国立国会図書館の蔵書も東京に出向いてカード検索しなければならなかった。辛うじて『国書総目録』の配本が一九六〇年代に開始されたが、これも本編が完結したのは一九七六年の話であった。こうした時期において、大学研究者とアマチュア学究の間に極端な不平等競争があったわけであり、しかも制度的歴史学にあっては武将研究の領域は地方大学の研究者が着手していただけで、中央の歴史学会(歴史学研究会などは言わずもがな、東大史学会など大学をベースにする学会も含め)はおよそ問題にすらしていなかった。戦国武将研究は民間学究の独壇場に近く、国民の歴史的興味と研究者の「科学的分析」には超え難い溝があり、巨大な間隙を司馬遼太郎氏などの史論小説が埋め合わせしていた。そのため、精緻な史料批判と研究方法論を用いた戦国武将研究は、一九七〇年代初期の『戦国史叢書』全一〇巻（新人物往来社、一九七二〜七四年）のような例外的労作を別にすれば、小和田哲男氏、二木謙一氏らの出現を待つまでは歴史学の傍流に過ぎなかったのであった。高柳光壽博士や桑田忠親博士の研究も、歴史学というよりも明治期以来の史論の後継者として受け止められ、新人物往来社『歴史読本』や中央公論社『歴史と人物』の熱心な読者は社会経済史や政治史研究を基盤とする戦後歴史学とは無縁な世界に住んでいたのである。当の高柳光壽博士の衣鉢を継ぐ雑誌『日本歴史』（吉川弘文館）ですら、戦国武将研究は例外的にしか掲載されない状況だったのである。

この点についてさらに言及すると、制度的歴史学と民間研究者をつないで後北条氏研究会が発足したのは一九六九年（機関誌は新人物往来社が発売していた）、同会が戦国史研究会に再編されたのは実に一九七九年である。この時期は網野善彦氏らの社会史研究の方法が席巻を開始し、歴史学に大きな変革をもたらした頃で、戦国武将研究の復位もその動向に棹さしていた。思えば、同会の設立から三十余年を閲し、今や戦国武将研究はついに『戦国史研究叢書』全一〇巻（岩田書店、一九九五〜二〇一三年）のような成果を誇るに至ったのであった。戦国史研究会機関誌『戦国史研究』は日本史学界の象徴とも言うべき吉川弘文館から現在は刊行されていることも付言しておこう。

なお又兵衛研究に関しては、亡父が研究を志した一九六〇年代にはほぼ皆無であり、わずかに綿谷雪『武蔵・又兵衛　兵庫の剣豪たち』（のじぎく文庫、一九六三年）を先駆として見いだすのみであった。この綿谷氏の著作は、師の真山青果氏よりも司馬遼太郎氏を彷彿させる史論小説とも呼ぶべきもので、亡父は後年に入手していた（古書が蔵書にあった）とは言え、研究過程で読んだとは考えにくい。本書に散見する論究からすると、綿谷氏が旧著のうち「又兵衛」の部分を拡充された『真説　後藤又兵衛』（中央公論社、一九八一年）を上梓されてから急いで入手したようで、先行業績として地方出版の旧作を参考にしていない。一九六二年に博覧強記の史家・森銑三氏が「後藤の伝記としては、これが一番詳密を極めてゐる」[4]と述べているのは福本日南『大坂城の七将星』（文会堂書店、一九二一年）に他ならなかった。六〇年代でも大正期の民間史学の段階で研究は停まり、しかも福岡藩士の家系に生まれた福本氏は貝原益軒仕込みの「黒田藩史観」から自由ではなく、いわんや又兵衛に関して第一次史料を渉猟したわけでもない。

要するに亡父は研究条件も十分な先行研究もゼロに等しい中にあって、現在ですら「信頼できる史料が乏しい」（渡邊大門『大阪落城　戦国終焉の舞台』、九六頁）と書かれる又兵衛研究に出帆し、精緻な分析装置を磨くこともできなかったという点を強調しておきたい。ある時期まで、民間史家の梁山泊であった『歴史研究』誌（新人物往来社）を点検して研究・出版動向を機敏に把握し、同学の士に手紙を書いて聞きだし、実際に史料を収集するために地元まで出かけて行った。破産同然の家計を抱えながら、研究費も公休もなく、もちろん肩書きも一切持たない一私人の資格で情熱だけを携えて研究に励んだのである。私は松本清張『或る「小倉日記」伝』の主人公・田上耕作と亡父を重ねて追想する。

私の幼少期の記憶を辿れば、亡父が片江の家に客人として招いた人の中に松本多喜雄氏や森脇宏之氏などの姿もあった。ちなみに後藤又兵衛研究では、松本氏の『播州後藤家の栄光』（神戸新聞出版センター、一九八二年）が本格的研究の嚆矢として特筆されるべき業績である。播州後藤家の地元に住み高校教員を務められていた松本氏の登場は、亡父にとって百万の味方であったが、同時に若干の羨望も覚えたに相違ない。亡父は松本氏よりも一〇年以上前に試論「大阪陣の豪将　後藤又兵衛基次」（『河内文化』一九〜二〇号、一九七一〜二年、なお本書一八〜五四頁）を書いたものの、まさにこの時期（執筆していた一九六〇年代後半）から経済的に困窮し、研究をすぐさま継続できなくなっていたからである。事業の破綻と母方の家族との確執もあって、やや自暴気味の亡父は終日近所の飲み仲間と戯れていた。おそらくこの時期の不摂生が消化器系の障害をもたらし、後年に入退院を繰り返す原因を作ったと思われる。ややあって、亡父は戦友の経営する国鉄奈良駅前の「ホテル・ニューいろは」に勤務しはじめて生活再建を図るも、勉学のための時間的余裕もなく、悔しい思いを募らせていただろう。一九八八年に退職して秋篠に転居し、精力的な文献収集と試論執筆を再開して以降は、今度は入退院の繰り返しによって本格的書き下ろしは果たせないままに終わったのであった。亡父の研究はしたがって「習作」を数歩も出ないとさえ酷評できるが、この欠陥を何よりも知り抜いていたのは本人であり、旧版「はじめに―序に代えて」でこの心情は率直に吐露されている通りである。

小嶋太門の後藤又兵衛像

後藤又兵衛は日本の歴史的英雄史上、やや独自な位置を占めている。又兵衛は戦国武将と言っても有力な戦国大名であったわけではない。勇猛な武人と知将を兼ねたような人物でありながら、近侍した武人にカリスマ的に信望され、長澤九郎兵衛による『長澤聞書』のような愛惜を込めた同時代記録によってその俤が偲ばれる僥倖を得た存在であった。黒田官兵衛を秀吉の軍師と把握する通念に異論（諏訪勝則『黒田官兵衛「天下を狙った軍師」の実像』、中央公論社、二〇一三年）もあるようだが、又兵衛はあえて言えばあり余る「軍師」の才を有しながら主君に恵まれなかった智将と言えようか。亡父の表現をそのまま用いると「又兵衛は豪将の名をほしいままにしながらも一面、怜悧緻密、瞬時に戦況を判断する天才的な将領の才覚を兼ね備えていた」（本書二一頁）。黒田官兵衛を一回り小さくしたような器に、官兵衛を数等上回る武人的資質を盛り込んだ姿を想起するといいかも知れない。官兵衛は基本的に政治家であったのに対して又兵衛は武人であったから大文字の政治には興味はなかっただろうし、統治能力に欠けていたかも知れない。ただし目前の戦局的場面を相対化するマクロな判断力に長けていたばかりか、おそらくは戦国武将には希有な無私無欲な人だったのだろう。

又兵衛の風貌は、私の幼少期、一世を風靡したアメリカの連続ドラマ『コンバット』の主人公・サンダース軍曹を想起するに如くはない。こうした才覚に人間味あるパーソナリティが乗った場合、戦国時代に萌芽をみた日本的ルネッサンス人の俤を看取でき、徳川封建制の再編過程で排除されてゆく「自由」の領域を示しているとも考えられる。滅びゆく大坂方にあえて留まり、敗北を自ら選択したかの最後を遂げたのも、徳川方についた黒田長政への確執に留まらず、「自由人」の自死の選択であったとも考えられないわけではない。「自由」という言葉が近代的に過ぎるならば、戦国期に形成された社会的無秩序を放恣でなく人間的モラルのうちに肯定的に体現した「最後の戦国武将」であったと表現すべきであろうか。

ともかく、又兵衛は屈強の大坂方の強兵であったために、大坂の陣後、近親者は身を潜めることを余儀なくされ、徳川時代初期には公然と語ることも憚られ、遺児には切腹させられた者もいた。生存者も又兵衛の家系を隠さねばならず、このため「謎」の多い人物になってしまったばかりか、生存伝説も長く伝えられ、大分耶麻渓の伊福、奈良大宇陀などに伝承菩提地も存在することはよく知られている。

さて亡父の提起したいくつかの論点を述べる前に亡父の後藤又兵衛像を再確認しておきたい。それは次のような描写がされる武人の姿である。

今、人々は単に豪傑と云うイメージから、又兵衛を如何のような眼で見ているのでしょうか。一度戦場に立てば常に先登して勇名を馳せ、味方は勿論、敵の心胆を寒からしめた猛将の風貌から兎角、仁王の如く身の丈に勝れ、挙措荒々しい傍若無人の武将を想像し勝ちですが、事実、平素の又兵衛は、幾多の戦場を駆け巡った人とは思えぬ、まったく物静かな、礼儀正しい人であったと云います。

（後藤又兵衛の菩提所「長泉寺」の史蹟指定＝昭和六十三年、伊予市＝に際して執筆された文書から）

この描写は何気ないように見えながら亡父の出発点であるように考える。要するに等身大で理解できる才人武将の容貌で又兵衛を把握しているのであって、あえて言えば「物静かな武勇に勝れた魅力的な知将」であるがゆえに、すべての又兵衛の行動も「智者の孤独」のうちに合理的に理解しようとするわけである。

最近の研究が示すように（先述の渡邊大門『大坂落城戦国終焉の舞台』、角川書店、二〇一二年）大坂勢を構成していた雑兵は自分と同じ浪人であったたし、キリシタンの残党によって過剰に占められていた点も重要である。又兵衛はキリシタン・黒田官兵衛の弔い合戦を密かに戦うつもりだったとも推測でき、豊臣家など心中では忌み嫌っていた可能性も高い。要するに、又兵衛の殉じたのは、自分の似姿でもあった旧主君・黒田官兵衛と「自由の智」に他ならなかったのではないか。これは徳川時代中期に創作されたと思しき「（豊臣家への）忠臣又兵衛」という概念を否定するのみならず、創作にしばしば現れる野放図な「野人」的風貌をも真っ向から否定する。超越的な理念化をいつも茶化していた亡父の人間理解からする又兵衛像を内在的に理解して「理念型」にすると、およそこうした像を結ぶだろうか。

大陸浪人やバンカラ番長もかくやの野放図な又兵衛は後代の虚像であり、さらに超人的な槍使いや忍術破りであったという立川文庫や『姿三四郎』以降の格闘技大衆小説ヒーロー像も実際の姿とは異なる。いずれも近代人のアウトロー願望を過去に投影したイメージに過ぎない。国枝史郎「後藤又兵衛」や大佛次郎『乞食大将』の又兵衛像も、戦国期には「浪人」などちっとも珍しくなかったし、又兵衛は相応の領地を有していた事実を指摘して亡父は否定する。亡父の理解を約めて表現すると、こうした野人像とは対極の合理的な思考と相応の武術の達人であったから、当時の権力関係では又兵衛は疎外されたのである。さらに重要な論点は——後に松本多喜男氏が体系的に考察されたように——又兵衛は藤原氏末流の名家の出自であったがゆえの貴種意識を心底に潜め、戦国武将と距離を取る「自由」は身分的矜持とある程度は同衾していたのではないか、と推測した部分である。この点を寸言すれば、又兵衛の出自は長らく自明の事実であったわけでなく（福本日南氏など通念を形成した諸本は反対に卑流出自をナラティブの伏線にしていた）、然るがゆえに亡父は播州後藤家の系譜を当初集中的に検討したのである。後藤家の系譜的研究では、松本氏の研究とは違った見解も本書に散見され、迂回路に見えるも亡父のかなり自信を持っていた分野であったように考える。[5]

いずれにしても、貴種であるがゆえに戦国の論理に距離感を持つ反面、合理的かつ怜悧に判断ができ、しかも武術に優れながら人間味あふれる無私な武人……こうした姿が亡父の又兵衛像に他ならない。後世の虚像のみか同時代の武人たちによっても又兵衛が「超越的人格」にされがちであった謎は「貴種出自」も与っていたとも亡父は推測する。後裔にあたる徳川中期の百科全書家・木村蒹葭堂などは、亡父の生前の言い方では「又兵衛の子孫らしい子孫」ということになる。そしてこの又兵衛観から「ただ限られた史料を忠実に、研ぎ澄ました眼でもって時代の背景を見つめ」（本書一八九頁）たのが亡父の考証の方法論である。もちろん、テキストの内在的分析はできていても、関連文献を比較検討する視点から外在的分析による第一次史料の選別を行っておらず、史料批判の手続きとしては粗漏に過ぎる。ただし評価方法は正当な歴史主義を踏んでおり、荒唐無稽な超人神話を排除するのみか、後世の価値観から又兵衛を遡及する捏造も排除したわけである。いくつかその本領を発揮した指摘を羅列してみよう。

①黒田官兵衛が実子の長政以上に又兵衛を溺愛したのは、又兵衛の才覚もさることながら、又兵衛の伯父にあたる後藤基信への恩義も関与していたと推定する。すなわち官兵衛の父・職隆が不遇時代にその人物を評価して援助したのが、この基信に他ならず、こうした由縁から官兵衛は又兵衛に格別の報恩感情を持っていたとするわけである。この推測は、同時に又兵衛の出自や仕官、さらには年齢をめぐる様々な創作を相対化する伏線で、本書全体を通じて俗説批判の断片を読むことができる通りである。例えば、黒田官兵衛の又兵衛への長政と同等の偏愛を「実子説」から説明する、とか立川文庫に起源を持つ「孤児」であったとする創作である。なおＮＨＫ大河ドラマ『軍師官兵衛』のノベライズ本は後者の「孤児」神話を再現している。

姫路城では、剣術の稽古をしている家臣たちに交じって、まだ幼さが残る松寿丸が木刀を振っている。光が稽古を見守っていると、官兵衛が見知らぬ少年をひとり連れてきた。

「その子は？」

「名は又兵衛という。この子の父が御着の殿に仕えておったのだが、ふた親が相次いで亡くなり、育てる者がおらぬ。よい面構えをしておるので、殿にお頼みして、わしがもらいうけた。面倒をみてやってくれ」

官兵衛にうながされ、はにかんでいた又兵衛がぺこりと頭を下げた。

「人見知りでな……松寿丸」

官兵衛は稽古中の松寿丸を呼び、又兵衛と引き合わせた。六歳の松寿丸より、又兵衛のほうが七、八歳年長だろう。

（作・前川洋一／ノベライズ・青木邦子『NHK大河ドラマ　軍師官兵衛　一』、一四一頁、NHK出版、二〇一三年）

先述のように――すでに通説的理解になったと考えられるが――又兵衛の出自である播州後藤家は名流であった。守護大名時代には系譜的正当性は重要であったが戦国から秀吉時代には崩壊し、家康の将軍職拝命以降は再び正統性原理として復活する。又兵衛を味方につけて要所・播磨を抑える戦略が家康にとって俄かに重要性を帯び、ここから又兵衛への懐柔（事実かどうかは疑問ながら播磨五〇万石を提示したと言われる）も理解できる。出自も貴流でなく、人間判断にも武術にも通じていなかった秀頼に又兵衛が忠誠を尽くす謂れのないことを見抜いて、家康は又兵衛を取り込もうとしたわけである。こうした扱いも「又兵衛神話」創造に寄与したと推定できる。亡父の理解は、豊臣家への恩義に殉じた「槍の名手」であったとする武人像からその特権的扱いを説明するよりは穏当であると考えられる。なお長政との「官兵衛をめぐる血肉のごとき確執」を創作した上で、又兵衛の年齢を「長政に合致させせて付会」する本末転倒の議論も亡父は繰り返し批判している。藤原家の系譜を引く家系である播州後藤家の名流振りは、黒田家を含め戦国大名の多数派よりも家格が高い。史料的に推測できる「どこにでもありそうな」又兵衛の武勲談に尾鰭をつけ、しかも大坂の陣のほとぼりの冷めた時期から「又兵衛伝説」が創作される契機になったゆえんは、徳川家が再認した「家系の原理」と符合したと推測すれば一応の辻褄は合う。

②地味ながら「医官法橋後藤玄哲年譜考」は亡父の面目躍如と言えるバランスのいい論考である。初期の

試論とは異なり、この論考は美文調を脱してもいる。敗北した戦国武将やその家臣は、情状酌量の上、ある時には厳罰が下され、ある時には比較的緩やかな対応がなされた。関ヶ原合戦までは、敗北武人は浪人化して新たな仕官先を見つけられないわけでもなかった。しかし大坂の陣後は、かなり様相が異なって「大坂狩り」が行われ、例外的に出家を首刑の代償にするくらい徹底的であった。この事実から亡父は出家し医官として川之江に住んだ玄哲（基芳）の系譜を研究、さらに川之江後藤家周辺の動向から又兵衛の遺言菩提所の在り処も推測するのである。圧巻は又兵衛の遺言墓所を伊予長泉寺に推定する際に、これまで一切論究されてこなかった又兵衛の実母と後室の行方を議論した点である。

長泉寺は母方の伯父・藤岡九兵衛が得度して長年住職の地位にあり、時々、又兵衛もこの寺に立ち寄っていた名刹であり、現在伊予市に存在する寺の様相とは違い、大きな甍を靡かせた壮大な境内を有していた。亡父は又兵衛の実母と玄哲の母（後室）は大坂の陣当時には長泉寺に逃れていたに相違ないと推測する。かくて自分の首級を長泉寺にて埋葬すべしと吉村武右衛門に命じ、武右衛門はそれを大坂の陣後に実践したと考えるのである。この論証に際して、亡父は吉村家に伝えられる古文書や『豫陽郡郷俚諺集』（原文は一八四〇年。復刻版は臨川書店、一九七三年、なおこの原文は生存伝説の一種である）などを大きな根拠にしたが、史料批判そのものはやや甘く、これも旧版「あとがき」で猛省している通りである。ただし、この推測には自信を持っていたようで、亡父が執筆した大阪玉手山古戦場に建つ「吉村武右衛門の碑文」でも再認している。「首を埋めて掘り返す」云々に関して、私は一度亡父に疑念を述べたことがあり、その時に次のような話をしていたと記憶するので書き留めよう。

亡父によれば、この時期の戦闘において報償は功労によって購われていて、証拠品は首そのものであったから、首を切り落とす行為も、それを持ち運ぶ行為も戦場にはつきものであった。又兵衛のような敵方にも聞こえた豪将の首など高価な代償になったにもかかわらず、史料的に又兵衛の首級を挙げたという話も出てこないし、恩賞を得た武人もいない。そもそも又兵衛の軍勢を壊滅せしめた伊達政宗、あるいは水野勝成からして首級と甲冑を証拠に差し出していないのは摩訶不思議である。生存伝説はこの「不思議」とも関係していると思われ、又兵衛くらいの武将になると「偽首」は数点出回るのが普通である。つまり又兵衛の死に場所は明らかなのに、首の所在が不明という事実は、裏返せば又兵衛の首が意図的に隠された証左と見ないといけない。首の運搬についても、戦国の武人にとっては違和感もなかったし、供養に際しては「一部」でも構わないし、あえて言えば、首の所在は証明不可能であるから「遺志」でもいいのである。いずれにしても武将にとって「首が晒される」恥辱は最大の回避事項で、こうした価値観を有していた武人が遺言供養地をあらかじめ近親者に伝えて首の隠匿を依頼してもまったくおかしくない。

なお各地にある「菩提所」の併存について亡父の理解を敷衍すると次のようになる。

まず又兵衛生存と虚構の「豊臣家忠臣」説がセットになっているのはすべて後代の創作で、又兵衛の縁者による菩提地ではない。豊臣家への直接的敵対意識が薄れるとともに、武家道徳なる封建制再編が円熟して「大坂もの」的戯作が現れた時期以降に各地の後藤家末流か粋人が創造したと考えられる。決定的なイメージの固定は、一七五四年に初演された並木永輔作（異説あり）の人形浄瑠璃『義経腰越状』でなされたと亡父は言っていた。この作品は歌舞伎の出し物としても成功したらしく、義経に仮託して大坂の陣を形象化した作品であるが、又兵衛は主人公「五斗兵衛盛次」名義で登場する。[6]したがって、九州各地の菩提所はすべて贋作で、後藤家のいずれかの系譜に関係する者が創作したのだろう。大宇陀の又兵衛桜は南朝悲話と合成してできた贋作で、亡父によれば、吉野や熊野、さらに東北に流浪する話はすべて南朝や義経の流離譚のイメージと又兵衛が融合した江戸期の「大衆文学」に過ぎない。こうした初歩的理解をどうして浩瀚な文献を渉猟したはずの太田亮博士は誤り『姓氏家系大辞典』で伊福を菩提所に推定したのか、と亡父は疑問視していた。議論となるのは鳥取の景福寺と兵庫の福田寺だが、まず景福寺については次のような理解をしていた。

又兵衛が浪人後播磨に帰農した際、当時備前岡山池田家に仕えていた三浦四兵衛の娘を娶り、その間に第五子を作った。この子は幼名を久米之助と言い、又兵衛戦死の時は二歳であったが、後に池田家の鳥取への交替移封に伴い、母方の姓を名乗って三浦治兵衛為勝と改姓した。この為勝の嫡子である正敏が又兵衛供養塔を景福寺に建てたと考えられる。この時期に又兵衛供養を公称はできなかった可能性は高いが、後世のある時点で「又兵衛の遺髪」なるものも作為されたのであろう。一方、播州福田寺は、まさに又兵衛の出生地であり、近親者、知己による法要は密かに早くから執り行われていたに相違ないまでも、大坂の陣後に又兵衛への弔いは不可能であったに相違ない。大坂方への報復と処罰は徹底的であってそれまでの戦国争乱とは異なるからである。先の読める又兵衛は徳川の勝利を展望していただろうから、生存していた母堂と後室を松山に避難させ身分の韜晦をさせたか出家を慫慂しただろう。とすれば、後世の平和な人士の想像とは異なり、生誕の地に埋葬を遺言するとは考えにくい。いずれにしても又兵衛の遺言があったとするならば、本人の希望した菩提寺は長泉寺である可能性が高い。

ただし、景福寺も福田寺も由緒ある供養地であるに相違なく、「どれが真でどれが偽であるか」とあえて問えば「長泉寺を筆頭に三院すべて真である」と亡父は常に言い続け、実際にいずれの墓所にも足を運んで又兵衛を偲んできたようであった。ちなみに後藤家は各所に存在するゆえもあって、時として「又兵衛の後裔」を名乗る人も登場するが、亡父はこれにも寛容で「又兵衛さんは人気者だったからな」と常に破顔していたものであった。亡父が常に言っていたのは、日本の家系や家門はあえて言えば「社会的擬制」であるから「血脈」とはかなり異なるし、「血脈」を問えば日本人は五代遡ればかなり遠方まで縁者となる。もしそうならば「社会的擬制」に依拠して厳密に理解すべき領域と、それから隠された「血脈」のつながりの重層構造が日本の家系にはあり、時としては拮抗してもいる(亡父も養子縁組によって小嶋姓を名乗った人である)。亡父は史料的に確証できる又兵衛のすべての遺児(深田七郎兵衛の妻となった長女、自害した基則、弥八郎、帰農した又一郎、変名して蟄居した佐太郎など推定一一名)の帰趨をも書き連ねる計画を私に話していたものだった。玄哲の川之江後藤家を優先したのは、亡父の又兵衛研究を慫慂したゆえ後藤藤吉氏がこの系譜を継承する人物であったからであるようである。[7]「供養地の順位」などはどうでもいい話であって「又兵衛さんの縁者が菩提心を持って弔うならば、そこはすべて正統な菩提寺に他ならない」。しかし又兵衛の家族は長泉寺にいたと推定され、実際に川之江後藤家が又兵衛の家督を継ぐわけだから長泉寺は他の伝承菩提地とは違って遺言菩提地の蓋然性が高い、と亡父は指摘しただけであって、この点は強調しておきたいと考える。

亡父は出発点とも言うべき試論「大坂の陣の豪将後藤又兵衛基次」の冒頭で「歴史は人によって創造され、また人によって変えられていく。勝利者によって都合よく歪められた過去の歴史は、一部は時の推移とともに正しい価値判断を加えられ、あるいは糾明され、あるいは訂正されてはいるものの、多くは隠蔽されるがままに、動かし難い歴史の基盤を築いてしまっている」(『後藤又兵衛の研究』、一八頁)と述べている。おそらく晩年、決定版の『後藤又兵衛』の書き下ろしを準備していた亡父は、必ずやこの箴言調にさらなる一句を書き連ねたであろう。すなわち「敗者も都合よく歴史を歪めてきたわけで、又兵衛は敗者によってこそ実際の人物とかけ離れた存在に変えられてきた」と。日本の各地に残る又兵衛生存伝説や放浪譚、果ては大坂冬の陣で家康を槍で討ち取っていたという奇天烈な伝承[8]に至るまで、こうした「敗者による創造された歴史」は列挙に暇がなかろう。

なお亡父は『軍師二人』や『播磨灘物語』、『城塞』を書いた司馬遼太郎氏には三顧の礼を払っていた(わざわざ「坂の上の雲」や「人間の集団について」の連載を読むために『サンケイ』紙を購読した時期もあった)けれども、他の歴史小説にはほとんど興味を示さなかった。八切止夫氏の『後藤又兵衛』(日本シェル出版、一九七八年)は「ヨタ」だと一蹴していたし、晩年に接した麻倉一矢『一本槍疾風録』(祥伝社、一九九四年)や黒田享『勇将後藤又兵衛』(PHP研究所、一九九七年)、風野真知雄『後藤又兵衛』(学習研究社、二〇〇二年)も「基本的には講談と同じ」と話していた。魁龍太郎『夢幻の武人—後藤又兵衛異聞』(PHP研究所、二〇〇八年）は亡父の没後に出版された小説だが、存命ならばどのような評価をしたのであろうか。又兵衛に関して史料から確言できるエピソードを限定するために創作を模して「後藤又兵衛逸話集」（『後藤又兵衛の研究』、五六〜九一頁）をワープロで作って知人に配布したのも現代作家の「又兵衛もの」が次々と現れた時期であったようだ。亡父の収集文献中に手塚治虫氏や永井豪氏の漫画『後藤又兵衛』も残っていたが、これらについて話を聞くことはなかった。又兵衛は亡父にとって徹底的に散文的叙述にふさわしい「最後の戦国武将」であって、文学的想像力を掻き立てる超越的人格ではなかったことを偲ぶのみである。(9) いずれにせよ、亡父の叙述は、次世代の緻密な史料批判と実証研究によって書き換えられるべき欠陥を持つには違いなく、本人もそれを望んでいるに相違ない。

小嶋太門について

本書の執筆者である亡父・小嶋太門について最後に書き留めておきたい。父が逝去してから遺稿を『草蒸す墓標』、『家系史研究覚え書』（いずれも人間社、二〇〇八年）に編集していただいた時、私にとって長年の疑問が一つ氷解したのであった。実は亡父は入り婿であって生誕名は東野一雄と言い、したがって本名は「小嶋一雄」に他ならなかったのであるが、これを名乗ることなく、筆名「太門」を愛用していたのみか、表札もそう掲げていたのであった。なぜか本名を敬遠していて、本人が執筆した「東野姓について」に収録した系図（本書所収）でも「太門　戸籍名一雄」と本末転倒した記載をあえて行っている。察するに四男七女の家族で四男であったにもかかわらず「一雄」と安逸に命名されたことへの違和感を生涯持ち続けたのだろうか。もしかすればこの違和感こそ亡父をして熱心に家系史に取り組ませた動機だったかも知れないと詮索もする。ところで「太門」の筆名は、亡父が敬愛していた祖父の「太七」の通称名「太右衛門」に由来すると件の「東野姓について」に書き、亡父との系譜関係を疑問視しながらも、東野氏の起源は近江長浜であると推測している。亡父の生地は河内若江であり、実際に東野家の本家（母屋）も当地に現存している。

父は一九一九年（大正九）七月一三日に生誕、子供時代から風変わりな探求趣味を持つ悪戯者であった事実は、私も幼少期から親類縁者から何度も聞かされていた。

現在の東大阪市若江で生まれ育った少年時代から関西大学法学部に学んだ青年期については、非常勤講師として教わった末川博博士の名講義に感銘を受けたという他に聞いたことはないが、学徒動員で都合四年ほど中国にいた時代についてはは実によく話したものである。この時期については『草蒸す墓標』に戦史の叙述を含めて多くを語っているので、ご興味のある向きにはぜひ手に取って愛読をお願いしたい。復員後、若江の地に無事戻った亡父は、当時きわめて珍しく亡母・十三子と恋愛結婚をし（「温もりの理由」、本書所収、で初めて知った）、やがて亡父は通信事務官を亡母は小学校教諭を辞し、大阪市東成区の片江町の祖父の事業所「ユニオンチャック工業株式会社」を継承することになった。

母方の祖父は名古屋の産で、創業精神に富んだ人でアパレル関連の様々な事業を興し、それらに成功していたようである。ところが、事業の一環を継承した亡父は朝鮮戦争期の好景気に乗ったものの戦後不況時に蹉跌、私が幼少期の思い出は、ほぼ廃墟と化したファスナー工場で両親が借金返済に追われている姿のみである。生活苦もあって（亡母によるとその日の食費の捻出にも困っていたようである）、両親は常に不仲であり、一時は貿易にも手を出していたらしい事務所には大きなメルカトル図法の世界地図が貼られていても、商売の人の出入りは皆無でいつも閑散としていた。私はこの時代には珍しく一人っ子であったが、学生時代に上杉正一郎氏の『マルクス主義と統計』（青木書店、一九五一年）を読んだ時、「浮沈の大きい中間層は生活不安から子供をたくさん作らない」と書かれてあったのを妙に納得したものであった。私には母が手仕事をして生活を支えていた記憶しかなく、大きな町工場あとの家は廃墟以外の何ものでもなかった。おそらく事業に失敗した最悪の時期に、亡父は自己の存在証明を懸けて取り組んだのが又兵衛研究であったに相違ない。

さらに亡父について考えるのは、企業家として挫折した時点で自分の人生を「凍結」させたらしき行動様式である。亡父はとても親切で、未練なく人にものを分け与える一方、不思議なことに、「一期一会」と割り切っていて深い付き合いもしなかった。転居後、旧住所で親しかった人とも再会をせず、昔を懐かしむことも皆無であった。兄弟のように仲の良かった友人の葬儀さえ参列しようとはしなかった。これに反して、亡父の生涯で深い関係を維持したのは戦友のみであり、実際に再訪したのは兵士として駐屯した中国戦線の地だけだったのである。亡母と不仲が続いた時期でさえ、母の作った料理しか食べず、逝去するまで亡母にすべてを頼り切っていた。思うに、亡父は戦場でいったん自分のすべてを失い、結婚して事業失敗後は、又兵衛に自己を仮託しながら中国戦線の日々で精神的生涯をいったん閉じることを決意したと思われる。片江時代に、戦場で習い覚えたアコーディオンをよく亡父は一人で奏でていたし、生駒や秋篠に転居後、膨大な中国戦線の戦記を収集し、ことあるたびに耽読していたようである（この収集文献は、生前、私の留学したハンガリー国立デブレツェン大学に寄贈した）。いつももの悲しい曲を鼻歌で歌いながら幼少期の私を方々に連れて行ってくれた姿を今でもよく思い出す。父は戦争で死ねなかった寂しい敗残兵なのであった。

私の小学生時代、虚しい家の事務室には歴史書が次第に積み重ねられ、あたかも書斎の如く変化していき、亡母は呆れ返っていたものであった。結局、大きな家を手放して一九七〇年に生駒に転居し、亡父は戦友の経営する「ホテル・ニューいろは」にサラリーマンとして、さらに亡母は小学校教師に復帰し、おそらく一九八八年に秋篠に転居して退職するまで多忙な生活を続け、十数年にわたる生駒時代には又兵衛研究を継続できなかったと推察する。

この時期は私の中学、高校、大学の時期で、現在の私はまさに両親と同年齢である。やがて上京し、さらに一〇年に及ぶ外国生活を継続した私は一九九〇年代の後半に帰国し、秋篠の両親のもとで生活を再開するまで実は亡父の生活をあまり知らない。帰国した時期には、病余の父はワープロでいろんな草稿を書き綴り、先述のように又兵衛研究を完成すべく膨大な文献を収集していたことを思い出すのみである。亡父は生涯を懸けた又兵衛研究をまとめ上げ、一冊の書き下ろしを上梓したいと希求していたけれど、この条件がそろった時期には肉体の限界に達しようとしていた。二〇〇六年から奈良あやめ池の「グランダあやめ池・奈良」に両親共に入居し、最期まで精神的には衰えず、WINDOWSの入力方法を教わったりしていたが、旧著を「次善の策」として出版する私の提案を了解した時点で自らの運命を理解していたに相違ない。

なお亡父の「暸前院俊岳古心居士」、亡母の「暸光院瑞峯貞秀大姉」という戒名は長泉寺の住職によって生前に授与されたもので、両親ともに奈良春日山の三笠霊園に眠っている。

亡父の七回忌を前にして

［注］

（1）亡父の収集文献と史料はすべて四国中央市立川之江図書館に継承され収蔵されている。これは亡父の遺言によって寄贈したもので、これを記念し川之江市立図書館では「小嶋太門展」が二〇〇八年夏に開催された。

（2）この磯部甲陽堂は太田亮博士の主著を刊行した書肆で、興味深い出版社である。太田博士は『姓氏家系辞典』をまず一九二〇年に刊行し、その補綴決定版が『大辞典』であった。太田博士の主著の一つである『日本上代における社会組織の研究』（一九二一年）も同社の出版による。同社は鳥居龍蔵、今和次郎らの著作を刊行するのみかミステリーなども手がけている。

（3）続群書類従完成会から一九六四～七年に復刻されている。亡父と一緒に近鉄大阪線長瀬駅前の大きな書店まで車で買いに行ったのを記憶している。この系図と『姓氏家系大辞典』を入手した時の亡父の喜び一杯の顔を今でも忘れることができない。別巻の事項別索引が完結したのは二〇一〇年であり、父の死後である。続群書類従完成会も二〇〇七年に閉会しており、最後は事業を継承した八木書店から刊行された。現在は国会図書館でデジタル化資料として原文が閲覧可能である。

（4）森銑三「後藤又兵衛異聞」（『近世人物夜話』、二九～

三一頁、講談社、一九七三年、なお初出は『老荘の友』一九六二年四月号、と明記がある）に読むことができる。

（5）この文章を書いている現在、播州後藤家や又兵衛の系譜を一番詳しく論じているのはウェブサイト「黒田家前史論集」（播磨黒田氏研究会）の「後藤又兵衛覚書」であり、エスプリに満ちた叙述と史料への沈着は深い知性を感じさせる。やがて書籍化された日に決定版となることを予想させて余りある。残念ながら門外漢の私には詳細な分析能力を欠き、わずかな部分的指摘をして学恩に応えたい。一つは黒田藩の吉田式部治年の『吉田家伝録』にある「後藤又兵衛生存叙述」であるが、元和年間は大坂の陣後さほどの時間も経っていないから、京師を又兵衛が歩いていたというのは整合性に欠き、虚構でないまでも黒田家と袂を別った又兵衛へのバイアスの生んだフィクションではないか、と考えてはどうか。大坂方への寛容な扱いも部分的に解禁されたとはいえ、又兵衛の遺児・佐太郎が一六五四年に摘発された経緯もこのサイトで紹介されている通りである。又兵衛遺児も含め大坂方追捕を任としていた京都所司代の足下で、又兵衛本人が街を歩けるとは思いにくい。『吉田家伝録』は家系家伝には事実に忠実でも、自家の正統化を創作するために「排除されるべき外部」を作り出したのではないか。こうした物語装置を私は感じないわけではない。

　二つは、又兵衛の「転びキリシタン」説である。この根拠の叙述はレオン・パジェスの『日本切支丹宗門史』（Léon Pagès, Histoire de religion au Japon depuis 1598 jusqurà 1651, Charles Douniol,1869-70,Paris）で、原文は第一巻三〇六頁（吉田小五郎訳『日本切支丹宗門史』上巻、三九二頁、岩波文庫、一九三八年）に現れる。言うまでもなくパジェスの叙述は第一次史料でなく、一九世紀に執筆された歴史書であるから先行研究に位置付けるものであるが、イエズス会士の同時代記録と混同されているかして、異様に有名になって今日に至っている。なお原文はハーバード大学によってデジタル化されて欧米各地の図書館サイトで公開されている。以下に原文を紹介する。

Findeyori fit entourer Ozacca d'un troisième rempart, et rassembla des munitions et des vivres en abondance. Il rappelasous sa bannière tous les vétérans des anciennes guerres, de-meurés sans occupation et sans ressources, et les incorporadans les compagnies qil entretenait depuis longtemps. Parmices nouveaux auxiliaires était un certain nombre de chrétiens exilés, réduits au dénûment par l'effet de leur disgrâce, et que les promesses du prince attirèrent à lui. Findeyori réunit ainsi dans peu de temps environ cinquante mille hommes de troupes aguerries, et un nombre égal d'habitants de la ville et des campagnes en état de porter les armes. Il avait résolu de soutenir la lutte jusquà son dernier soupir. Ses trois principaux capitaines étaient Sananda Yoichi, Païen ; Jean Acachicamon, chrétien, et Goto Matabioye, renégat.

播磨黒田家研究会の解釈は「官兵衛の影響で、キリシタンになった家臣は多かったのだから、又兵衛がキリシタンだった時期があるとしても不思議ではない。取り立てて異とすべきことではない」である。この解釈そのものに私は賛成するが、ヨーロッパ研究者として想像をたくましくするのは、パジェスが大坂方の三武将を païen（ペガン＝異教徒　サナダヨイチ）、chrétien（クリスチャン、ジャン・アカチカモン）、renégat（背教者、マタビョウエ）とトリオにして描いている点である。これはまるで『ダルダニャン物語』の「三銃士」ではないだろうか。パジェスは滞日経験もなく日本語の知識もあまりなかったけれども、この著作は厳密な注釈も備わっていて基本的に近代歴史学の手続きを踏んでいるから完璧な創作ではありえない。イエズス会士の記録などを調査し、叙述をしていったに相違ない。パジェスは真田ヨイチ（信繁）がクリスチャンでなかったことと明石掃部が熱心なクリスチャンだった点は文献的に即座に理解しただろう。一方、又兵衛は謎めいた人物であったとは言え、シメオン黒田官兵衛の忠実な部下であったことは知っていただろう。そこで前二者と対照させた「背教者」を含めた「三銃士」にしてしまう「無意識」が作用したと推定できないだろうか。さらに私に興味深く感じられるのは又兵衛の表記が Matabyoe である事実である。黒田官兵衛をルイス・フロイスなどは「くわんびょうえ」と発音されていたのだろうか。先述のようにパジェスは同時代の記録者でなくあくまでも後世の歴史学者であるから、第二次史料としてしか彼の叙述を使えないのではあるが、同時代史料にこの表記が現れると推察される。

最後に、播磨黒田家研究会が「武将としての自分を評価するものがあれば、喜んで主人として仰」ぐ「最後の戦国武士」として又兵衛を評価し、豊臣家への忠臣説を駁撃される点である。この点も双手を挙げて賛同する（本文中にこの言葉を使わせていただいた）が、こうした「戦国武士」的倫理にすべてを還元すると又兵衛が徳川家への出仕を拒否し、大坂方と共に死を選んだ決定的事態を説明できないように考える。史料的に辿れないから亡父と同じく「想像をたくましくする」のみながら、やはり一種の自死を又兵衛は行ったと理解するのが妥当ではないだろうか。又兵衛は大坂の陣当時には五〇歳代半ばあたりの年齢であっただろうし、徳川の勝利は自明であったのである。ついでに言うと、大坂の陣のいわゆる真田丸建築をめぐる一件で、「より多くの恩賞を獲得しようとしていた浪人組武将の功名心のあらわれ」（二木謙一『大坂の陣』、中央公論社、一九八三年、一〇四頁）と捉える見方にも異論がないわけでない。日米戦での特攻攻撃と違い、敗戦を自覚していても好戦を期するのは武将の基本的モラルであるから、大坂城南方の防御を戦術的に発案するのは至当であって、とりわけ賞褒（褒賞？）を持ち出す必要はないと考える。

（6）ちなみに戯作の「孝行もの」は封建倫理から「方法としての孝概念」がスピンオフした折衷学派以降に現れ、心学などで通俗道徳に高められた時期以降に流行し、「術」の「道」化現象と軸を一にしていると思われる。又兵衛の大衆ヒーロー像で面白いのは、「道」＝制度的な「術」の系譜と、そこから疎外された異端の「術」の系譜の双方がヒーローに仕立て上げている点である。アナロジカルに言うと、富田常雄『姿三四郎』は「術」（アウトロー）と「道」（制度）の闘いの物語であるとすれば、どちらの側の系譜にも又兵衛は神話化されて交互に出現するのである。

（7）ウェブ上の『ウェブ産経』に北川央氏が「後藤又兵衛の長男」（二〇一三年七月八日号）、「後藤又兵衛の子供たち」（二〇一三年八月五日号）を執筆されている。この叙述による又兵衛の子供順位は亡父の推定とはおよそ異なっている。北川氏が「長男」とされる佐太郎は亡父によれば四男、その他もすべて異なり、一方、北川氏の議論には川之江後藤家の玄哲の系譜は一切言及されない。民間学者に過ぎない亡父の研究と相違するのは理解できるも、後藤家研究では先行研究として集大成版とも言うべき松本多喜雄氏の『播州後藤家の栄光』の叙述とも大きく食い違う。さらに次の言及であるが、これは「後藤又兵衛子佐太郎申分」を史料的根拠とされるのだろうか（この史料は亡父は未見であると考える）。

慶長一九（一六一四）年に大坂冬の陣が起こると、父又兵衛は大坂城に入城するが、又兵衛は豊臣家からすると「新参者（しんざんもの）」であったため、人質の提出を求められた。又兵衛は自身の母を差し出したが、豊臣家は納得せず、僧になっていた佐太郎が大坂城に呼び出され、彼もまた人質とされた。(「後藤又兵衛の長男」)

これについては専門家でない私には判断できないため、単純な疑義に留めるが、ほぼすべての大名家が徳川方につく中で大坂勢は必死に全国に味方を募っていたとする通例の観念からすると、この時点で大坂方が又兵衛に人質を要求するのは意外な議論に聞こえる。また官兵衛以来の縁もあり、又兵衛はまったく豊臣家にとって「新参者」であったわけでもなく、知名度の高い又兵衛の入城は浪人雑兵の群れであった大坂方にとって百万の援軍であったと考えるのが妥当ではないか。いずれにしてもここでは北川氏の論を紹介するに留めたい。

(8) 注5の播磨黒田家研究会「後藤又兵衛覚書」サイト。「いまドキ関西」(『日本経済新聞』、二〇一二年八月二九日大阪版夕刊、なおウェブサイトで閲覧)でも紹介されている。堺の南宗寺に伝えられるらしい。この伝承を関ヶ原の役に遡及させれば隆慶一郎『影武者徳川家康』のプロットはでき上がる。隆氏の小説世界は綱野善彦氏の歴史学を想起させるが、宮本武蔵と違って又兵衛の姿は印象が薄く感じるのは、又兵衛の忠臣伝説が災いしたのであろうか。件の「後藤又兵衛覚書」サイトにある武蔵が徳川方で戦っていたとする見解が正しければ、隆氏の武蔵像も大きく史実と異なることになるが、もちろんこれは文学的毀誉褒貶の領域とは無関係ではある。なお大坂方、とくに真田信繁を美化した『難波戦記』をはじめ福本日南『大坂城の七将星』などは亡父の蔵書中に存在し、愛読していたことを記憶するも、家康を殺害したのが又兵衛であったとする伝説は知らなかったと推定する。

ここからは私の完璧な「妄想」なので適度に「笑見」してほしいが、大坂方への報復・追捕の嵐が止み、徳川政権の安定した時期に一種の「御霊信仰」または「忠孝」概念の記号化現象に伴って大坂方への供養は解禁されたとは言えないだろうか。徳川政権が安定する時期に家系的正閏原理が再認され(別言すれば戦国期の下剋上原理は完全に封じ込められ)、前期水戸学の南朝正統論のような議論が形成されはじめる。これはなかなか危険な論理であるから、徳川家「簒奪」論の可能性を断ち切る必要から、徳川家の権力継承正統性を「徳治」に設定する必要が生じる。そして徳治による皇統からの権力委譲論を弁明原理にするわけである。そして「徳」の顕現としての大坂方の一敗者への寛容な供養などを解禁し、同時に御霊を鎮める配慮もこの原理は作り出す。この時点で、貴種又兵衛は公然と語られはじめる。さらに元禄期になると大阪の経済力の高まりによって、それが英雄伝説として「創造」され、徳川身分制秩序を汎用した「忠臣」伝説も加味される。この時期、元禄事件（赤穂浪士の討ち入り）などを荻生徂徠が裁定した論理（田原嗣郎『赤穂四十六士論』、吉川弘文館、一九七八年）をそのまま適用して大坂方武将を再認できるため、さまざまな双紙などで又兵衛は復権したのではないだろうか。明治維新以降は、各地の豊国神社の創建に見るように、大坂方への供養は明治政権の正統性形成に大きな寄与をすることになった。こうして「忠臣」の系譜にさらに超越的武人神話も加味されて多様な講談本が量産されて又兵衛は大衆的ヒーローに変化したとも考えられる。猿飛佐助など「真田十勇士」と又兵衛はセットになって現れたわけである。注6にも記したように、しかしながら、この「正の系譜」に対して、アウトロー的「術」使いのごとき英雄像を「負の系譜」と呼ぶなら、又兵衛はこちら側のヒーローとしても勇躍してきた点がユニークと言える。異端のミステリー作家・国枝史郎氏を先駆として一九六〇年代以降の「又兵衛伝説ルネサンス」小説群はこの系譜上の後裔たちで、時に野人風、時にニヒリスト風の又兵衛像を創作し、現代人を魅了して止まない。

（9）この解説の校正時点で、柴田錬三郎『柴錬立川文庫　真田幸村　真田十勇士』の文庫版復刊に接した（文春文庫、二〇一四年）。この中に「後藤又兵衛」の一章が収められている。柴田氏自身が立川文庫流を模すと自認されているように快刀乱麻の創作ながら、又兵衛の伝記的描写そのものは意外に通説的である。原作は一九六三年に文藝春秋新社から刊行されていて、亡父は明らかに読んだ形跡がある。徳川政権を「独裁政権」と形容するレトリックなどは亡父の「無意識」に刷り込まれたと想像する。

櫛風沐雨の日々によせて
―東野一雄の戦争―

一　本稿の由来

ここに刊行する『櫛風沐雨　ある輜重兵の記録』（以下、本稿）は父の遺品中に残っていた手書き原稿を活字化したものである。原本そのものは父の死後直後に出版した『草蒸す墓標　小嶋太門遺稿集』（人間社、二〇〇八年）に写真版を収録したので初めて日の目を見る内容ではない。おそらく父は本稿をそのまま書き継いで従軍記を執筆しようと考えていたわけでなく、備忘録としてとりあえず筆記しておいたものと思われる。

写真版の原本を見れば、本稿は「一気に」かつ「速書き」されていて、丁寧に推敲された形跡はなく、文章も冗長かつ散漫でもある。一九六〇年代末から一九九〇年代に至る執筆論稿（『後藤又兵衛とその子』、人間社、二〇〇七年、『後藤又兵衛の研究』、樹林舎、二〇一四年、に収録）に見るように、父は芳醇な美文調に秀でた書き手であった。原本の水準では父の本領を窺えず、本稿はメモ段階の「草案」であったと推察する所以である。

本稿は二部に分かれるも、両者に二年間の時間的空白もあるのみか、「進撃の章・その一　雨、泥濘、地雷の巻」の末尾は何らかの資料を引き写しただけの感を否めない。「序の巻・内地屯営生活」から後半に至る「空白の二年」をテーマとした別な草稿も存在し得るも、父は自身の従軍記執筆をひとまず中止した可能性の方が高い（その根拠は後述）。父は本稿を引き出しの奥に仕舞い込んだまま、「空白の二年」も埋める日もなく「進撃の巻」は「その二」以降は着手されなかったと思われる。

いずれにしても、本稿は未完成な私的覚え書に留まるから、公刊された従軍回想録を集成した『草蒸す墓標』の諸エッセイと必ず合わせて読んでいただきたい。

本稿の執筆時期は一九八一（昭和五六）年五月前後であった。この年代は随所に現れる「四〇年前」云々の記述とも符合し、まさに本稿は還暦を過ぎたばかりの父の自画像と重なりあっている。

私は七〇年代の後半から京都に下宿し、一九八一年の三月に上京、さらに長い海外生活から一九九五年に帰還するまでは両親の身辺をほとんど知らない。わずかに脳裏に残るのは、上京直前に、消化器系の潰瘍を悪化させた父を生駒総合病院（当時）に見舞いに行った午後の冬の日である（私はツイードのジャケットを着ていたから記憶は確かである）。この時は幸い予後良好もあって生駒市軽井沢の家に戻り、父は退院後しばらく静養したのではないかと考える。一九八一年はまさにこの時期に該当し、はじめての大病経験を機に父は「死を思い」、戦場の記憶を文章で残す決心をしたのではないだろうか。この時期、父の同年兵（一七年兵）も還暦を過ぎ、三回目の厄年を経て、そろそろ物故者も目立ち始めたに相違ない。所属した輜重兵第三四連隊も一九七九（昭和五四）年一一月二四日に慰霊碑開眼法要執行委員を決定し、隊史編集の計画を開始したのも時宜を得ていた。そして一九八〇（昭和五五）年四月六日に高野山南院にて開眼法要を行い、合わせて『輜重兵第三十四聯隊概史及び追憶記』（合同慰霊碑建立委員会発行）も上梓される運びになったのである。この隊史の編集・執筆陣に父の名前を見ないものの、長く交友を保った民谷允利氏や阪田（山田）房次氏も回顧録を寄せているから、何らかの関与を推測するに吝かでない。ユニオンチャック株式会社破綻以降、まさに阪田氏の義父・富三郎氏の経営する国鉄奈良駅前の「いろは旅館」[1]のフロント係として父は勤務していたからなおさらである。父は敗残者たるの自覚から人前に出る積極性に欠けていたのかも知れないし、そもそも長年兵ならぬ一七年兵の身であってみれば、三舎を避ける配慮もあっただろう。『輜重兵第三十四聯隊概史及び追憶記』には歴代連隊長も文章を寄せていて、復員兵員の多くは存命で、現役兵の序列もいまだ戦友会に影を落していたと思われる。

一九八〇年の高野山南院での慰霊碑開眼に参加したと思しき父は、病中病後にも精読した『輜重兵第三十四聯隊概史及び追憶記』に背中を押されたに違いない。開眼法要の日に再開した旧友も刺激になって、自分なりの従軍記を書き残す気持ちを固めたのではないだろうか。ところが、ひとまず輪郭を辿って、断片、すなわち本稿を書きなぐってみたものの、再調査の必要にすぐ気付いて暫しの擱筆を決めたと思う。民間史家として調査研究を心得ていた父は、資料収集のルーティンを踏襲したはずであり、実際に私が帰国した時、引っ越した先の秋篠の家は膨大な戦記や軍事史の書物に埋もれていたのであった[3]。

ではなぜ本稿の続編は書かれず終いになったのか。端的に書くと「後藤又兵衛」関連の研究と執筆に時間を取られ、加えて『輜重兵第三十四聯隊史』の新規編纂事業に尽心したためと思われる。慰霊碑建立と『輜重兵第三十四聯隊概史及び追憶記』は「暦を還る」機を与え、蝟集した戦友たちは久闊を叙し、持参した資料・写真も俎上に上っただろう。「概史」を補綴した本格的な隊史・従軍記編纂も話題に出たと推測する。当時は六〇歳での退職と年金支給は一般的でもあったから、旧兵員にも時間と予算も十分に見込まれ、まさに完璧なロジスティックスを確保できただろう。こうして周到に準備期間を数年設けた上で、一九八八（昭和六三）年頃から本格的な資料収集も始められた。常設編集室の設置は一九九二（平成四）年三月二三日に発起され、月例で編集会議を開催、今度は父も委員として初発から編集と執筆に直接関わることになった。

資料の扱いに長け達意の文章を書けた父は、今や一二名の編集委員の中でももっとも頼りになる戦力と評価され、連隊本部功績記録係の面目躍如であったに相違ない。古希を迎える頃合いになると、年長の将校も多くは逝去し、半世紀前の階級を相対化する視野も広がったことも与っただろうか。果たして、父は個人的な従軍記ではなく、定本たるべき『輜重兵第三十四聯隊史』の編集に全力を傾け、本稿の完成をお座なりにしたのではないかと推測する。幸い『輜重兵第三十四聯隊史』の「想い出」(三二七～四七六頁)に本稿の第二部を大幅改訂した「遥かなり四千粁の遠い道」(三三七～三七一頁)を収録し、一人称で語られた従軍記の一端は辛うじて残された。父は本稿の「進撃の章」には執着を持っていたらしく、当時出回り始めたOASYSを早速マスターして、ワープロ機能を用いて執筆・編集し、印刷も自分で行って、「地獄を見た兵隊」または「草蒸す墓標」とタイトルを付け、戦友たちに送っていたようである(父の遺稿集の標題はここに由来する)。この改訂版を継承して「遥かなり四千粁の遠い道」の決定稿は成立したようで、「地獄」や「墓標」を謳ったワープロ版よりは内容に相応しい。もっとも未完の「進撃の章　その二」には酸鼻な叙述を予定された可能性を否めないまでも、父は感情を吐露する文章を好まなかったから、それらも同じトーンで綴られたと考える。『輜重兵第三十四聯隊史』の「想い出」に寄稿した三五名中の文において「遥かなり四千粁の遠い道」はダントツに長く、全体の四割近くを占め、「忙中閑あり」と題する小文(八〇頁)まで執筆していることからも「聯隊史」への父の関与の大きさは理解できる。

父たちの動向と揆を一にするかのごとく、輜重兵第三四連隊を隷下に置く第三四師団も戦友会「椿会」を一九八二(昭和五七)年に結成し、『椿会会報』も一九八七(昭和六二)年に創刊されていた。折しも『椿会会報』の刊行は『輜重兵第三十四聯隊史』発起から編集委員会立ち上げの時期に一致し、まさに父の世代は従軍体験と向き合う「人生の秋」を迎えていたわけである。実質的に一〇年以上の編集を経て『輜重兵第三十四聯隊史』を第二〇回慰霊法要(一九九四〔平成六〕年)に合わせてつつがなく上梓したあと、同年一〇月一三～二三日、父は戦友たちと中国南昌周辺の戦地再訪に赴いた。父は旅行に際して「三峡下りに寄せて」と題するパンフレットを自作し、同行者に配布、さらに旅行エッセイ「中国・今と昔　川柳道中記」(『椿会会報』八号、一九九四年)も書き下ろしている(いずれも『草蒸す墓標』に再録)。

『椿会会報』には戦地を再訪し執筆した旅行記もいくつか掲載され、少なくない元兵員も決して懐かしいだけの場所でなかった土地の記憶を新たにしたようだ。注目すべきは、一九八〇（昭和五五）年八月二九日に駐留した中華人民共和国南昌市の人民公園に椿会は太陽電池時計を寄贈し、一〇月一六日には八二名の元兵士が時計除幕式に参列している事実である[4]。あたかも鄧小平の再登場と改革開放政策を実施して三年後、中国は政治的に中ソ対立の渦中にあり、第三四師団の対峙した敵は旧中華民国軍でもあったから、寄贈を迷惑がるばかりでもなかっただろう。とは言え南昌人民公園に設置された太陽時計は、苦力として徴用された人々、家族を殺害された犠牲者たちに複雑な思いを与えたに相違ない。少なくとも戦後の混乱を生き抜いた地元の人々にも自らの人生を振り返らせる契機となったのではあるまいか[5]。中国も経済大国として台頭する前夜、大躍進政策の失敗から文革に至る混乱を経て、地元の人々も旧侵略者と新政権の暴虐を天秤に掛けて自らを振り返る余裕も生まれただろう。第三四師団の太陽時計の寄贈行為について多くの批判もあり得るも、ともかく地元住民を視界に収めていた事実については私は素直に再評価したい気持ちを持つ。

若き兵士時代には見えなかった無垢な人々の人生を自分の内面に見出し、中には四十数年ぶりにかつて横柄な態度で接した旧苦力本人と再会し、首を垂れた人さえも存在したのである[6]。

なおこの南昌の地こそ一九二七（昭和二）年八月一日の蜂起によって中国人民解放軍が創設された地に他ならない。蜂起を指導したのは周恩来、そしてアグネス・スメドレー著『偉大なる道』であまりにも有名な朱徳その人である。椿会の太陽時計寄贈から一四年、「中国・今と昔　川柳道中記」によれば、父の訪問時、第三四連隊の寄贈した時計は「寄贈者名を書いたプレートを隠すように」「石が沢山積み上げられ」ていたらしい。おそらく経済成長と大国化に伴って、人民解放軍発祥地に建設された旧侵略軍の記念物はより若い世代にとって屈辱として受け取られるようになったと思われる。時計を寄贈した一九八〇年、人民服に身を纏い貧困に喘いでいた中国の人々も、父の訪問する頃、大都会では女性もミニスカートを履いていたようだ。いずれにせよ寄贈を受けた中国側よりも寄贈をした元兵員の側にこの時計は確かな時間を長らく刻み込んだに相違ない。

椿会は会誌一〇号刊行の最終号（『椿寿』という有志の会誌は何冊か継続された）をもって一九九六（平成八）年に解散、第三四師団の元将校はもとより、下士官クラスの年長者たちもきっとこの時期に次々と鬼籍に入られたのではないかと考えられる。

なお六〇歳代の本稿と七〇歳代に公表した「草蒸す墓標」、つまり「遥かなり四千粁の遠い道」の顕著な相違点について注釈を加えておく。前者には従軍時代を内在的に了解しようと努めた記述も際立つも、後者は「悪評の高い軍隊は滅んでも自分が兵隊であった事実は決して滅んでいない」と書き始め、「今にして思う。『戦争は二度あってはならない！』と」を末尾の言葉としている。父は自分の巻き込まれた戦争の問題点を認識していたものの、日本近代史総体を批判的に把握していたわけではなく、おおよそ林三郎『太平洋戦争陸戦概史』（岩波新書、一九五一年）、司馬遼太郎の『「昭和」という国家』（NHK出版、一九九九年）などの歴史観を共有していた人であった。[7]「草蒸す墓標」の一歩踏み込んだ姿勢は、したがって安逸な平和主義への拝跪とは読めない。おそらく古希を過ぎて後に、ようやく巻き込まれてしまった戦争について距離を保って眺める境地を得たということなのだろうか。

二　輜重兵第三四連隊について

本稿を読むために必要な軍隊知識を若干書いておく。父の同時代人には常識であった事項も、少なくとも私の世代には知識を共有されていないし、もし本稿に新世代の読者を持ち得たとしても、決して理解しやすいとは限らないからである。[8]

まず師団とは一つの作戦の基礎単位であり、旧帝国陸軍の場合は、いくつかの連隊によって構成されていた。連隊は歩兵連隊と各兵科連隊（砲兵、工兵、輜重兵など）に大きく分類され、一種の「独立法人」のような行政組織でもあった。基本的に徴兵は連隊によって行われ、連隊は中隊によって指揮・作戦行動を異にするも、例えば「第八連隊」と言えば即座に具体的な戦歴を人々は理解できたごとくであった。

師団は同兵科によって構成される大隊・中隊・小隊

などの編制とは異なり戦略的な作戦を遂行するために、複数の歩兵連隊を主軸に軍事的分業を担う兵科を網羅（ただし輜重兵連隊は基本的に一つ）した。そして具体的な作戦展開においては、師団（群）は戦闘序列と呼ばれる番号（第＊軍）を付けられた。

父の応召当初に配属されたのは大阪を基盤とする伝統的な「大阪師団」つまりは平時編制の第四師団であったが、第三四師団は、それに対して日中戦の拡大と泥沼化に伴って一九三九（昭和一四）年二月七日に発足した臨時編成であった。[9] こうした性格から、結成直後には前線に近い南昌に司令部を置き、戦闘序列は第一一軍に組み込まれ、以下の諸隊を隷下に置いて実戦配備の任に当たったのである。

歩兵第二一六連隊（大阪）
歩兵第二一七連隊（大阪）
歩兵第二一八連隊（和歌山）
捜索第三四連隊
野砲第三四連隊
工兵第三四連隊
輜重兵第三四連隊
師団通信隊
師団兵動隊
第一野戦病院
第二野戦病院
病馬廠

日中戦争時の帝国陸軍では、どの「＊＊軍」、「＊＊師団」、「＊＊連隊」、「＊＊中隊」に属していたかこそ兵員のアイデンティティを決定し、各自の「従軍体験」を具体化する基本となっていた。同じ連隊でも中隊によって状況はしばしば大きく違い、作戦によっては戦術的編成をする小隊や分隊による相違も甚だしい場合もある。中隊長の人柄によって所属部隊のカルチャーもまったく異なっていたとはよく耳にする話である。したがって復員後の戦友会組織の濃淡もこれらの部隊編成上の具体的性格によって大きく違っている。

軍歴書（本稿一一四～一一九頁）に沿って記すと父の場合の軍籍は次のようになる。

一九四二（昭和一七）年二月一日、「臨時招集ニ依リ

第四師団輜重兵第三十四聯隊補充兵に応召入隊、同日第一中隊ニ編入」され、志願して同年七月六日、「支那派遣軍第三十四師団輜重兵第三十四聯隊に転属」した。上陸した南昌で七月一七日、同師団同連隊の「第二中隊ニ編入」、一九四三（昭和一八）年七月一日に編成をされた「第三十四師団輜重隊」の「第一中隊」に転属し、一九四六（昭和二一）年二月二六日の復員の日まで「大東亜戦役支那方面勤務ニ従事」。ただし父の場合は『輜重兵第三十四聯隊史』でも「聯隊本部」と分類されているように、功績係として配属され、本稿の記述のごとく、個室給付などの特別扱いを受けていたようである。兵役期間は「一九四二（昭和一七）年七月一一日～一九四五（昭和二〇）年八月一四日」に及ぶ三年余。二三歳（誕生日が七月一三日なので実質的にこの年齢になっていた）から二六歳、平時ならばまさに社会人としての人生を出発させていた青春の日々であった。なお本稿で「転属の時、自分一人が残されたので、准尉や曹長殿に拝みたおして無理に出征した」（二六～七頁）と記しているのは、大卒で「補充兵」に応召したため、軍歴書に記載するように訓練の後「中隊事務室勤務」を被命して一度は出征免除となった事実を指す。しかし同年兵から離れてたった一人での大阪残留を父は望まず、あくまでも出征を志願し、輜重兵第三四連隊第二中隊に配属された。そして一年後に古巣の第一中隊に復帰して同年兵と運命を再び分かち合ったのであった。本稿中の言及はないものの、父の抜きん出た教養を評価して人事を司る准尉（なお表紙写真の前列中央に軍刀を持った瀬川准尉が写っている）は特例措置を取られたと思われる。

父は少なくとも同年兵に深いシンパシーを覚えたらしく、あくまでも出征を熱望した理由は「序の巻」を繙読すると容易に納得できる。この部隊には高学歴者も多く、一般的に禁止された新聞閲読も「今度の初年兵はすべて幹部要員」として逆に義務付けられた（四八頁）ようにいい仲間に恵まれたのであった。「（幹候に）志願しなかったことで谷坂少佐に叱られる」（三〇頁）との記述から察すると、その気ならば、父は幹部候補生として予備士官学校（本稿の記述のように教育期間は六ヶ月に短縮されていた）を経て将校になる道も開かれていたようである。通例この手の「優秀譚」には誇張もあり得るも、軍歴と合致するのみか、父は「立身出世」には価値を置かなかったから尾鰭をつけたわけでもなかったと考える。ただし大阪の金岡兵営に残留（除隊ではない）、または幹部候補生の身分を得ていたら「よりマシな軍隊生活」となったかは神のみぞ知っている。場合によれば、意想外の前線に士官として送られ、父には戦後の人生は存在しなかったかも知れず、そうした悲劇の枚挙に暇ないのが戦争である。

父の従軍体験は、かくて、軍籍を置いた第三四輜重兵連隊の戦闘史の小部分をなす。父は前衛にいた歩兵第二一六連隊にも強い友愛感情を有し、慰霊碑および供養塔建立（一九七七（昭和五二）年九月一五日）にあたって拠金をし、『歩兵第二百十六聯隊戦史』（同編集委員会、一九七七年）も傍線や付箋を付けて熟読している。ちなみにルバング島残留日本兵・小野田寛郎氏（一九二二年生まれ）は和歌山の歩兵六一連隊に応召し、第四師団隷下の歩兵二一八連隊に配属後、一九四三年に南昌に出征するから、父と同じ戦場をわずかに共有した人物である。[10]

ところで第三四師団の別名「椿」とはいったい何であろうか。これは「兵団文字符」と言い、防諜上の必要などを考慮して付けられた師団の通称に他ならない。戦史を読むと「秘密符号」とも書かれたりするも、「通称名（号）」とも記述されるように必ずしも「極秘」でもなかった。そして「椿師団」に属する輜重隊第三四連隊は「椿六八四九」と符号化され、これは公文書上でも使用されていたのである。[11]なお本稿中に散見する「健」なる「兵団文字符」は湘桂作戦に限定して第三四師団を指し、「椿」よりも秘密度は高かったと推測される。「椿」師団を隷下にする戦闘序列第一一軍は「呂」と符号化されていた。[12]

いまひとつ解説を要するのは父の配属された連隊の兵科、すなわち輜重兵についてである。[13]輜重なる言葉そのものは死語と化したため、現在では英語のロジスティックス（logistics）を用いるとよく理解できるだろうか。要するに兵站の確保、補給、輸送、衛生などあらゆる後方支援を担当する兵科であった。日中戦争時の帝国陸軍では、前二者は馬と自動車隊に分かれ、その気風は本稿に書かれているように大きく異なっていた（二一四頁）。ある時期までは陸軍では身体能力の劣る兵士を特務輜重輸卒（輜重特務兵）として苦力さながらに徴用し、彼らを指揮する輜重兵と階層を形成していたらしい。「輜重輸卒が兵隊ならば蝶やトンボも鳥のうち」と揶揄されたように、輸卒は徹底的に差別待遇を受け（自ら輸卒であった水上勉の名作『馬よ花野に眠るべし』、新潮社、一九七三年を参照）、本稿の記述にもその姿を留めている（三二頁）[14]。輜重兵は初発から部下を有する「下士官」的存在ゆえに「エリート」[15]と看做されながらも、歩兵中心主義を払拭できなかった帝国陸軍では「二軍」的偏見に晒されていた。帝国陸軍の作戦上の破綻、世界戦争史に類例を見ない戦病死や餓死者の異常な多さは輜重兵科を軽視した必然的結末であったと戦史によく指摘されている通りである[16]。

輜重兵科は軍隊の花形兵科でないためか士官学校卒業者には不人気であったものの、管理兵務を伴う性格から高学歴応召者に割り当てられる確率も高かった。父は大卒・甲種合格であり、「私の班には東大卒が三人いた」（二九頁）とあるように、一応は高学歴兵を輜重兵に配属する方針は治安師団の第三四師団でも貫徹されていたようだ。よく知られている例では、二歳年上の第四師団に応召した東京帝国大学出身の萩谷朴氏（当時、二松学舎専門学校教授）は輜重兵第四連隊に配属され、スマトラ島に派兵されている[17]。

とは言え、いきなり前線に投入された治安師団の隷下にあっては輜重兵といえども事実上は歩兵に準じる武装を余儀なくされた。初代連隊長・知覧豊城氏も「部隊の特色は輜重兵本来の輸送の外、警備勤務が重要なる任務となり、戦斗行動が課せられた関係上、長靴を編上靴脚絆に、軍刀を銃剣に代えて戦斗行動を容易ならしめた」[18]と明記し、実際に輜重兵第三四連隊は戦功を上げている。なお父本人や『輜重兵第三十四聯隊史』所載の兵員写真を眺めると、「長靴を編上靴脚絆に、軍刀を銃剣に代えて戦斗行動を容易ならしめた」とは限らないようである。長靴を履いて前線を歩いている写真も結構多く、要するに本務に加えて歩兵としての責務も臨機応変に負わされたわけである。戦闘に参加した記念であろうか、父は晩年まで自身の軍刀を自慢げに保持していた。これは連隊本部勤務時代の支給品かも知れないし、陸軍伍長に昇進した時期に私費購入した可能性もある。

ところで第三四輜重隊が「準歩兵」化したという事態を別角度から考えると歩兵部隊に対して兵站の確保は不十分にしかできなかったことを意味する。父の最後かつ最大の戦いとなった湘桂作戦は「一号作戦」の重要部分をなし、インパール作戦とともに陸軍の作戦失敗の典型例として戦史上悪名を馳せている。[19] 特に兵站の確保欠如もあって兵員は「盗賊集団」(森金千秋氏)と化し、「三光」(焼き尽くし、殺し尽くし、奪い尽くす)を恣にした北支派遣軍並みの暴虐を働いたらしい。つまり歩兵部隊に比較して食糧や弾薬を相対的に確保できた輜重兵であってみれば、父の所属部隊の味わった「地獄」はまだマシな部類に属し、同時に現地住民への蛮行も然りであっただろうか。いまひとつ父に幸いだったのは輜重兵科の馬中隊に配属されていたことで、文字通り「雨、泥濘、地雷」の続く中支戦線では自動車は役に立たず、結果的に生存への道に繋がったわけである。

三　東野一雄から小嶋太門へ

一九四六(昭和二一)年二月二四日、上海を出港した七五〇トン級敷設艦・神島にて輜重兵第三四連隊の兵員の多くは乗船し、二月二六日には博多に上陸、復員した父はいよいよ戦後の出発を始める日を迎えたのであった。言うまでもなく、出航した広島宇品港は原爆で壊滅していたし、前途は決して希望に満ちていなかった(「復員船下船にあたって」参照)。父は除隊時に陸軍伍長、中華民国江蘇省呉淞での上陸(一九四二(昭和一七)年七月一一日)からポツダム宣言受諾前日(一九四五(昭和二〇)年八月一四日)まで中国にあったと「軍歴書」には記載されている。一三三二日ぶりに母国の土地を踏んだわけである。なお呉淞は一九三七(昭和一二)年、ドイツ人軍事顧問によって訓練された中華民国精鋭兵と、本格的要塞の前に帝国陸軍が大苦戦を強いられた地に他ならない。これによって日中戦争は本格化し、第三四師団も臨時編成されたわけであるから、父や同年兵にとってまさに因縁の場所である。上海事変後の対中感情の悪化と呉淞上陸作戦の作戦上の欠陥、それに伴う犠牲者の多さがその後の残虐な南京事件を引き起こす近因になったと戦史では評価されている。今ひとつエピソードを加えると、復員に使用された特別輸送艦・神島は一九四七年にソ連に引き渡され、長らくソ連海軍太平洋艦隊掃海艇として現役を続行し、中国人民解放軍掃海艇にもコピーされた母艦船である。[20]

故郷の岩田町に戻った父は即座に大阪中央電気通信工事局（のちの電電公社、ＮＴＴ）に就職し、焼け野原となっていた大阪の復興事業に携わる。父は工科でないから事務職（逓信事務官）であった。農地改革では東野家は「得をした」側であったらしく、生活は苦しくはなかっただろう。ただし大学三年で繰り上げ卒業して応召した身なれば、いかなる実務経験をも欠く再出発ならぬ出発に他ならなかった。この勤め人時代の話をついに聞かなかったのは後悔するも、一つだけ明らかな事実は同じ町内に住んでいた意岐部小学校教諭・小嶋十三子を見初めたことである。後の両親は母の伯父を介して交際を始め一九四九（昭和二四）年一月二九日に結婚、祖父の事業を継承して今里に移り住むのである。これ以降の両親については別に記した[21]ので繰り返さない。父は入り婿縁組であったから結婚後「東野一雄」は戸籍上「小嶋一雄」となってファスナー業を母の父から継承するわけである。

ところが、結婚後早い時期に「太門」を号し（私の記憶では幼少期から「小島太門」の表札を掲げていた）、私はこちらを長らく本名と誤解していたほどである。六〇年代末に論考を書き始めた時期も「小島太門」と署名していたし、親族を除くとすべての人から「太門さん」と呼ばれていた。そもそも「太門」の由来は曽祖父・太右衛門（戸籍名・太七）らしく[22]、父は両親の命名した「一雄」でなく、曽祖父の化身としての自画像を刻む決意をしたわけである。最初の著作（『後藤又兵衛とその子』、人間社、二〇〇七年）刊行に際しても父は「太門」にこだわっていたものである。また父は「小嶋」でなく当用漢字の「小島」の名字や表札を印鑑に用い、かなり晩年まで旧字を用いた事例はなかった。祖父母は生前一貫して「小嶋」と表記していたから、これは父の選択であったと思われ、私も「小島」

姓によって育ち現在に至る。推測するに、退職以降、会社解散、年金給付、医療関係の書類作成など公的書類を頻繁に提出する機会も相次ぎ、「小嶋」を用いているうちに親しみを覚え始めたのではないだろうか。

この度、戸籍を取り寄せて父の書いた「東野姓について」(『草蒸す墓標』所収)の記述と対照できたので、以下に父の家族について概観をしておく。これまで私は母の家族のみを基盤にして育ったために父の家族構成については詳しくは知らず、岩田の親戚筋についても無知であった。わずかに私が高校二年の時に祖母が逝去(一九七三〈昭和四八〉年一一月二一日)し、忌引きをして岩田町の「母屋」に行った日や、その翌日の大規模な葬儀を記憶に残すのみである。そう言えば、大往生の少し前に畳の間に設えられたベッドに祖母が横たわり、それを囲んで親族も集まった記憶も留めている。その時期の「母屋」は和風庭園を通って土間に続き、大きな竈も奥の台所に残っていて、今里とは違い農家の香りも濃厚に漂っていた。「母屋」の前には池または沼も広がり、玉川中学校周辺は田んぼの中に立地し、岩田の村落的まとまりもはっきりと視覚的に確認でき、この光景は一九七〇年代までは残存していた。モダニストの名古屋商人を出自にする母方とは対照的で、私は父方親族の住む近鉄若江岩田駅を降りるたびに別世界に来たかのような感覚を抱いたものであった。

戸籍によると父(父から見た家族関係、以下同)の夛吉(一八七七〈明治一一〉年九月二四日出生)は一九四三〈昭和一八〉年四月一四日死亡と記載されているから、父の出征中に鬼籍に入ったわけである。東野家は長男の竹三郎が家督相続し、以後、竹三郎の家系によって「母屋」は継承されている。復員後に岩田に戻った父の最初の仕事は「母屋」のすぐ北の教岸寺に建てられた夛吉の墓に帰国の報告に行ったことだったろう。余談ながら、この菩提寺は真宗本願寺派である。父は浄土宗には生涯を通じて興味を示さず、極めて不仲であった母方祖父の選択した曹洞宗の方に仏教的には関心を寄せていた。

改めて戸籍を眺めると父の夛吉は日露戦争中の一九〇四〈明治三七〉年九月二一日、同じ岩田村の辻本岩吉長女・ウノ(一八八〇〈明治一三〉年七月二七日出生)

と結婚、二七歳と二四歳のカップルが誕生したことになっている。ところが長女・ツネは一九〇〇(明治三三)年一〇月六日出生、次女・ノブは一九〇三(明治三六)年一月一五日出生、三女・クニは一九〇四(明治三四)年一二月四日出生、と記載されている。つまり結婚当時ウノは三女を産み落す直前で、婚前に生まれた二人娘の「認知届出」は結婚届出と同じ日に行われたわけである。これは入り嫁(事実婚)期間と戸籍登録に時間差を有する当時の農村慣行から考えれば通常の事態だろう。だいたい東野家とウノの実家・辻本家は隣近所であった。ノブは一九一九(大正九)年六月二一日に逝去しているから父は一切記憶にとどめていないと考える。クニは「黒瀬」家に嫁ぎ、この方こそ私の記憶に鮮やかに残る「黒瀬のおばさん」に他ならない。ご主人は戦(病)死をされたのか、私の幼少期、「黒瀬のおばさん」は帰郷され、娘さんと二人で清楚な住まいを営まれていた。

母によると父の苦境時代に経済的に支援を惜しまなかった(逆に言えば父が甘えきった)のは「黒瀬のおばさん」だったらしく、私にとてつもなく優しい人であった。当時は地上にあった近鉄若江岩田駅のすぐ北の小さな薄暗い家に住まわれ、生活は厳しかったと思うものの、いつもたくさんのお年玉や菓子を下さり、私の中で慈悲に溢れた「観音様」の化身として今日まで生き続けている。

父母はさらに四女・ヤスエ(一九〇六(明治三九)年五月二六日出生)を産み、そのあとついに待望の長男・竹三郎(一九〇八(明治四一)年三月一〇日)の生誕を迎える。続いて五女・ミネ(一九一〇(明治四三)年八月一六日出生)が生まれるも一九一二(明治四五)年六月三日にわずか一歳余で鬼籍に入り、同じミネと命名した六女を一九一二(年大正元)年八月三〇日に得ている。

さらに東野家は次男・兼松(一九一四(大正三)年八月二〇日出生)、三男・良蔵(一九一六(大正五)年九月一〇日出生)と立て続けに男子に恵まれ、ついに四男・一雄が一九一九(大正八)年七月一三日生誕するわけである。最後に一九二一(大正一〇)年一二月一〇日には七女・芳子が生誕し、これで祖父母の子は総計一一人、七女四男の大家族ということになる。ただし早世した五女・ミネに続いて四女・ヤスエも一九二一（大正一〇）年一一月二〇日に逝去したから、無事に成長したのは九人、父を基軸に家族を見直せば次のようになる。

まず父の出生時において父は齢四一歳、母は三八歳、いずれも当時にしてみればかなり高齢出産であり、家庭内に成長した姉は一八歳年上の長女、一六歳年上の次女ともども親代わりのような存在であったろう。父の一番親しんだ姉は先述の三女・クニであったと思われ、さらに四女・ミネも八歳年上であるから甘えきっていたに相違ない。ミネの記憶を私が持たない理由は、「黒瀬のおばさん」と違って実家周辺に住んでいなかったためである。一歳下に妹（稲葉さん）、さらに家督を継いだ竹三郎に孫も生まれて大所帯となって、生活も決して楽ではなかったと推測する。上の兄姉たちとはかなり年齢も離れているので、父は実質的な末っ子かつ「孫」を兼ねた微妙な立ち位置にもあったろう。

ここで父の本名「一雄」についての推測を述べたい。家族構成を瞥見して気付くのは、父以前と以後とでは名前の語感を異にする点である。「竹三郎」「兼松」「良蔵」「ツネ」「ノブ」「クニ」「ヤスエ」「ミネ」は明らかに「明治の名前」であるのに反し、「一雄」「芳子」は戦後長らく頻用された類の現代的命名である。第一次大戦後、本格的なモダニズムの到来は未だしと雖も、岩田の村落風景にも二〇世紀の新風は吹き始めていた時節、流行し始めた男子名の一つこそ「一雄」であったのである。この時期の「一雄」は「一郎」「太郎」のような「長男」の属性名ではなく（著名な山口組三代目組長の田岡一雄氏は一九一三（大正二）年生まれの次男である）、「新規蒔き直し」的なニュアンスも込められたのではないだろうか。もっとも次のような別個の見方も可能である。長い歴史を有する「郎」と違い「雄・男・夫」系の名前は男性（マスクリン）を明示し、同時期に台頭する「子」系の女性（フェミニン）と一対をなす。要するに社会生活におけるジェンダー的近代の到来を子供の名前に反映して「一雄」「芳子」は命名されたとも見られ、「一雄」における「一」は「日本一」などの「一番」に通じたのかも知れない。ちなみに家庭内において名前は「書かれる」よりも「呼ばれる」ものであるから、まずは「カズオ」という呼称を決めた後、漢字の「一」を宛てたと思われる。「一雄」と後年結婚する「トミコ」も然りで、母は「大正一三年（＝一九二四年）生まれのため漢数字の「十三子」を祖父母は宛てたのであろう。母の妹は「セツコ（せつ子）」と言い、表記では不均衡に見えるも呼び名としては「トミコ」とペアになっても違和はない。

では父はなぜ「一雄」へのこだわりを潔く捨てたのか。おそらく、昭和に入ってから「カズオ」と読む名前はインフレを起こし、「アキラ、カズオ」だらけとなって父も食傷気味であったからではなかろうか[23]。そして「太門」を号と定めてからは、父は以後の人生をその名前で送る決意を固め、頑に「一雄」を拒んだ生を自認したに違いない。厳密な日を同定はできないけれども、帰還後の人生は「太門」でなければならないと心に決めたのであろう。映画『ボヘミアン・ラプソディ』で「ファルーク・バルサラ」が「フレディ・マーキュリー」を名乗って出生名と訣別するシーンを想起するに如くはない、なお私の名前「亮」は漢籍に親しんだ父の苦心の命名（『草蒸す墓標』一七八頁）で、同級生には皆無であったが、芸能人名に頻用されたために今や大流行の名前となって「カズオ」と運命をともにしているのは皮肉である。

「太門」という号に相応しく、父は独自な教養と矜持を有し、富裕とは言えない農家の四男にしては尋常ならざる精神文化を有していた。同じ身上の子弟としては例外的にも大学まで通い、インテリではなかったものの知識への憧憬と敬愛を有し、部隊内でも一頭地を抜く存在ではあったろう。幹部候補生をあえて志願しなかったようにエリートと距離を置き、立身出世競争に身を窶すわけではなかった。父は人事ゴシップを嫌う以前に興味の片鱗さえ見せず、成功者への羨望的言辞も聞いた試しはない。後年の実質的失業者の風貌もあってか、まさに死の日まで正体不明の人物であった。従軍時代のみが「何者かであった」例外的時期であったかも知れず、「太門」の自称は高等遊民たる矜持と不離不即だったろうか。父の由来を見直すために、経歴を今一度見つめ直しておきたい。

まず学歴について書いておこう。父は地元の中河内郡玉川尋常高等小学校に一九二六（昭和元）年に入学し、一九三二（昭和七）年に出た後、天王寺第二商業学校に学んで、五年の正規過程を終え一九三八（昭和一三）年に卒業した。同時に関西大学法学部に入学するも三年で学徒動員され、一九四二（昭和一七）年の繰り上げ卒業と応召に至るわけである。関西大学は一九三〇年に新設された昼間部でなく、多数派の学生の学んだ夜学であったと思う。父は農家の貴重な労働力としても期待されたであろうし、通年では夜学に学ぶ人生は苦学の勤労学生のイメージを伴うも、この時代は帝国大学といくつかのキリスト教系学校を除くと、一般的には私大は夜学がむしろ本流であった。関西大学や立命館大学などは一九六〇年代まで夜学中心の大学であったくらいである。

そもそも農家の大家族の四男ともなれば、押しなべて高等小学校を出た後に丁稚奉公か工場労働者にでもするのが精一杯であり、商業学校はかなりの大判振舞いであったと推測する。東野家は農地改革で「得をした」と言う事実は戦前期には零細農家であった証左である。

兄弟姉妹も年長であったために、子育てを終えて久しく、両親は父に進学の夢を叶えさせる余裕もでたのだろうか。私見ながら、中学校を父は進学先として希望するも家族からは実業系の中等学校の道を説得されたと考える。両親は学費のかからない師範学校を慫慂した可能性もあるが、小学校教員は父にとって端から問題外であっただろう。父は生涯にわたって文系の知識への憧憬を抱いたから、中学校（および文科系高等教育）への進学を希望し、止むを得ず商業学校を妥協点としたと推測してもおかしくない。もっとも一九七〇年代中期の私の時代でも「文学部」は失業予備軍とされていて、よほど度量のある家庭でないと子弟を進ませはしなかった。蛇足ながら、戦前の商業学校や工業学校は戦後の職業科高校と違って受験激戦校の一角に列なり、中間層への階梯を駆け上がる登竜門であった。当時の商業学校は正規課程五年制で、中学校卒業者と同様に高等学校受験資格を与えられ、そのまま私立大学や大阪商科大学に進学も許された。実際に天王寺商業学校は「大阪のぼんぼん」の行く名門校として学者や著名な実業人を多く輩出している。

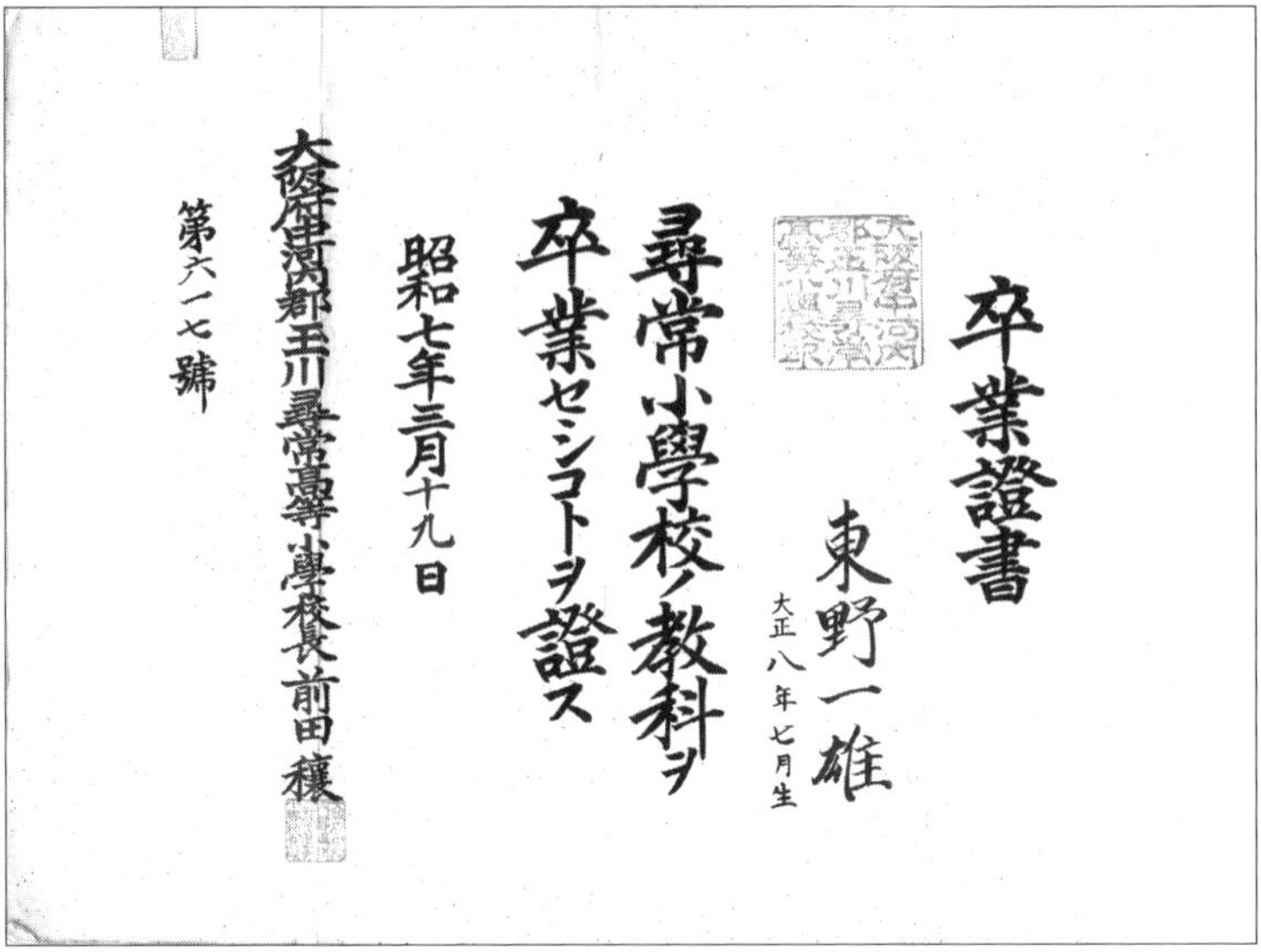
卒業證書
東野一雄
大正八年七月生
尋常小學校ノ教科ヲ
卒業セシコトヲ證ス
昭和七年三月十九日
大阪府中河内郡玉川尋常高等小學校長前田穰
第六一七號

小学校尋常科卒業証書

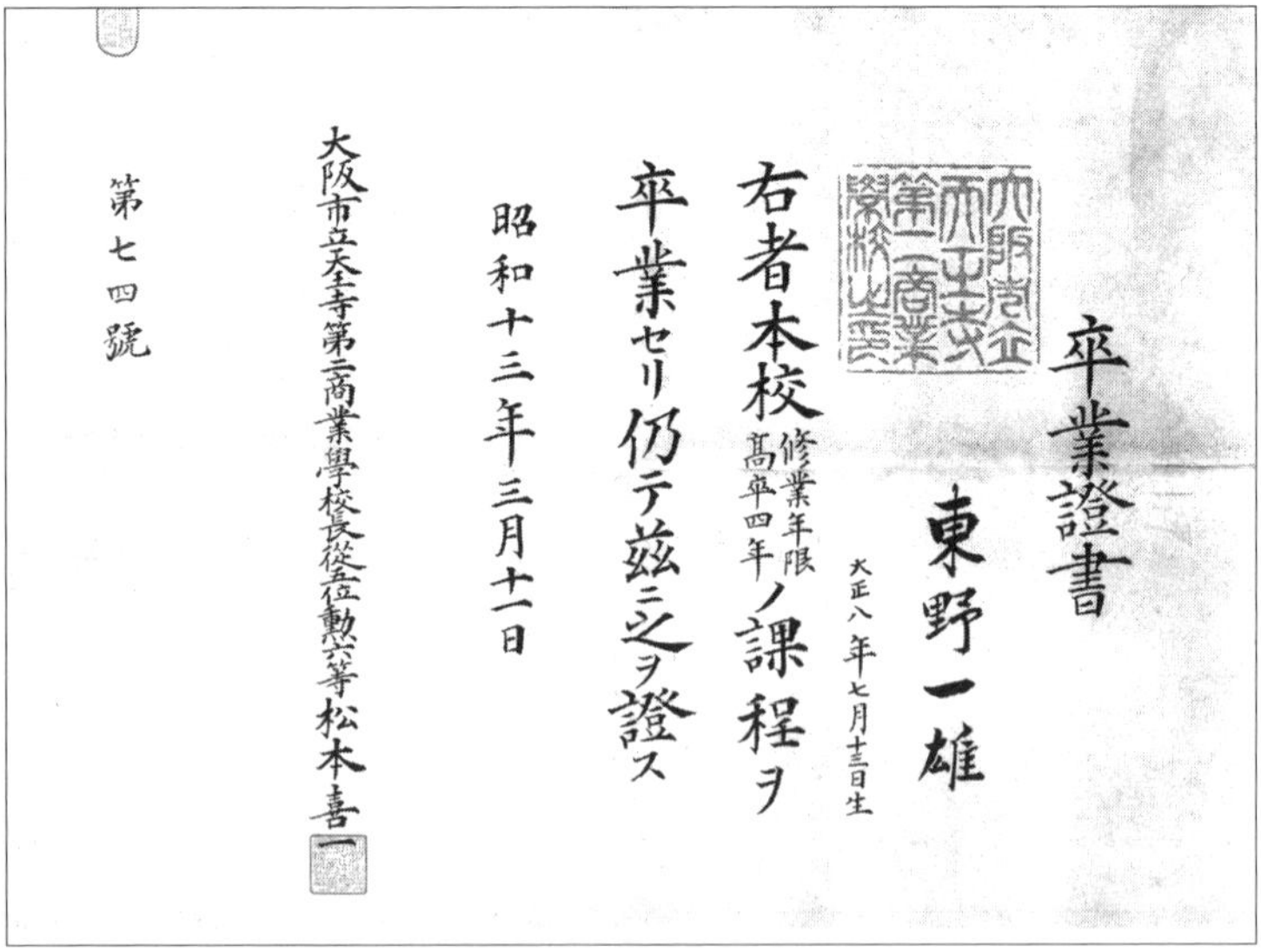
卒業證書
東野一雄
大正八年七月十三日生
右者本校修業年限高卒四年ノ課程ヲ
卒業セリ仍テ茲ニ之ヲ證ス
昭和十三年三月十一日
大阪市立天王寺第二商業學校長従五位勲六等松本喜一
第七四號

商業学校卒業証書

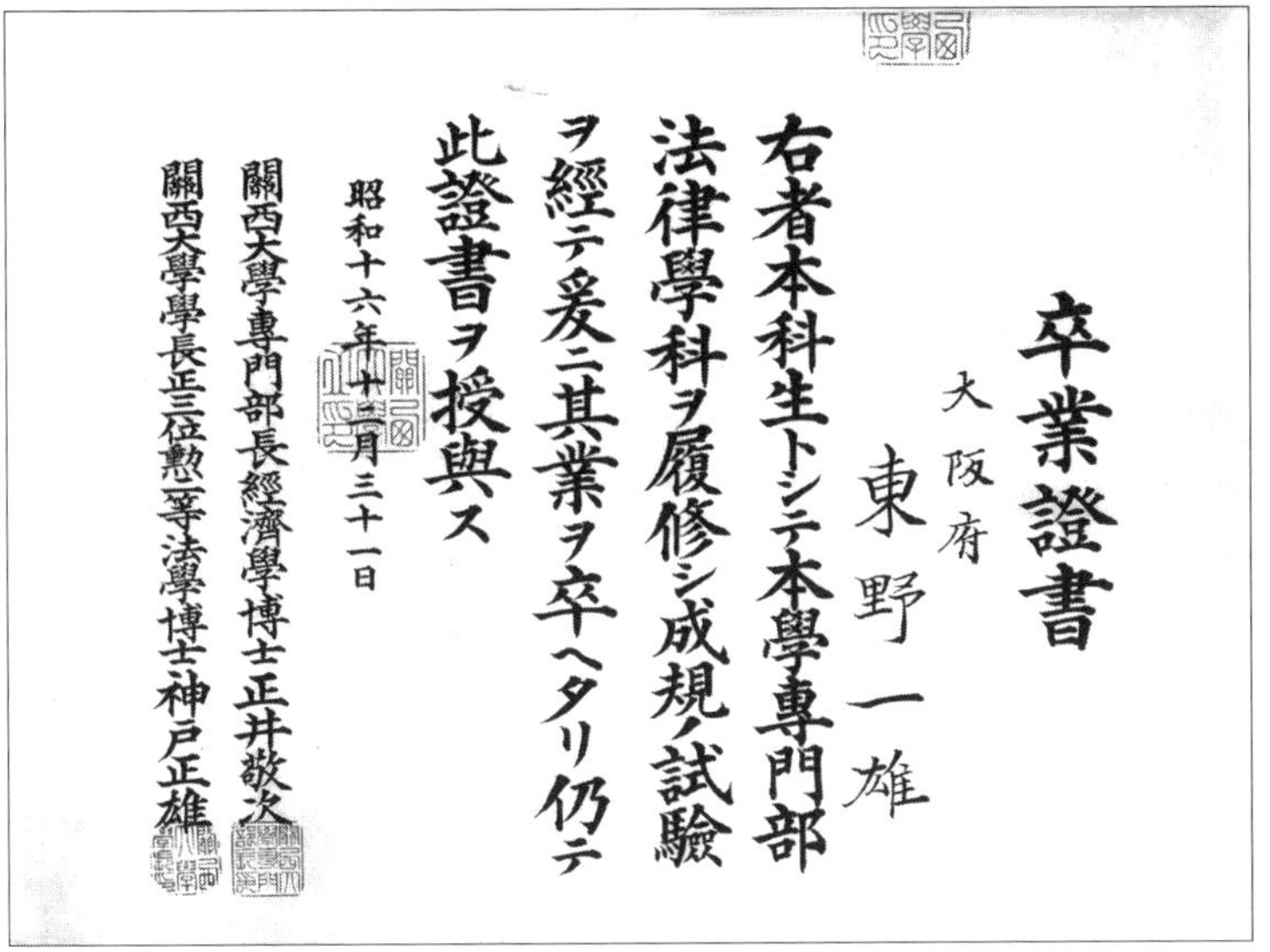

卒業證書

大阪府
東野一雄

右者本科生トシテ本學專門部
法律學科ヲ履修シ成規ノ試驗
ヲ經テ爰ニ其業ヲ卒ヘタリ仍テ
此證書ヲ授與ス

昭和十六年十二月三十一日

關西大學專門部長經濟學博士正井敬次
關西大學學長正三位勲一等法學博士神戸正雄

大学卒業証書

少年時代については「私は人一倍の悪戯者（わるさ）であった」と本人も書いていて、まさに私の幼少期を髣髴させて余りあり、証拠も残っている。それは現存する通知簿（四年・五年）に「学問はほんとうによくできます。けれども行儀が悪くて困ってゐます。」と特記されているからである。この「悪戯」はドロップアウトしてグレたわけでなく、罪のないゲームに近い感覚であっただろう。実際に父は成績は小学校時代ほぼトップを貫き、成績順で決められた級長または副級長を全学年にわたって任命されている。おそらく学業の才覚と知的雰囲気とは疎遠な地元の間で葛藤を起こし、過剰な部分を発散していたのではないだろうか。もし生家が都会的な背景を持ち、親族に知的職業に就いていた人もいたならば、両親に父の中学校進学を強く説得していただろう。しかし同じ村内からそうした選択をした子弟はおそらく皆無でもあり、高等教育を享受するメリットも想像だにできなかったのではなかろうか。とりわけ本稿で父の愛惜の強さを読み取るのは戦死した秀才・後藤上等兵についての叙述である（五八～六〇頁）この人は府立三中から大阪商科大学に進学できた先輩で、父は何回か一緒に遊んだこともあったと記している。二、三歳年長の「隣村村長の息子」と小学生との直接的な人間関係を想像できないから、推測するに、父は進路をわざわざ相談に行っていたのではないだろうか。ずっと首席・級長を貫いた父であったから、もしかすると小学校の担任教員の采配で知り合ったのかも知れない(24)。

商業学校卒業後、父は大阪高校や年限三年の大阪商科大学に進学せず、関西大学法学部を選んだ理由については私の推測のみを記す。まず高校入試を回避したのは当たり前ではあった。だいたい「隣村村長の息子」ですら年限三年の大阪商科大学を選択したわけで、旧制高校や帝国大学は雲の上、夢のまた夢の世界ではあった。比較的簡単に進学できた大阪商科大学も、当時「アカ」の梁山泊として勇名を馳せていて、「アカ嫌い」の保守的な家庭は子弟を進ませなかった可能性も大きい(25)。実際に左翼アカデミズムの孤塁を守っていた大阪商大も一九四三(昭和一八)年に大弾圧を受け、マルクス主義経済学の研究者は一網打尽にされ、ここに最後の砦は落ちるわけである。ちなみに一九三三(昭和八)年、京大滝川事件で退職した末川博は大阪商大専任講師(四〇年に教授)に転じ、関西大学法学部でも民法学の講義を担当していた。父も末川教授の講筵に列し、関大時代の恩師として後年まで思慕し続け、立命館に進学した私相手に「末川先生の素晴らしさ」を語ったものであった。末川教授の執筆した『民法總則』や『六法全書』も今里時代には後生大事に保存していた。もっとも私の時代の立命館は「アカの総本山」として悪名を馳せていたのであったが、父にとってはいつまでも「末川先生」と「奈良本辰也教授」の学校であったようだ。

父の両親はキリスト教系の高等教育機関にも違和感を有していただろうから、かくて消去法で関西大学しか残らなかったのではないだろうか。後年に大阪府立大学へ統合された官立実業学校は理工系しかなかったし、さりとて京都や神戸に出向くのは今日と違って容易ではなく、高等師範も奈良に女高師あるのみであった。商科でなく法科を選んだのも、漠然と文官試験を受けるつもりであったか、商売にまったく興味もなかったか、あるいはその両方の理由からであろう。

四　戦争の残影

関西大学在学中に二六歳までの動員猶予は突然撤廃され、三年終了で繰り上げ卒業を余儀なくされた父は、人生の選択を熟慮する余地のないまま兵士になった。社会人たるの出発を記すべき年齢を戦地で送らざるを得ない運命を強いられたわけである。父はインテリでないと前述したけれど、一九三三（昭和八）年を境界線にして学校教育からリベラルな知的教養も霧消していたから、「時代の子」の一人であったに過ぎないし、日中戦争本格化以降のインテリには逆に熱狂的軍国主義者も目立って多かった（丸山眞男の言う「疑似インテリ」）。父はそのタイプの政治思想にも格別入れあげたわけでもなく、太平洋戦争勃発後の高揚感には煽られていても「義務感」程度の戦争認識しか持たなかったのではないだろうか。

戦時下に教育を受けて成長した世代にとって、「自由」や「世界」の概念的欠如は当たり前であり、良心の領域は与えられた世界観（戦争の弁明理由）を外延（演繹）して所与の事態をどこまで相対化できるか、に関わっているだろう。繰り返すが、かなり後年まで父は戦争を批判的に言及しなかったし、さりとて「聖戦」を弁明するわけでもなく、社会的義務を果たしたという以上の感慨を表明したことはあまりなかった。もちろん大卒の補充兵ゆえに同期兵中たった一人だけ大阪に残留を配慮されたにも関わらず、父は「拝み倒して」志願出征をした人であったから受動的だとばかりも言えない。ただその動機も前述したように仲間集団へのシンパシーであって、知友を失いたくなかっただけに過ぎなかった。父を動かしたのは期せずして生まれた友情であり、格好をつけて「昭和維新の歌」を高唱していても、イデオロギー的には白けきっていたと思う。そもそも父は入営初日には朝酒を引っかけていた（二〇頁）青年なのである。

あえて言えば本稿を通底する低音は捌けた実務的レポートと持ち前の文学的蘊蓄である。本稿には弁明も自己批判もなく、あたかも企業の旧中間管理者の事業報告を読む筆致に接する。戦地にあって中国古典の蘊蓄を傾けている筆致は、まさに父の面目躍如である。

戦線では蛮行を見聞し自己も加担した可能性も否めないものの（七三頁に「強制徴発掠奪を恣にした日本軍」と記している）、石川達三『生きている兵隊』のごときリアルな視点もなく、下士官の書いた部隊史観の域を出るわけでない。父は家庭で「しょせん戦争など綺麗事でない」と口癖のように繰り返したけれども、戦地で死線を彷徨った割には悲憤慷慨にかられた文面には接しない。学校時代に習い覚えた漢詩を口遊んで感慨無量といった風情で、父は兵員として中支を訪れた自分を後悔していただろう。

ちなみに父は本多勝一『中国の旅』（朝日新聞社、一九七二年）の日本軍蛮行記述も「部隊によってはありえた」と言っていたし、結城昌治『軍旗はためく下に』（中央公論社、一九七〇年）を愛読し私にも勧めていた。この点、南昌兵站以降、輜重兵第三四連隊第二中隊に編入された一八年兵の阪本楠彦氏（東京帝国大学卒）の従軍回顧(26)が、部隊の倫理的崩壊や蛮行（ただし歩兵第二一六連隊の）を遠慮なく暴露しているのと真逆である。もっとも阪本氏の叙述には中国紅軍（新四軍）への出来すぎたステレオタイプや馬事への無知も散見され、私の視点からは信憑性にやや欠ける部分もないわけではない。

ほとんど挫折と桎梏の歴史であった戦後の人生に心を留めた父は、大病後、兵員時代の「人生を燃焼させた時間」を繰り返し反芻をしたに相違ない。思えば戦場でアメーバ赤痢、マラリアに罹患して以降、病床に横たわる時間を持ったのは本稿執筆の直前だけであった。

父は戦傷を負わないまでも、本稿に記すように戦場で痔疾に罹患し、長距離の行軍から足裏に胼胝が生じて、しばしば安全剃刀で硬くなった皮膚を切り取っていた。軍隊時代に習い覚えたアコーディオンを弾いて、もの悲しい曲を弾き語りしていた夕方のひと時もあった。父は廃墟同然となった事業所の中庭でたった一人で楽曲を演奏していたのである。また父は中国で刊行された最新の地図を座右に置き、倉石武四郎『岩波中国語辞典』をことあるたびに参照していた。父の生涯にわたって交友を保った唯一の存在こそ戦友たちであり、若き日に兵士として戦った南昌周辺だけを父は再訪をしたのであった。つまり父は例外的に「何者かであった」輜重兵時代に心を停止させ、戦後長らく、そこから離れることもなかったのである。本稿も父の自己認識を正直に反映した報告として読んでゆくと、本人も腹を立てていたはずの軍隊の不合理への弁明なども素直に多くを納得できる。

ところで、父の独自な書体（「父の書跡」を参照）は戦争中に功績記録係として腕を磨いた名残ではなかったかと近年考えるようになった。本稿の原本は一種独特の律儀な書体で父の書いた草案である旨は冒頭に記したが、これは従軍証明書（口絵八頁）の書体によく似ていて、おそらくも証明書も父本人の執筆によるものであったと考える。

もし私の推定が正しいとすると、連隊本部功績係の書体で書き下ろされた本稿は、期せずして父の「戦場の形見」となってしまったことになる。八〇年代末には父は手に震えを生じて達筆を誇っていた字を書くことも不如意となり、前述のごとくワープロを習い覚え、古希を迎えて編集に携わった『輜重兵第三十四聯隊史』も手書き原稿ではなかっただろう。その頃、外国で暮らしていた私は、ぱたっと父からの書信が途絶えてしまったのを訝しく思ったものであった。

本稿を継承発展させた「遥かなり四千粁の遠い道」を『輜重兵第三十四聯隊史』に公表したのは一九九四年であったが、この文章の中でおそらく人生で初めて父は率直な戦争批判を書いた事実は前述した。それは理念的な議論でなく、残り少ない日を見つめて、ありえた別個の戦後の人生に気づいた父の自己批評と読むべきであろうか。いずれにしても「忌まわしい戦争」という文面を記した時、ようやく輜重兵第三四連隊本部功績記録係としての兵役義務から引退する日も帝国陸軍伍長・東野一雄に訪れたわけである。

（二〇一九年七月一三日、父の生誕一〇〇年記念に）

付記　本稿に掲載した父の学校関係資料は、東大阪市立玉川小学校に所蔵されている。

［注］

（1）『奈良県企業年鑑　81』、奈良新聞社、一九八一年、二六八頁

（2）慰霊碑開眼の折に参列者には配布された慰霊碑のミニチュアを父は大切にしていた。今思えば慰霊碑開眼の話題も父から聞いた記憶も私に残っている。

（3）この膨大な従軍記、戦史のコレクションは在日ハンガリー大使館の協力もあってデブレツェン大学（私の母校）に一九九五年に寄贈された。

（4）『輜重兵第三十四聯隊史』、同編集委員会発行、一九九四年、六〇二～三頁。なお旧歩兵二一六連隊は時計塔を安義市に寄贈していて、旧輜重兵三四連隊もこれに賛同し基金を募っている（同書、六〇三頁）。

（5）なお第三四連隊で行動をともにした歩兵第二一六連隊は三回にわたる中国紀行を出版している（『戦跡を訪ねて』、歩兵第二百十六聯隊戦史編集委員会、一九八一年）。

（6）注5の同書によると、南昌近郊の五房周では村民総出で大歓迎を受け、中には旧隊員を具体的に記憶している人と再会した事実が書かれている（同書七七頁）。村の風景は駐留当時と寸分も変わらないものであったとも書いている。

（7）年齢の近い（司馬は一九二三年生まれ）大阪の人でもあり、父は司馬遼太郎を愛読していた。「坂の上の雲」の連載を読むために『産経新聞』を一時期購読していたくらいで、ヴェトナム戦争についての「人間の集団について」もその観点を絶賛していた。単行本化された『坂の上の雲』は父が私に買ってくれ、日露戦争に興味を持つきっかけを作ってくれた。あの時に父から与えられた本が『竜馬がゆく』だったなら別な人生を私は歩んでいただろうか。

（8）一ノ瀬俊也『皇軍兵士の日常生活』、講談社新書、二〇〇九年、をはじめとする概説書を参照。父の愛読していた書は伊藤桂一『兵隊たちの陸軍史』、一九六九年、番町書房（新潮文庫、二〇〇八年に復刊）であった。母や知友に「入門書」として推薦していた書は相原ツネオ『兵隊さん物語』、日本館書房、一九六九年、である。

（9）井元熊男、外山操、森松俊夫など『帝国陸軍編制総覧』、芙蓉書房、一九八八年、七九頁、および五三四～五頁。

（10）小野田寛郎『わがルバング島の三〇年戦争』、講談社、一九七四年、一六～七頁。ただし小野田氏は甲種幹部候補生になったために一九四四年に久留米陸軍予備士官学校を経て陸軍中野学校二俣分校に転属される。

（11）「兵団文字符」は本稿第二部の後半に説明がある。伊藤桂一『兵隊たちの陸軍史』、新潮文庫、に収録さ

れている「主要部隊一覧」（三七三～四一八頁）に参加作戦の略歴、隷下歩兵部隊名とともに師団とその一覧がある。ネット上でも一覧は容易に検索できる（「兵団文字符一覧」http://www.fontessa.info/tsuushougou/heidanmojihu.html）。なお公文書で使用されていた事実は、国立公文書館アジア歴史資料センターに所蔵され、現在オンライン公開されている極秘文書類に見ることができる。

（12）戦闘序列に編成される部隊は臨機応変に変更される。湘桂作戦時の第一一軍の編制は防衛庁防衛研修所戦史室編『一号作戦（2）湖南の会戦（戦史叢書）』、朝雲新聞社、一九六八年、五五～六四頁を参照。

（13）以下の輜重兵の叙述は高木近雄「輜重の思想」（新人物往来社戦史室『日本陸軍兵科連隊』、新人物往来社、一九九四年所収、二〇四～二一一頁）を全体として踏まえている。

（14）知覧豊城「輜重兵第三十四連隊の特徴」（『輜重兵第三十四聯隊概史及び追想記』、前掲、二七頁、によれば「一、新編輜重兵聯隊は聯隊本部及三ケ中隊よりなり、中隊は駄挽馬聯隊二ケ中隊及自動車一ケ中隊で、従来の一般輜重兵聯隊が駄挽馬六～七中隊であったのと比較し非常なる差異である。二、右の外輜重兵第三十四聯隊には輜重特務兵（輸卒）が一名も居なかった」とある。しかし本稿を見る限り、名称はともあれ、輜重兵第三四連隊に特務卒に該当する兵士が存在したことになる。

（15）荒木肇「エリートだった輜重兵」（メルマガ軍事情報）http://okigunnji.com//2012/10/03/post-1025/

（16）これについては林譲治『太平洋戦争のロジスティックス』、学研、二〇一三年、で近年の議論を読むことができる。要するに輜重を軽視したというよりは現代戦と戦線の拡大に伴う輜重の新戦略を戦前の旧軍は総体として展開できなかったというわけである。

（17）萩谷朴『ボクの大東亜戦争　心暖かなスマトラの人達―一輜重兵の思い出―』新潮社、一九九二年

（18）知覧豊城「慰霊の言葉」、前掲、二頁

（19）この作戦は中国戦線で帝国陸軍の展開した史上最大の作戦でもあり、連合軍と対峙したインパール作戦ほど言及されていないものの、多くの記録は残されている。ここでは下士官として従軍した森金千秋『湘桂作戦』、図書出版社、一九八一年、と士官として従軍した藤崎武男『歴戦一万五〇〇〇キロ』、中央公論社、一九九九年（中公文庫、二〇〇二年に復刊）を参考文献に掲げておく。いずれも生前の父の愛読書であった。なお父の執筆参加した「湘桂作戦の概要」の一文は『輜重兵第三十四聯隊史』に収録されている。この文章を

『草蒸す墓標』編集時に父の「執筆部分」としたのは、父の字体で校正されたゲラが遺品中に存在したからである。隊史の通史部分は共同で執筆したらしく、厳密には父が中心になって共同でまとめたのではないかと推測する。

(20) Wikipedia「神島（敷設艇）」http://ja.wikipedia.org/wiki/神島_（敷設艇）

(21) 小島亮「青桐の秘密」、「小さな写真帖―私を知らない母―」、ともに本書所収。

(22) 小嶋太門「東野姓について」（本書所収）を参照。

(23) 加藤秀俊「名前の世相史」、以下は「加藤秀俊データベース」http://katodb.la.coocan.jp/doc/text/3142.html より引用する。

「いわゆる昭和ヒトケタの、とりわけ前半は、昭和の二文字のうちひとつをとった、アキラだのカズオだのがかなり多いのが目につく。わたしは昭和五年生まれだが、いまあらためて考えてみると、小学校から大学をつうじて、同級生にアキラだのカズオだのがやたらに多かったことに気がつく。もちろん、カズオは、かならずしも和夫、和雄にかぎられているわけではない。一夫も一雄もあるだろう。しかし、トップのヒロシはさておいて、二位以下をみると「アキラ、カズオ」時代が昭和三四年ごろまでつづくのである。」

(24) なおこの部分で記される「テヘランの死神」のエピソードは、ヴィクトール・フランクル『夜と霧』（霜山徳爾訳、みすず書房、一九五六年）であまりにも有名となったものである。従ってこの記述は後年の感慨である。

(25) ちなみに「アカ嫌い」でなくとも大阪商大は「危険」だと大阪では一般的に認識されていたと思う。そもそも東大経済学部の講座派マルクス主義系教授などは一九三六年の「コムアカデミー事件」、労農派グループも一九三七年の「人民戦線事件」で一斉検挙されている。京都の『世界文化』関係者の一斉検挙も同年である。いずれも父の商業学校在学中の出来事であり、大阪商科大学は（あえて不謹慎に書くと）一九四三年まで放置されていたのは「奇跡」であったかも知れない。

(26) 阪本楠雄『湘桂公路　一九四五年』、筑摩書房、一九八六年。阪本氏は一九二一年生まれで一八年入隊であるから、父よりわずかに年少である。

今里時代断片

生駒さん

私が子供時代をすごした大阪東成の下町に「生駒さん」と称する不思議な人物がいた。

「生駒さん」には勿論立派な本名が存在していたがそのニック・ネームの方が通り相場は良く、K氏という本名を滅多に聞かなかった。

さて、この「生駒さん」なる愛称の由来であるが、直接には、街の一角にあった「生駒」というスタンド酒場の名から来たらしいとは子供心にもうすうすと判っていた。しかし、熟考してみると、「生駒さん」の名前には、今少し人間臭い背景が控えていた事実に思い至るのである。

K氏は生駒の某所に家を持ち、生駒山上にも小店舗を経営されていた筈で、件のスタンド「生駒」の女主人とは婚姻関係であったとは考え難い。そして女主人は生駒出身でなかったからスタンドの命名がK氏の故郷の名に起因するという順番になり、「生駒さん」の名は結局生駒という地名に遡及されることになるのである。

「生駒さん」は、今日の言葉で言えば、マージナル・マンとも称すべき人物と言い得た。私の父親も含め小経営主層によって構成されていた下町共同体の中を彼は自由に飛び廻っていた。さらに、大阪下町の人間にとっての「化外の地」（生駒山の向う側）と頻繁に往来できる特権的な人物でもあった。「生駒さん」は、特に世間智に秀れていたわけでも、況や学があったわけでもなかったが、何かしら下町の日々に不可欠なメンバーではあったのである。

やがて父の経営する小会社が倒産すると、父は下町のインテリとして収入にもならぬ研究に没頭しはじめ一日中を家の中ですごすようになった。会社の事務室に歴史書が並べられて父の書斎と化したが、「生駒さん」はそこに連日姿を現わしていたのだった。

これも私の記憶では、父が再起を期して生駒に転居する動機を作ったのは、「生駒さん」の示唆だった筈である。私はその後数回「生駒さん」と顔を合わせたが、「生駒さん」の故郷に居を移した父は、何故か彼と会おうとしなかった。父と恰も兄弟の如く親しかった「生駒さん」は、それ故に、父に浪人時代の心労を思い出させたのかも知れない。

「生駒さん」の死は両親の生駒転居後二〜三年後の出来事だった。

「生駒さん」は慢性アルコール中毒が昂じ、一日三〇本からのビールを呑み続け、皮膚も黒変し、最晩年の相貌は凄じいものだったと伝え聞く。

「生駒さん」の死に際し父は「あんな幸福な奴はいなかった」と洩らしたきり告別式に出席した形跡もない。

野帳

バード・ウォッチングという言葉がまだ日本に存在しなかった頃、すでに私はそれに類する遊びに熱中したことがあった。むろん今日流行のそれとは違い、私の流儀はさらに単純かつ安価な稚戯に過ぎなかった。

用意するのはノートとボールペン。日常通い慣れた道をはずれたり、時には近鉄線や阪急線で遠征をしては、ひたすら鳥の声を求めてのみ歩くのだった。

当時の私は小学校上級生。灰色の街角とドブ川の大阪東成に住む餓鬼にとって、雀と鴨と鳩以外の鳥が空中の一点を占めているだけで誠に嬉しく、世界がその瞬間から異なって感取される位の大事態なのであった。

そして遭遇した野鳥（但し雀・鴨・鳩を除く）は日・時間・場所・鳥名を「野帳」と称するノートに記録してゆくのであった。

ところで、この自称「探鳥行」は自然発生的なものでも、自分で発明したものでもない。これは、当時愛読していた中西悟堂の『定本・野鳥記』（全八巻・春秋社）の圧倒的影響下に開始したものである。

中西悟堂の『野鳥記』との出会いは今でも昨日の出来事の如く鮮明に覚えている。確か一九六九年のクリスマス・イヴの日、もらった小遣いで本を買う気になり、布施ヒバリヤに行き、一階奥の最下段の棚にそれらを偶然発見したのだった。

その頃文鳥などを育てていて既に鳥に興味を持っていた私は、何かしら、この「大人の本」を欲しくなり第四巻の『鳥山河』を大枚六百円をはたいて購入してしまったのであった。

片江一丁目の家に戻り、ストーブの燃える橙色の部屋で、早速、冒頭の「八ヶ岳紀行」を読み始めた。

何しろ初めて読む「大人の本」である。多少の緊張も交えつゝ、三〇頁程を読了するのに一時間以上も費したであろうか。

しかし、これは実に不思議な経験だったのである。

私は完全に文中に自己を投下し、中西氏とともに落雷の音も聞いたし、雨にもうたれたのだった。読み終えて、ふと気がつくと、傍のストーブの音までが神秘に聞こえ、すでに夕闇の中にあった自分の居場所すら、しばし判断の外に存在せざるを得なかった。

その新年のお年玉で『定本・野鳥記』全巻を揃えたのは勿論のこと、柳田国男や金田一京助も列したという中西悟堂の「探鳥会」の趣向を真似し、即座に上述の自己流を開発したのも言を俟たないだろう。

私の記憶では、二冊目に入った「野帳」の半ばで、このバード・ウォッチングは完全に廃された。理由は明瞭である。両親が生駒に転居し、野鳥の存在が日常生活そのものと化したからに他ならない。生駒では、私が大阪にいた頃見たくてたまらなかったコゲラやコノハズクを軽井沢の自宅周辺で容易に発見できたのだった。ちょうどこの時期、大阪時代から一緒に生活していた最後の文鳥が蛇に呑まれて死に、私の鳥への偏愛も悲しみを残して消えてしまった。

柘榴石

私はある時期、憑かれたように二上山を徘徊した思い出がある。

二上山雄岳山頂には大津皇子の墓があり、山姿は丁度、前方後円墳を横から眺めた様相を示すから、皇子の霊が乗り移ったと述べても過言ならぬ熱中ぶりであった。

徘徊というのは、文字通りの謂で、必ず山頂を極める訳でもなく、毎回同じコースを辿るわけでもない。

但し起点は例外なく下田か二上神社口で、雄岳のみまたは雌岳も登頂してから竹内街道を当麻寺へ抜けるか、近つ飛鳥に向かうかという選択を主要ルートとした。この基幹行程の種々のヴァリエーションに加え、今一つ専ら屯鶴峰方面を探索する副ルートも多様に閉発していた。

さて、二上山の神妙でかつ危うい魅力は、五木寛之氏の小説『風の王国』という虎ノ巻が出てしまったので、ここで二番を煎ずる愚は避けたい。

然しながら、二上山という魔境の中に「誰も知らない小さな国」即ち、私だけの秘密の園が潜んでいたとすれば、それはある場所に埋もれていた大量の柘榴石だったのである。

地質学の専門家には周知の如く、二上山麓の某所に巨大な含柘榴石黒雲母安山岩の摂理が聳えている。

この摂理は風化作用によって形成されるから、摂理から剥脱した柘榴石は必ずどこかに落下し、比重の原理で、割合一定地域内に堆積してゆく訳である。

私は、とある目立たぬ場所に、その巨大な堆積層を発見し、以後、何度この宝島に足を運んだか判らない。

堆積泥より柘榴石を分離する方法も鉱山技術概説風の書物を読んで開発した。

緩慢な傾斜に水を断続的に流し込む装置を作り、一定量の堆積泥を加えてゆくのである。

含柘榴石黒雲母安山岩を構成する何れの鉱物よりも柘榴石の比重は大きいから傾斜の一番内側に、純度の高い柘榴石のみを残留させるという工夫である。

こうして獲得した大瓶一杯の大粒の柘榴石は、今は生駒山の土と化し私も高校一年の一九七二年四月二九日以降、二上山を訪れていない。

Y会

私が大阪下町の中学一年生だった頃、Y会という奇怪な結社を起こした思い出がある。

Y会と書いてイットリウム会と読み、会員はIとSと私のたった三人だった。

この不思議な名称は、一部の人には即座に想起可能のように、元素番号第三九番に由来するのであった。

会務内容は、凡百の中学生には絶対に読破不能と思われる自然科学書を読み、或いは読んだふりをして、科学用語で武装した神秘的なジャーゴンを話し、精神的貴族たることを矜恃する戯れに止を刺していた。

私を除く二人は、学業秀逸を以て聞こえていた事実も与って、他クラスからさえ入会申し込みがあったがその希望は決して叶えられなかったのである。

さて、この小規模なフリー・メーソンの成立過程を再考してみて次の点に気づいたので是非とも記録しておこう。

まずIとSと私の三人は元素一〇三箇（当時）の名称と略号を完全暗記していて、かねてY（イットリウム）という一寸人を食った名称を贔屓にしていたこと、三人とも鉱物学に旺盛な興味を示し、それぞれ鉱物コレクションを蓄積してた経緯である。

そう言えば、Y会は休日を利用して近郊の鉱山廃坑や捨石場に遠征もした（むろん各種ハンマーやクリノメーターなどの道具建ても完備していた）し、大阪府庁の鉱山管轄課に接触を試みたりもしていた。

Mという三分の風狂心を持つ理科教師の扇動に乗って鉱石をカーボンランダム研磨し、顕微鏡用の剥片標本を作成して学校に寄贈したボランティアも行なった。

Y会は一年ならずして自然消滅した。IとSは学業に専念を始め、逆に私は「歴史」という新分野に目を啓かれつつあったからである。

とは言え、消滅後もY会の名前は校内で伝説的に語り継がれ、その後も長く会の存在について照会を受けた事実を付記するに吝でない。

第Ⅱ部

岩田町界隈。亡き父母の若き日の残影を今も見る。
小津映画の舞台を彷彿とさせる。

温もりの理由　～ちぎり絵と出合えて、幸せでした

聞き手◎倉橋みどり

きっかけは「たまたま」

――二冊目の作品集となる『はなほほえみて』の出版、おめでとうございます。「ちぎり絵」というと、余白の多い、子どもの貼り絵のような作品をイメージしていたので、小嶋さんの作品を初めて拝見したときは驚きと感動がありました。

小嶋　まるで油絵みたいでしょ。以前も友人が作品展の会場に来てくれて、最初はどこにも、ちぎり絵なんてない、おかしいなあと思ったって言うてました（笑）。絵画展かと思ったそうです。

――近づいてみると、こまかくちぎったいろいろな色の和紙が何重にも貼り重ねてあるのがわかります。和紙をまるで絵の具のように使って、建物や草木などを描いていらっしゃるんですね。

小嶋　微妙な色合いとか、絵の具では出せない立体感や奥行きを出せるのが一番の魅力だと思います。

――ちぎり絵との出合いはいつ頃でしたんですか。

小嶋　四〇代に入って、子どもが大きくなったし、結婚前に小学校の教師をしてたので、思い切って再開したんです。そのときの同僚に、公民館にちぎり絵を習いに行くけど、一緒にいかないかと誘われたのがきっかけでした。軽い気持ちで、仲間に入れてもらって…。

――前から興味があったわけではなくたまたま。

小嶋　そうたまたまです。でも、実際にやってみると、ちぎり絵って楽しいなあ、私に合うなあと思いながらやってました。

――それからずっと今まで続けてこられたのですか？

小嶋　いえいえ。しばらくやって中断してました。定年退職してから、ちょっと時間ができて、何か始めてみてもいいかなと思ってたとき、偶然新聞の広告を見たんです。そしたら、奈良老人大学で「ちぎり絵教室」があるって出てましてね。へえ、ちぎり絵だったら、前やったことあるし、これいいなあと思って、さっそく通い始めました。

――少しブランクがあって、再開されたんですね。

小嶋　そうです。昭和六一年のことで、このときの講座は一年間だったんですけど、やっぱり楽しくて。講師の平井嘉子先生（奈良和紙絵の会主宰）に、「辞めないで続けたいんですけど」とお願いして、先生のお宅で教えてもらうようになったんです。そこでだんだんコースも上になって、師範のお免状もいただきました。

――小嶋さんもどこかでお教室を開いておられたんですか。

小嶋　教室というほど大げさなものじゃないんですけど、以前入居していた、メディカルホームグランダあやめ池というところでしばらく教えてました。ボランティアですけど、月二へんくらいで。今は体調を崩してちょっとお休みしています。

――学校の先生をなさっていたから、教えるのはお手の物でしょうね。

小嶋　そんなこともないんですけどねえ。スタッフがみんな助けてくれますしね。やり方を説明すると、あからさまにめんどくさそうな顔する人もいたりしてねえ。でも、手伝いながら作ってもらって、できあがると、そんな人でもやっぱり喜んでくれます。自分のお部屋にちゃんと飾ってはりますしね。

感動した風景を描く

――ちぎり絵の作り方について詳しく教えていただけますか。まずはどんな絵柄を決めるところからでしょうか。

小嶋　風景の作品がほとんどなのですが、この絵柄は写真をもとに作っていくんです。ただし、写真なら何でもいいんじゃなくて、自分で撮った写真でないとだめなんです。

――いくら作品としてすばらしくっても、知らない人が撮った、行ったこともない場所の写真ではだめなんですね。

小嶋　それはもう、うるさく言われます。ある方が、有名な写真家の作品をどうしても使いたい、写真家の人の許可ももらったとおっしゃったんですが、結局先生からお許しが出ませんでした（笑）。自分が実際に見て、そして感動した風景でないとだめなんだということですね。

――なるほど。まずは目の前の風景を、自分の感動で切り取る作業を大切にされているのですね。自分自身が感動した風景であればこそ、作品にする意味が出てくるというわけなんでしょうね。

小嶋　ほんまそうですわ。ちぎり絵って、作る過程は、ほんまに面倒なんですよ。（実際に薄いピンク色の和紙をちぎってみせながら）例えば桜の花のような小さな部分に使うんだったら、こうして目打ちでひっかくようにして、和紙をこまかくこまかくちぎっていって…。

――まるで糸くずみたい。こんなにこまかくちぎるんですか。

小嶋　これがぎょうさん要りますから。まあ、ちぎる作業自体はテレビを見ながらでもできるんですけど、ちぎった和紙は、こんなふうにふわふわっと軽いでしょ。だから、ちぎった端から、きちんと箱に入れておかないと、服の端についてトイレでもどこでもついてきます。あんなにちぎっておいたのになくなったとがっかりしたり、かと思えば、思いがけない場所から出てきたりってこと、ようあります（笑）。

――今回の展覧会（第21回　奈良和紙絵の会　会員の創作展）に出展された「奈良公園の茶店」は三〇号です。作品集『にほひ　たまゆら』を拝見しても三〇号が多いですね。三〇号といえば約91㎝×約72㎝。このサイズの作品を仕上げるのは大変なご苦労ですね。

小嶋　病気をしてからは出かけることが少なくなったんで、今回は特別に友達のご主人が撮った写真を使わせてもらいました（笑）。この写真を拡大していって、三〇号だと六分割にして、六分の一ずつ貼っていくんです。さきほどのようにこまかくちぎった紙を貼り重ねていく部分がほとんどですが、もう少し大きめにちぎって重ねることもあるし、髪の毛とか暖簾なんかは和紙をこよりにして貼りつけていくんですよ。障子とか格子とかはカッターで切ってシャープな線を出した

ハンガリーの学生にちぎり絵を教える。

り。はさみは一切使いませんけどね。糊も調節しながら作ります。手間はかかりますわ。年に一度の作品展に毎年二点出してきたんですが、二点仕上げるのに一年はたっぷりかかります。

——根気がいりますね。

小嶋　だから、途中でイヤになったりもするんですよ。なんでこんなんにしようと思ったんやろ、もっと簡単なんにしとけばよかったあとか…。挫折感っていうんですかねえ…。もうこれは作品作るときは毎回、必ずあるんです（笑）。ほかの人もみんなあるみたいですけど。

——そういうときはどうなさるんですか。

小嶋　悩んでるときはいったん作業を止めて、作りかけの作品は壁に立てかけておくんです。裏向けてね。

——裏向けて、ですか。

小嶋　だって、前を通るときに目に入ると、あれやこれや気になってまた悩んでしまいますでしょ。そのうちちゃっとヤル気が出てきてまたとりかかって。そうして、完成したときは、それはもう、うれしいもんですよ。出来上がるのは最高の喜び。

——ちぎり絵を再開されてから二五年間。四半世紀続けておられても、やっぱり完成の喜びは変わらないんですね。

小嶋　そりゃあもう。ちぎり絵やってて一番楽しいのは出来上がったときの喜びです。ああ、やってよかったあって、毎回思います。

——時間に余裕ができて何か始めようと思っても、なかなか自分に合った趣味に出会えない人も多いと聞きますが、小嶋さんはちぎり絵に一発で出合えてお幸せでしたね。

小嶋　ほんまにそう思います。たまたま出会ったんですから。ラッキーでした。

来し方を振り返って

――少しちぎり絵からは話が逸れるのですが。せっかくなので、来し方のお話を少し聞かせていただけますか。ご出身は名古屋なんですね。

小嶋　ええ。でも、三歳までで、それからずっと今里（現在大阪市東成区）ですから、名古屋のことは全然覚えてません。親が戦前から真鍮でファスナーの部品を作る工場（ユニオンチャック工業株式会社）をやってました。輸出なんかもしてね、けっこう手広くやってたんですよ。大手メーカーができてからは全然あかんようになりましたけど。私、二人姉妹の長女なんです。でも、父親は、幼い頃から、工場を継いでくれてもいいし、継がなくてもいい。どっちでも自分の好きなようにしたらいいで、と言ってくれていました。

――成績優秀で大阪第一師範学校に進学なさって、教職に就かれました。

小嶋　当時、師範学校を卒業したら、どこかの学校に入らないといけなかったんです。それで私は、田中千代洋裁研究所に入学しました。兵庫（当時・兵庫県武庫郡本山村・現在の東灘区岡本）にあって、二年ぐらい通いましたよ。

――服飾関係のお仕事をしたいと思っていらしたんですか。

小嶋　洋裁が好きだったんです。いつか自分で小さな洋服店でも持てたらなあと思ったりしたこともありました。でも、戦時中に小学校に勤めだして、戦後すぐに縁談がきて。

――ご主人（故・小嶋太門氏）とはお見合いですか。

小嶋　当時、今里というところに住んでて、主人も同じところにおりました。私の方は主人のことを知らなかったんですけど、主人の方は私のことをよう知ってたみたいで…。近所に住んでた伯父と主人が知り合いだったので、あるときその伯父を通じて話がありました。

――きっと密かに思いを寄せておられたんですね。

小嶋　さあ（笑）。主人は四男坊でしたから、養子に入って、うちの工場を継いでもいいと言ってくれまして。さっきも言ったように、うちの父は別に継いでも継がなくても好きにしていいと言ってくれてはいたんですけど、私としては継がないのはしのびないという気持ちがあったんです。それで、結婚を決めたんです。

――どんなご主人でしたか。

小嶋　案外気むずかしい人でした。ワンマンで…。私、しょっちゅう、「(主人は) 大正生まれの明治育ちや」って言うてましたもん(笑)。言いたいこともよう言いませんでしたしね。あんまり言うたら、返ってくるもんが大きいですもんね。

――でも、よく一緒に旅にはおでかけになったそうですね。

小嶋　そうねえ、年いってから、あちこち一緒に出かけました。海外は主人と一緒に行ったことなかったですけど、国内は北は北海道網走から、南は九州の高千穂まで行きました。主人は、鹿児島の知覧へは一度行きたいと言うてましたけど。方々で、私がこの風景がいいなと言うと、うまいこと写真撮ってくれて。だから、私の作品はほとんど主人の写真から作ったものばっかりです。例えば、二〇〇二年の「軒先の藤」もそう。これは、飛騨にいったとき、通りがかりに雰囲気のいいおそば屋さんがあって。なんともいい感じやなあと思ってじっと見てると、軒先に藤棚があるんです。花の時期とは違ったので、すぐには気づかなかったんですけど。藤の花が咲いてる風景をどうしてもちぎり絵にしてみたいと思って、二度目に出かけたときは時期がほんのちょっとずれてて、今度こそはと「もう藤は咲いてますか」と電話で確認して。結局夫といっしょに三度も通いました。

――軒先に藤が咲くお店なんてめずらしいですね。ここは、おそばもおいしいんですか。

小嶋　そういえば、藤の花に気をとられて、一度もこのお店でおそばを食べたこと、なかったですわ。お店の人、きっと呆れてはったでしょうねえ…(笑)。

――それも楽しい思い出ですね。作品の一枚一枚に、その風景と出合ったときの感動と思い出、そして、その作品を作り上げるまでの苦労と完成したときの喜び…。さまざまな思いがこもっているからこそ、小嶋さんのちぎり絵には何ともいえない温もりが宿っているのかもしれませんね。

◎倉橋みどり氏はNPO法人 文化創造アルカ理事長。奈良市観光大使。

東野姓について

小嶋太門

河内国若江郷岩田村十七番屋敷
東野氏略系図

家紋　丸ニ剣片喰
菩提寺　浄土真宗本願寺派教岸寺
元は真宗興正寺派

（東野氏）
左七
文化十年生？
明治三・三月歿
享年五十八歳
（1813―1870）

長男
太右衛門（1839―1913）
戸籍名、太七　通称太右衛門ト称シタガ
明治三年、旧国名官名禁止令ニ依リ太与門ニ改ム、
ノチ戸籍名ヲ太七トス
天保一〇・一一・一五生
慶応三年妻ミキヲ娶ル
明治三・四・一三家督相続
大正二・五・一九歿
享年七十五歳

（大西氏）
直七
若江郡菱江村

長女
ミキ
天保一三・七・一〇生
菱江村大西直七長女
明治四二・一〇・八歿
享年六十八歳
妹ハ武井儀右衛門妻

長女
タケ
明治二・五・二六生
楠根村橋本氏ニ嫁ス

- 長男 浅吉
  - 明治四・一二・一六生
  - 昭和十七年歿
  - 享年七十二歳
- チウ
  - 明治一二・一二・四生
  - 川上民蔵妹
- 次女 ノブ
  - 明治八・三・二二生
  - 岩田村田中氏ニ嫁スモ
  - 死別ノチ森岡氏ヘ後妻
- 次男 太三五郎（1878—1943）
  - 戸籍名、多吉
  - 明治一一・九・二四生
  - 明治三一年、辻本ウノト婚姻
  - 明治三七・九・二一岩田村八六九番地ニ分家（後二二番地）
  - 昭和一八・四・一四歿
  - 享年六十六歳 法名 釈多信
- ＝ウノ
  - 明治一二・七・一七生
  - 辻本岩吉長女
  - 昭和四八・一一・二一歿
  - 享年九十歳
  - 法名 釈尼妙相
  - 家系ニ就イテハ別掲

（太三五郎・ウノの子）

- 長女（谷内氏） ツネ
  - 明治三三・三・一六生
  - 谷内為太郎に嫁ス
  - 平成元・四・六歿 九十歳
  - 法名 釈尼妙常
- 次女 ノブ
  - 明治三六・六・一五生
  - 大正九・六・二二歿 十八歳
  - 法名 釈尼智信
- 三女（黒瀬氏） クニ
  - 明治三七・一二・四生
  - 広島県士族黒瀬善一ニ嫁ス
  - 昭和四五・七・二〇歿 六十七歳
  - 法名 釈尼
- 四女 ヤスエ
  - 明治三九・五・二六生
  - 大正一〇・一一・二〇歿 十六歳
  - 法名 釈尼妙安
- 長男 竹三郎
  - 明治四一・三・一〇生
  - 岡島ヒサエト婚姻
  - 昭和四一・五・一五歿 五十九歳
  - 法名 釈竹念

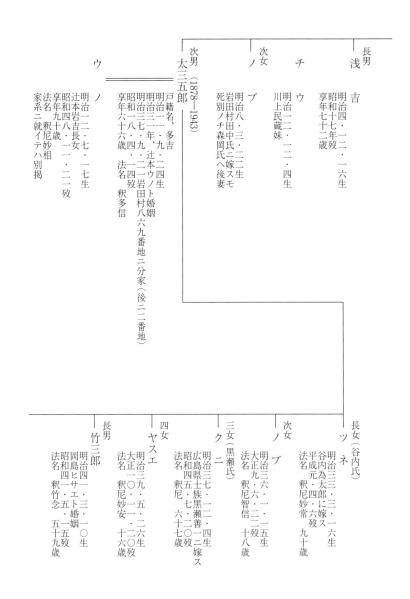

東野姓について

日本人の総ては中世の頃まで、それぞれ「何の何某」という、れっきとした苗字と名前を必ず持っていた筈である。それが江戸時代、徳川氏の天下掌握と共に、帯刀することと、やたらに苗字を名乗ることを禁止した。いわゆる武士のみに許された「苗字帯刀」という身分制度である。その外は特に幕府から認められた医師、学者、郷士等、ひと握りの階級のみに許された特権で、村の庄屋でさえ公称することが出来なかった。まして一般の百姓、町人に於いてはいうまでもなく、侍でも帰農すればこれを使うことは出来なかった。

この「法度」が出されてより二百数十年の江戸時代を通じ、幾らか生活にゆとりのあった庄屋や町役人クラスは、その苗字を忘れずに明治維新を迎えたと思われるが、多くの百姓、町人は、それぞれ家運の盛衰に左右されて、いつしか由緒ある自家の苗字さえ忘れ去ってしまったというのが実情であろう。

明治三年九月、これより百姓、町人も苗字を名乗っ

五女 ミネ
明治四三・八・一九生
明治四五・六・三歿
法名 釈尼 三歳

六女（北埜氏） ミネ
大正元・八・三〇生
北埜松太郎ニ嫁ス
平成三・五・二五歿
法名 釈尼妙楽 八十歳

次男 兼松
大正三・八・二〇生
今田キクエト婚姻
昭和五五・四・一九歿
法名 釈浄兼 六十七歳

三男 良蔵
大正五・九・一〇生
山本春子ト婚姻
昭和六〇・一・一三歿
法名 釈浄良 七十歳

四男（小嶋氏） 太門
戸籍名 一雄
大正八・七・一三生
小嶋十三子ト婚姻
瞭前院俊岳古心居士

七女（稲葉氏） 芳子
大正一〇・一二・一〇生
愛媛県士族稲葉米造ニ嫁ス

（没年ハ数ヘ年）

てよろしいという、太政官布告が出された時庶民は皆慌てて、いい加減な苗字を新しく作ることとなった。これが明治新姓である。

我が家の東野家の姓［正しくは名（苗）字］も御多分にもれず、この時、急遽つけられた苗字で、それ迄村の中心より東に住んでいて（石田家の斜め前、村中氏の住居地）通常「ひがんじょ」と呼ばれていたところから、東野氏を名乗ったと聞かされている。

それ故に単純に創成されたこの姓から、先祖を捜し当てることは無意味なことだし、本当の先祖に行き当たらないだろう。

勿論、実際に東野氏を名乗る武将はいたことはいた。古いところでは、桓武平氏佐竹氏の族で、常陸国那珂郡東野邑より出た、石塚宗義四世の孫、越後守義親、その弟東野六郎義永より代々東野氏を称したという。また、小瀬義益の長子行義、東野氏の祖ともあり。同じ桓武平氏の千葉一族で、室町時代、東時常の後にして其の子常顕―師氏―益之―下野守常緑に至り東野氏を称したという。

一方、新しい時代では戦国初頭、近江半国の守護京極家の被官で近江国伊香保郡東野邑（木之本町の北方五キロ、北国街道沿い）より出たとされる、東野道義、同東野左馬之助がいる。秀吉の「賤ケ嶽の戦」で秀吉方の武将堀秀政の拠った「東野山城」（余呉湖の北東三キロ）、道路を挟んでその前の丘陵「堂木山城」（木下一元が守将）は共に東野氏累代の城といわれ、「堂木」とは道義の名を「どうぎ」と呼んだものである。今に湖北の古城址として残されている。

浅井氏によって滅ぼされたと云い、その子孫についてはよく分からない。

以上の東野氏のどれか一つでも我が家の家系に繋がるものがあるならば、これ以上の僥倖はないのだが、それは望むべくもない無理な話であろう。

太右衛門　名《めい》のこと［兵衛と衛門について］

祖父、太七は（世代によっては曾祖父または高祖父）通称を太右衛門と称していたが、明治三年十一月、「国名並ニ旧官名ヲ以テ通称ニ相用候儀被停候事」という太政官布告に基づいて当地の堺県庁も翌四年正月三日、旧国名（河内、武蔵、播磨等）と共に何兵衛、何衛門を始め、助、佐、介、佑、進、蔵、の旧官名の使用を禁止する触書を出し、速やかに改名すべき事を通達したのである。

ここに於いて岩田村でも他村の例に倣い、何兵衛であった者は「何平」に、何右衛門は「何与問」と云う字は異なるが、音韻が同じ名前に変更した。すっかり名を変えてしまった人もあり、四郎右衛門を単に四郎と改名した人もあったりで、「何平」「何与問」とした人々は今迄呼び習わしていた名前が捨て切れなかったのであろう。

子供の頃、どこで見たのか兄から「祖父の名前は見慣れない面白い名前や」と聞いたことがあった。これが「太与問」である。

以上のようなことから太右衛門も太与問に改名し、改名せざるを得なかった経緯がよく分かる。のち戸籍法の施行によって、父の名「佐七」に倣ったのか「太七」という名に改めている。

しかしながらこの改名騒ぎは数年を経ずして各府県に於いて、営業取引上甚だ不便だという陳情が相次ぎ、一部の県ではなし崩しに改められたが、堺県令の税所篤は、至極実直な旧薩摩藩士で他県の模範となるべく頑として認めなかった。これがもとで、その後他府県では禁止文字の名が使われていても、大阪近辺では極く少数の人々を除いておよそ使用されていない。岩田村に於いても昭和初期まで厳重に守られていた事実がある。

この何兵衛、何右衛門については、次のような面白い話が伝わっている。

隣村若江郡長田村（現東大阪市長田）に残されている明治四年の古文書によると、代々同村の庄屋役を勤めて来た四郎右衛門という人がいる。世々四郎右衛門を襲名して明治に至ったのであるが、明治三年の禁令により、止むなく、やはり「四郎与問」と変えた。

同村では、村を開いた草分百姓だけが「右衛門」を名乗ることが許され、後からの入村者は、「兵衛」名しか名乗れないという古来からの村法があった。宝暦五年「兵衛」筋の者が経済上の向上から勝手に「右衛門」名を名乗ったことから訴訟沙汰になり、代官所に訴えて原告勝利の裁定を得ている。

今から考えれば、一笑に値するこのようなことも、当時村を挙げて厳然として守られ、襲名を通じ代々家名として明治まで伝えられて来た。同村の人々にとって「右衛門」の名は極めて重みのあるものであったのである。

そこへ思いがけない新政府の禁令は、村の人達にとってまさに青天の霹靂であったと思われる。しかし、お上の命に背くことも出来ずさりとて大切な「右衛門」を捨てきれず、衛門と読みが同じである文字「与問」を当てたのである。

一方岩田村ではどうであったのか。残念ながら残された史料がないので何とも言えないが、長田村と似たようなことではなかろうか。


私は子供の頃、人一倍の「わるさ」（悪戯者）であった。よく悪戯を見つけられ「どこの子や……」と怒鳴られ「東野や」と言うと、「ああ、たよさんとこの子か」とそれ以上何も言わなかった。子供心に「たよさんって偉い人なんかなあ……」と。

こんなことが二度、三度あって、一体「たよさん」て誰のことやと父に聞いて、初めて祖父の名前であることを知った。

「たよさん」というこの奇妙な名前は「太右衛門」から「太与問」に改名した後の名が呼び名となったものであろう。

この「太与問」と義兄弟（妻同士が姉妹）で私の名付け親でもあった武井儀右衛門さんも「儀与問」と改め「ぎよんさん」の名で呼ばれていたのが記憶に残っている。

村では通常、名前を呼ぶのに「どこそこの誰々さん」のさんづけを始めとして「はん」「ちゃん」「やん」と幾通りもの呼び方があった。このうち「さん」づけは多分に尊敬を込めた敬称であったろうと思う。以下段々親しみと、心やすさを表す呼び方に変わって行くようである。

このようなことから見ると、この「太右衛門」という人は貧乏ではあったが、何かしら人々から愛され敬慕された人ではなかったか。

村には現在この人を知る古老も少なく、今は遠い昔話に似て詳しく知る術もないのが、一入残念に思えてならない。

合　掌

女学生のアルバム

小嶋十三子

「小さな写真帖」
（九〇～一二九ページ参照）

スマシタ人
ウレシサウナ人
谷口先生離別ノ心境
考ヘルトモナク モタレタ土塀カナ
若イ人 今ニモ笑ヒサウ

奈良ニテ
二〇・十一・三
岡島 乾
松 森田
木下 吉岡
西谷 栗田
意岐部乃残もかげ
1944〜19
羽織・袴デ スマシタトコロ
二一・一・二

仲ヨシ子ヨシノマドヒ
サスガハ木ヨリモ細イヤ!
谷口先生満点ノポーズ
静ナ春ノ真昼ノ一時
スマシタ顔!顔!!
大キイ顔、ウレシサウナ
ズラリト並ンダ顔、顔、
"先生デ候"ノ御両人
1944. 吾等ノ"組長サン"ノオモカゲ

卒業後ノ顔
無邪氣ナ女學生

昭和十九年度卒業生

18. 9.
二三才
乾芳子先生
20.

作業の一休み
18. 12. 20
女子部球庭にて
19. 5. 2
うれしそうな顔
盧載淑さん

18.12.21
二組のグループ
18.12.20

習字研究の
狩田先生
河井先生を囲みて昼の一時
一八、十二、二一

滝美学校教生のおもひ出
十八・十一・十二

加美國民學校

卒業式の日

第一師範学校
諸先生方の面影
19. 3.

37
加美国民學校 一年一組 田村学級 18. 7
遠足. 本校―龍田―奈良.
井上清次君
一年生

二見ヶ浦にて 二年二組参加者
18. 7. 14
二見ヶ浦
二見ヶ浦
18. 7. 15

卒業生を送る日 校庭にて 一年生
伊勢二見ヶ浦にて
18. 7. 11
臨海学舎 二見浦にて 中三班
18. 7. 13.

東京聖徳絵画館にて　一年生
帝室博物館前にて　一年生

宮城二重橋前にて
明治神宮にて

鎌倉鶴ヶ岡八幡宮にて 昔をしのびつゝ

江ノ島 雲峰高しと望み 乃木大将銅像の前にて

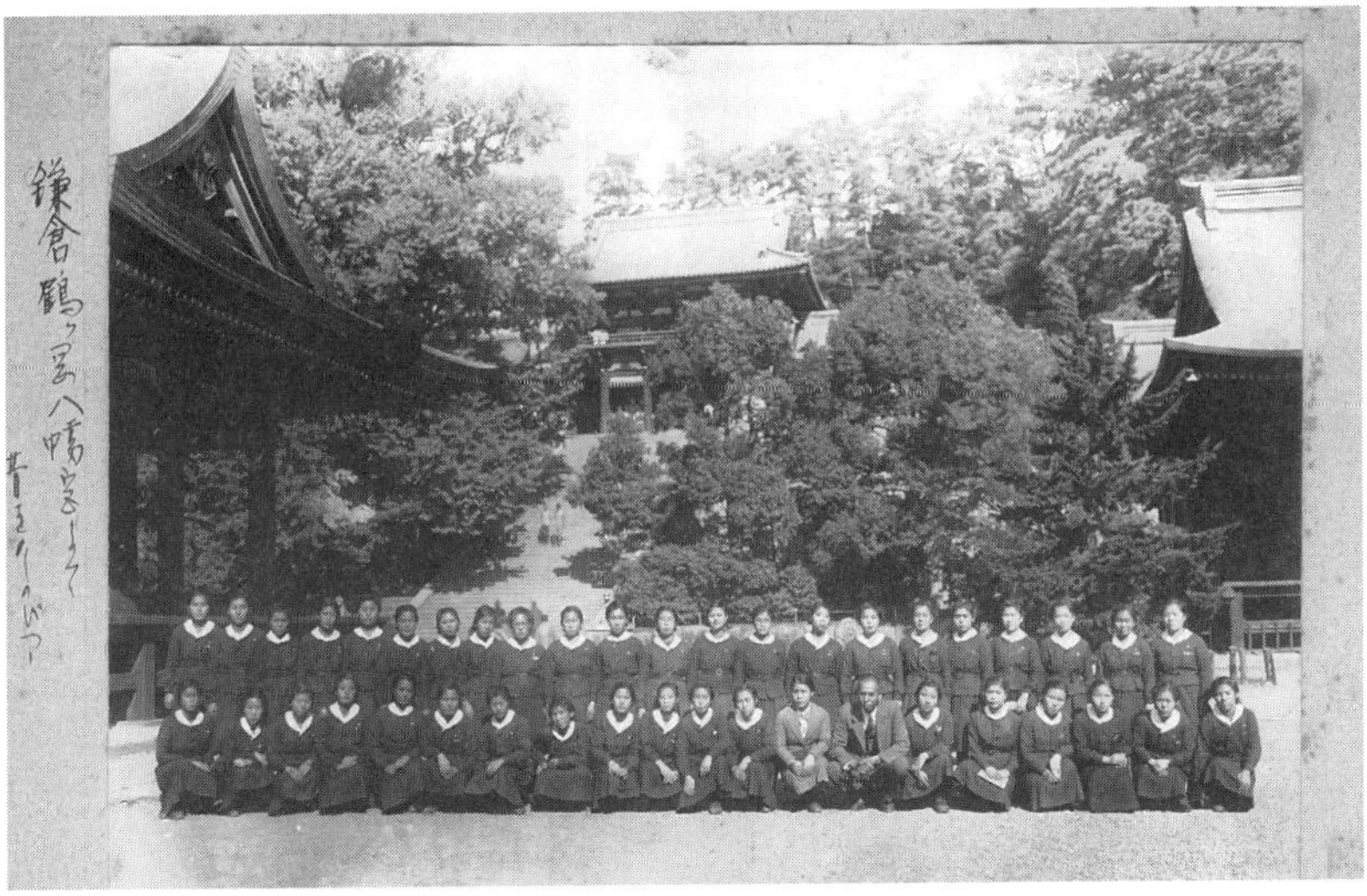

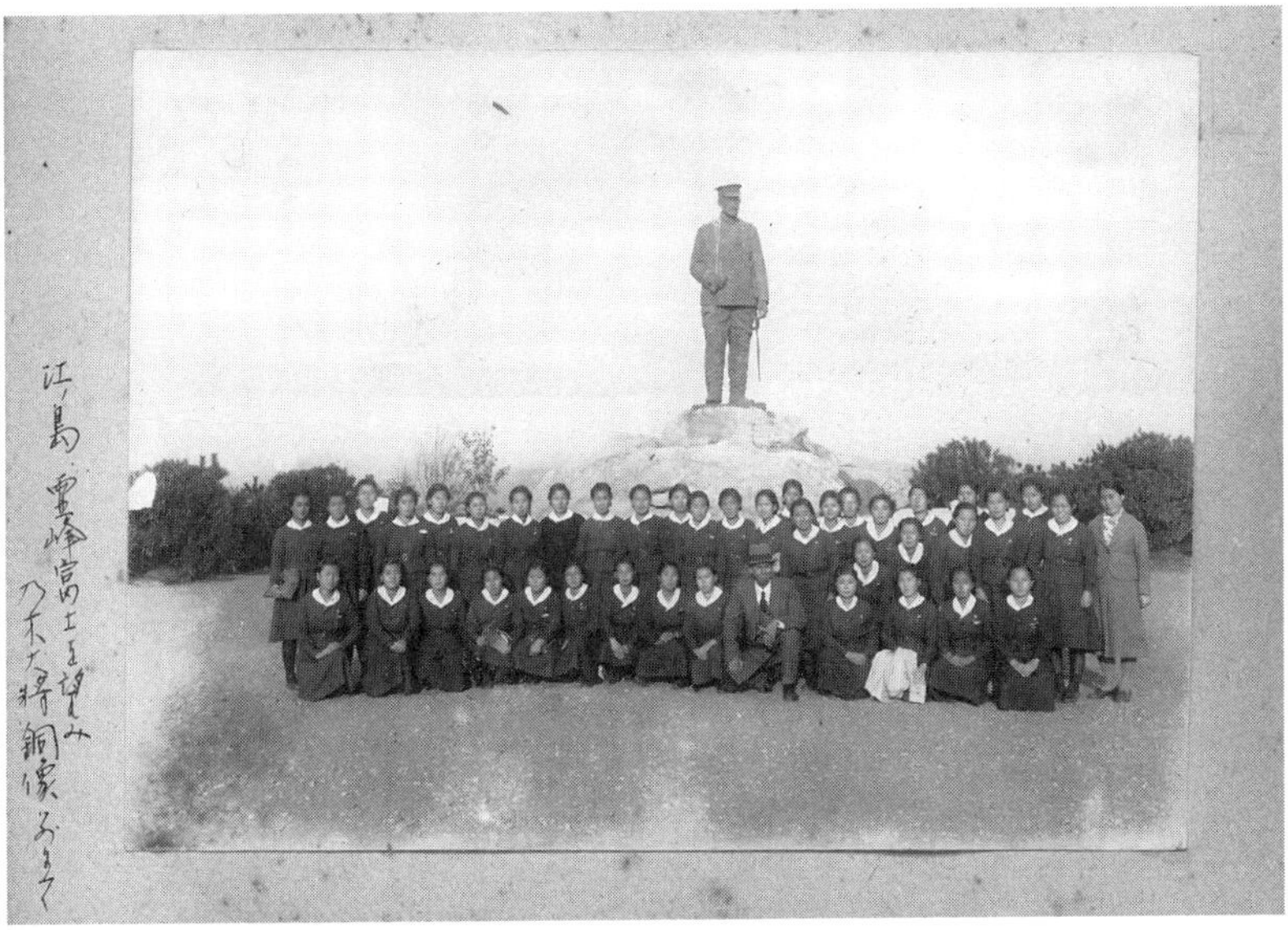

運動会、全員
17. 10. 10.
二見ヶ浦にて
外海先生
柴田先生
佐藤先生
夏目先生
川西智恵子さん

二見ヶ浦にて
一七・七
二見ヶ浦紅葉館にて 左 故稲田節子さん
17.7.
二見ヶ浦紅葉館にて
一七・七

大阪女子師範学校入学記念写真
大阪の
師範生として

学級寫真
五年桜組

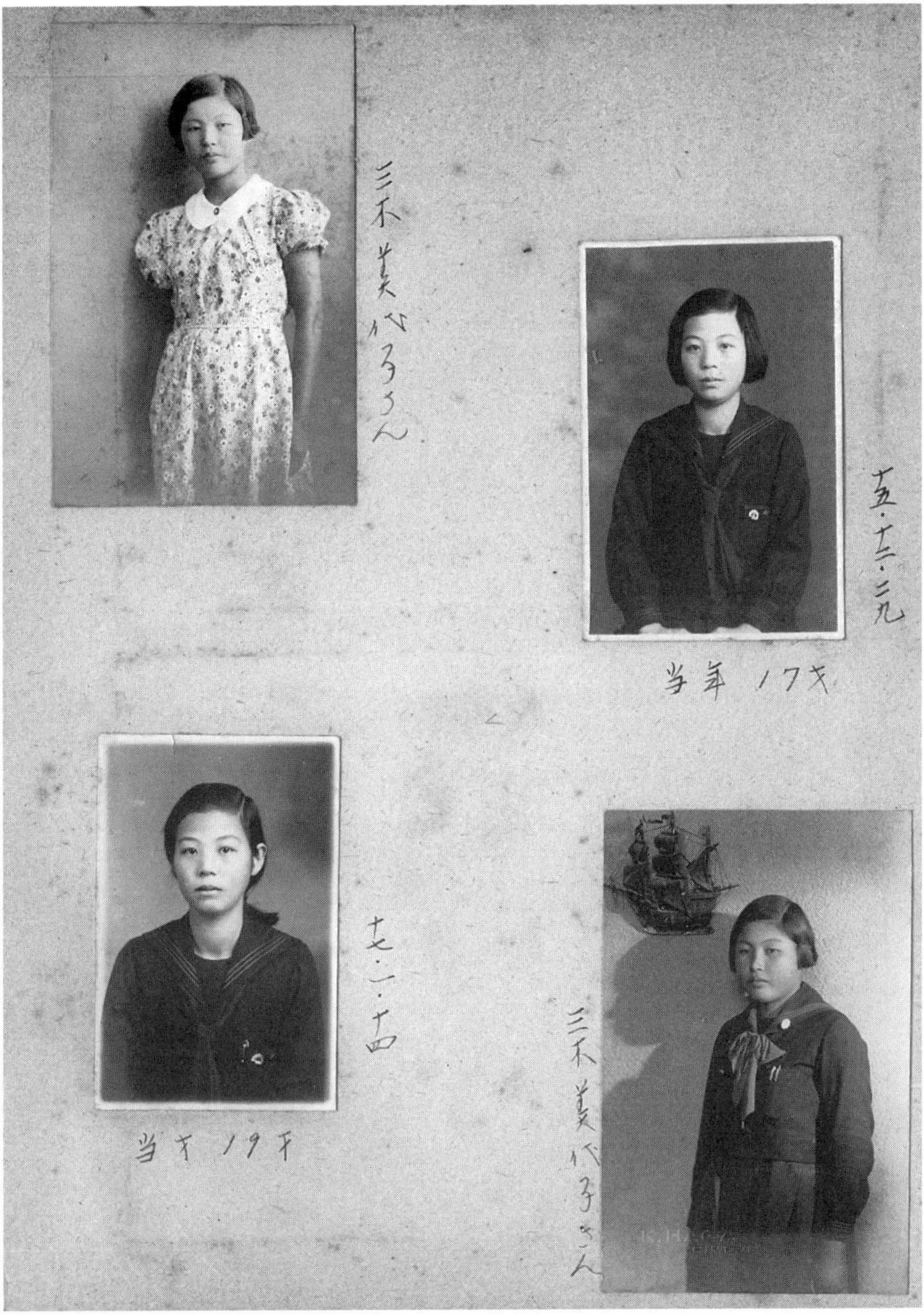
三木美代子さん
五・十二・二九
当年 17才
七・一・十四
三木美代子さん

須磨旅行
一六・四・二八
伊勢修学旅行
一六・一一・十四

須磨寺にて
第一回樟風会總会
十七・五・二十三

優勝せし品々を囲みて　五年生
16.11.8
名古屋稲沢山内宅にて
英語教室にて　五年生
17.3.11

嬉しそうに何を見てるの？
"神風の鉢巻"
可愛いゝ笑顔

杉田志津子さん

四年生

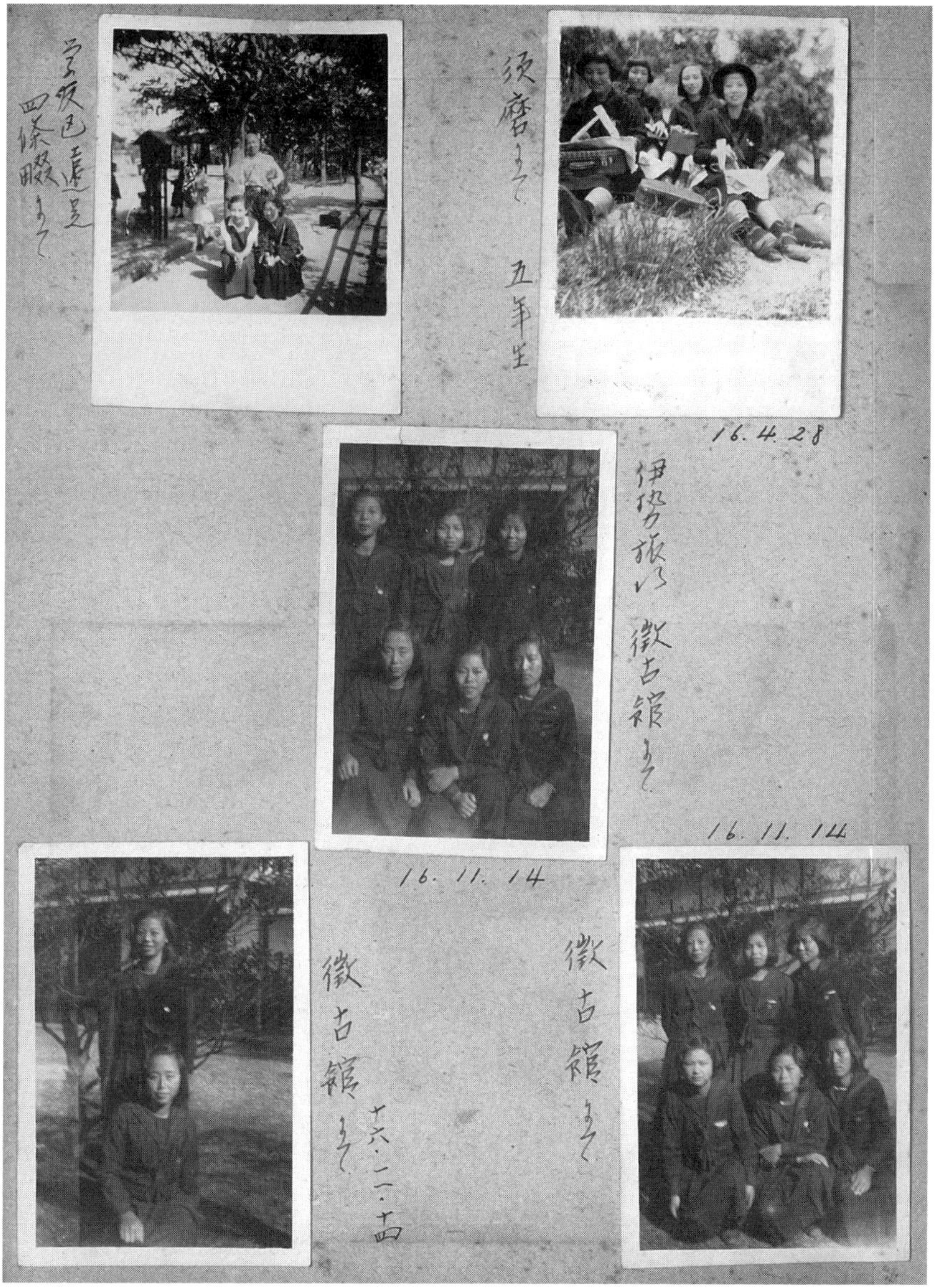
須磨にて
五年生
16.4.28
伊勢旅行 徴古館にて
16.11.14
16.11.14
徴古館にて 十六・一一・十四
徴古館にて

杉村・中屋先生
杉村治子先生
金子先生
夏季錬成会
五年生
16.8.1
競技会 五年生
松井先生
16.11.20

第五回校内体育大会
五年生
一六・十・二八
競技会
第四回桜・桃
五年生
一六・二・二。

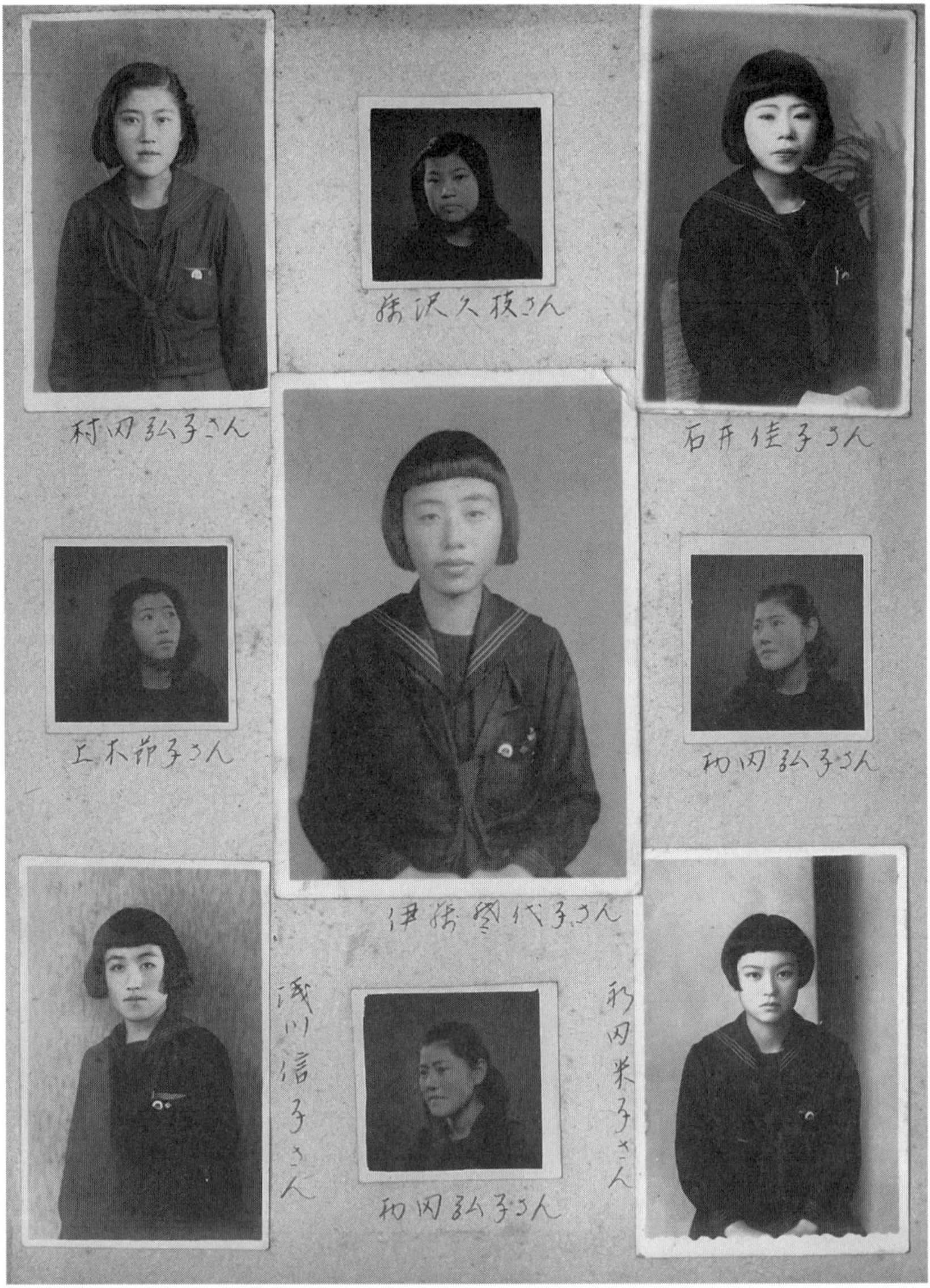
村田弘子さん
石井佳子さん
上木節子さん
和田弘子さん
浅川信子さん
和田弘子さん
和田米子さん

伊勢参宮修学旅行 宇治橋にて
伊勢参宮修学旅行 松阪にて
一六・一一・十

河内堅上の家まで
四年生
法隆寺まで、
五年生
一六・九・二七

第三回体育大会 "綱引き"
14. 11. 2
二上山上にて 一年生
宇治浮島にて
大阪朝日新聞社
15. 1. 20

四年生水泳
甲子園にて

学級寫眞
四年生

吉野如意輪堂にて
三年生
14.10.19

祈武運長久
祈國威宣揚
吉野藏王堂にて
三年生
14.10.19

14. 11. 2
一四・一一・二
一四・一一・二

多武峰遠足
三年生
14.5.1
橿原外苑勤労奉仕
三年生
14.10.2

三年生水泳 甲子園にて
宇治鳳凰堂にて 二年生
13. 4. 30.

学級寫眞
三年

入学記念寫眞
一年梅組
歡喜と希望に充ちた

出典一覧

学園前と白浜―前書きにかえて―　本書初出

歴史なき街にて
　―一九六八～九年、大阪東成の片隅で過ごした時代―　『丁卯』二八号　二〇一〇年

小さな六〇年代の記憶―理科少年から社会少年へ―　『丁卯』三三号　二〇一三年

母と紅茶と自由　『丁卯』四一号　二〇一七年

青桐の秘密　『丁卯』四三号　二〇一八年

小さな写真帖―私を知らない母―　『丁卯』四四号　二〇一八年

小嶋太門と後藤又兵衛研究　『後藤又兵衛の研究』　樹林舎　二〇一四年

櫛風沐雨の日々によせて―東野一雄の戦争―　『櫛風沐雨　ある輜重兵の記録』
　グループ丹　二〇一九年

生駒さん　『生駒新聞』一九九〇年一二月一〇日号

野帳　『生駒新聞』一九九一年一月一日号

柘榴石　『生駒新聞』一九九一年六月二〇日号

Y会　『生駒新聞』一九九一年一二月一〇日号

温もりの理由　『はなほほえみて』　グループ丹　二〇一一年

東野姓について　『家系史研究覚え書』　人間社　二〇〇八年

女学生のアルバム　本書初出

　なお本書収録に際して各文の漢数字表記の揺れを一貫させ、明白な勘違いなどは訂正した。年代的に新しい文章で間違いを書き換えている箇所に関しては放置した。なお【後注】は初校校正時に記載したものである。（二〇二一年八月）。

小嶋太門（こじま・たもん）

出生名、東野一雄。一九一九年七月一三日、大阪府中河内郡（現、東大阪市）に生まれる。一九四一年一二月、関西大学法科繰上げ卒業。学徒動員により一九四二年二月第四師団輜重兵第四連隊に応召入隊、七月に中支派遣軍輜重兵第三四連隊に配属され中国中南部戦線に従軍。一九四六年二月に帰還し、一九四六年三月大阪中央電気通信工事局に奉職、七月に逓信事務官拝命。一九四九年、結婚を機にユニオン・チャック工業株式会社代表取締役に就任する。数年にわたり司法保護司、町内会長、河内史談会理事等を歴任、後藤又兵衛の研究を始める。一九六〇年代半ばには事業に行き詰まり、一九八〇年八月会社解散。一九七〇年に生駒市軽井沢町に転居し、国鉄奈良駅前のホテル「ニューいろは」などに再就職する。一九八〇年八月に正式に会社解散し、一九八八年に奈良市秋篠早月町に転居して年金生活に入る。片江町在住期に、戦後又兵衛研究の先駆作と評価される「大阪陣の豪将　後藤又兵衛基次（其の一）（其の二）」を『河内文化』一九号（一九七一年）、二〇号（一九七二年）に掲載。玉手山公園「吉村武右衛門碑文」（柏原市）、長泉寺「後藤又兵衛基次公三百五十年祭供養碑碑文」（松山市）なども執筆した（いずれも『後藤又兵衛とその子』にテキストを再録）。二〇〇八年二月七日、奈良県立病院にて逝去。高野山桜池院にて十三子とともに永代供養されている。戒名・瞭前院俊学古心居士。

著作は『後藤又兵衛とその子』（人間社、二〇〇七年）、『草蒸す墓標　小嶋太門遺稿集』（人間社、二〇〇八年）『家系史研究覚え書』（人間社、二〇〇八年）、『後藤又兵衛の研究』（樹林舍、二〇一四年）、『櫛風沐雨　ある輜重兵の記録』（グループ丹、二〇一九年）。

小嶋十三子（こじま・とみこ）

一九二四年八月三日、名古屋市中区大須に生まれる。一九二七年に両親（市郎、タキヲ）とともに大阪に移住し、大阪府大阪市東区下味原町、中河内郡菱江などに住む。樟蔭東高等女学校（第一期生）から大阪第一師範本科女子部を卒業。一九四四年、布施市の意岐部小学校教諭となり、学童疎開の時期を挟んで戦後まで勤続する。一九四八年に退職し芦屋の田中千代学園（第一期生）にて洋裁を学ぶ。一九四九年、結婚を機に大阪市東成区片江町に夫婦で住み、一九七〇年に奈良県生駒市軽井沢町に転居するまで家計を支える。一九七二年に小学校教員に復職し、大阪市立城東小学校、東桃谷小学校、片江小学校（亮の出身校）で産休講師として教壇に立つ。退職後、夫婦ともに奈良市秋篠早月町に転じ、若き日から令名の高かった書道に加え、彫刻、和紙ちぎり絵などの芸術活動を始める。ちぎり絵は師範免許を与えられ、書道は読売書法展など公募展に入選する。二〇一一年一〇月二六日、奈良県立病院で逝去。高野山桜池院にて両親、夫とともに永代供養されている。戒名・瞭光院瑞峯貞秀大姉。書道作品のうち代表作「小倉百人一首」（下記の『あきはかなしき』はそのレプリカ）は跡見学園女子大学図書館（埼玉県新座市）に永久保存され、ちぎり絵作品のいくつかは奈良市大安寺に展示されている。著作に『にほひたまゆら』（グループ丹、二〇〇七年）、『はなほほえみて』（グループ丹、二〇一一年）、『あきはかなしき』（グループ丹、二〇一二年）、『ながめせしまに　和紙ちぎり絵の風景』（風媒社、二〇一七年）『草書体　小倉百人一首』（風媒社、二〇一七年）などがある。また『絵葉書　日本の風景　春夏』、『絵葉書　日本の風景　秋冬』（ともにグループ丹、二〇一七年）も制作された。

コーポ秋篠時代の父母（2006年）

小島亮（こじま・りょう）
一九五六年、奈良市富雄に生まれる。一九七九年、立命館大学文学部卒業。一九八一～八三年、東京大学教養学部研究生（指導教官・西川正雄教授）。シカゴ大学歴史学部客員研究員を経て、政府交換留学生として旧体制下のハンガリー人民共和国に留学し、政治的変革期を挟んでブダペスト市、デブレツェン市に長期滞在。一九九一年、ハンガリー国立コシュート・ラヨシュ（現在のデブレツェン）大学旧制博士課程修了。人文学博士（社会学）を授与さる。一九九一～二年、ハーヴァード大学研究員。さらに一九九二～三年、旧ハンガリー科学アカデミー社会学研究所研究員を経て、一九九三～五年、リトアニア国立マグヌス・ヴィタウタス大学人文学群准教授。一九九九年から中部大学に奉職。国際関係学部助教授、教授を歴任する。現在、人文学部歴史地理学科教授。奈良市在住。著作多数（国立国会図書館 NDL-ONLINE にて「小島亮」を参照）。

青桐の秘密　歴史なき街にて

2021 年 11 月 19 日　第 1 刷発行　　（定価はカバーに表示してあります）

著　者　　小島　亮

発行者　　山口　章

発行所　名古屋市中区大須 1-16-29　振替 00880-5-5616 電話 052-331-0008　風媒社
http://www.fubaisha.com/

＊印刷・製本／モリモト印刷　　乱丁本・落丁本はお取り替えいたします。

ISBN978-4-8331-5393-5